ZABOR

DU MÊME AUTEUR

LA PRÉFACE DU NÈGRE, Barzakh, 2008 (prix Mohammed-Dib) ; Babel n° 1291.

LE MINOTAURE 504, Sabine Wespieser éditeur, 2011.

MEURSAULT, CONTRE-ENQUÊTE, Barzakh, 2013, Actes Sud, 2014 (prix Goncourt du premier roman, prix des cinq continents de la Francophonie, prix François-Mauriac, prix Liste Goncourt/Le choix de l'Orient, prix Liste Goncourt/Le choix roumain, prix Liste Goncourt/Le choix serbe, prix des Escales littéraires d'Alger) ; Babel n° 1386.

MES INDÉPENDANCES. CHRONIQUES 2010-2016, Actes Sud/Barzakh, 2017 (prix Livre et Droits de l'Homme) ; Babel n° 1548.

ZABOR OU LES PSAUMES, Actes Sud/Barzakh, 2017 (prix *Transfuge* du meilleur roman de langue française, prix Méditerranée) ; Babel n° 1632.

LE PEINTRE DÉVORANT LA FEMME, Stock, 2018.

ISBN 978-2-330-12428-1

KAMEL DAOUD

ZABOR

OU LES PSAUMES

roman

BABEL

À mon père Hamidou
Qui me légua son alphabet
Mort si dignement,
Qu'il vainquit sa mort.

Tu écris ce que tu vois et ce que tu écoutes avec de toutes petites lettres serrées, serrées comme des fourmis, et qui vont de ton cœur à ta droite d'honneur.

Les Arabes, eux, ont des lettres qui se couchent, se mettent à genoux et se dressent toutes droites, pareilles à des lances : c'est une écriture qui s'enroule et se déplie comme le mirage, qui est savante comme le temps et fière comme le combat.

Et leur écriture part de leur droite d'honneur pour arriver à leur gauche, parce que tout finit là : au cœur.

Notre écriture à nous, en Ahaggar, est une écriture de nomades parce qu'elle est toute en bâtons qui sont les jambes de tous les troupeaux. Jambes d'hommes, jambes de méhara, de zébus, de gazelles, tout ce qui parcourt le désert.

Et puis les croix disent si tu vas à droite ou à gauche, et les points, tu vois, il y a beaucoup de points. Ce sont les étoiles pour nous conduire la nuit, parce que nous, les Sahariens, nous ne connaissons que la route, la route qui a pour guide, tour à tour, le soleil puis les étoiles.

Et nous partons de notre cœur, et nous tournons autour de lui en cercles de plus en plus grands, pour enlacer les autres cœurs dans un cercle de vie, comme l'horizon autour de ton troupeau et de toi-même.

DASSINE OULT YEMMA,
musicienne et poétesse targuie
du début du XXe siècle.

I

LE CORPS

1

(Dehors, la lune est un chien qui hurle, tordu de douleur. La nuit est à son faîte obscur, imposant d'immenses espaces inconnus au petit village. Quelqu'un secoue violemment le loquet de la vieille porte et d'autres chiens répondent. Je ne sais pas quoi faire ni s'il faut s'arrêter. La respiration encombrée du vieux rapproche les angles et oppresse les lieux. Je tente une diversion mentale en regardant ailleurs. Sur les murs de la chambre, entre l'armoire et la photo de La Mecque, la vieille peinture écaillée dessine des continents. Des mers sèches et perforées. Des oueds secs vus du ciel. "Noun ! Et le calame et ce qu'ils écrivent", dit le Livre sacré dans ma tête. Mais cela ne sert à rien. Le vieux n'a plus de corps, seulement un vêtement. Il va mourir parce qu'il n'a plus de pages à lire dans le cahier de sa vie.)

Écrire est la seule ruse efficace contre la mort. Les gens ont essayé la prière, les médicaments, la magie, les versets en boucle ou l'immobilité, mais je pense être le seul à avoir trouvé la solution : écrire. Mais il fallait écrire toujours, sans cesse, à peine le temps de manger ou d'aller faire mes besoins, de mâcher correctement ou de gratter le dos de ma tante en traduisant très librement les dialogues de films étrangers ravivant le souvenir de vies qu'elle n'a jamais vécues. Pauvre femme, qui mérite à elle seule un livre qui la rendrait centenaire.

À strictement parler, je ne devais plus jamais lever la tête, mais rester là, courbé et appliqué, renfermé comme un martyr sur mes raisons profondes, gribouillant comme un épileptique et grognant contre l'indiscipline des mots et leur tendance à se multiplier. Une question de vie et de mort, de beaucoup de morts, à vrai dire, et de toute la vie. Tous, vieux et enfants, liés à la vitesse de mon écriture, au crissement de ma calligraphie sur le papier et à cette précision vitale que je devais affiner en trouvant le mot exact, la nuance qui sauve de l'abîme ou le synonyme capable de repousser la fin du monde. Une folie. Beaucoup de cahiers qu'il fallait noircir. Pages blanches, 120 ou plus, de préférence sans lignes, avec protège-cahier, strictes comme des pierres mais attentives et avec une texture grasse et tiède pour ne pas irriter la surface latérale de la paume de ma main.

(Un bref toussotement. Bon signe. La lumière revient dans la pièce et le corps du mourant semble moins gris. Un filet de bave brillante descend de la bouche tordue par le dentier et s'épuise sur le menton.)

J'en achetais des quantités, en calculant selon le nombre des gens que je rencontrais ou que la rumeur disait déjà mourants pour cause de maladie, de vieillesse ou d'accident : deux par jour, parfois dix ou plus ; une fois, j'ai acheté soixante-dix-huit cahiers d'un seul coup, après avoir assisté au mariage faste d'un voisin (assis seul au sol avec un horrible plat de viande que je n'ai pas touché, insensible à la musique hurlante, le corps insonore, ignoré par tous sauf par le marié en costume ridicule qui est venu me serrer rapidement la main) et après avoir eu l'imprudence de dévisager beaucoup de gens dont j'étais devenu responsable, garant de leur longévité sans qu'ils le sachent. Car j'étais le rameur et ils étaient les voyageurs, ô mon Seigneur!

Le plus proche "libraire" – comme on appelait chez nous ces commerces de tabac, enveloppes, timbres, cahiers et journaux – me connaissait et ne me posait jamais de questions sur mes achats : dans le village d'Aboukir *(centre du monde, situé entre mon nombril et mon cœur, à quelques kilomètres de la mer qui est un mot n'ayant pas besoin de conjugaisons pour être infini)*, on me désignait comme le fils du boucher, "celui qui n'arrêtait jamais de lire", et on comprenait que je noircisse les cahiers comme un possédé depuis mon adolescence. L'opulence de mon père se devait d'avoir une contrepartie et c'était moi, avec mon corps long et courbé, mon regard qui avait la nature d'un lac et ma voix ridicule, comme une moquerie du destin sur la fortune de mon géniteur. Les plus courtois dans le village m'envoyaient les vieux livres retrouvés dans des hangars, les vieilles pages jaunies de l'époque des colons, des revues déchirées, des manuels d'utilisation de machines disparues ou jamais nées et surtout ces fascinants romans sans nom d'auteur et sans début parce que déchirés (corps estropiés, histoires déformées par l'incohérence, orphelins véritables que je recueille toujours). Leur désordre était le pilier de mon univers, et le reste était consigné dans les cahiers. J'étais silencieux et brillant aux écoles, les premières années. J'avais une belle écriture appliquée qui remplissait la fonction des veines sous la peau des apparences. Elle servait sûrement à faire circuler un genre de sang.

(Là, je suis au cœur du rite. Complètement absorbé et consacré à la lutte. J'y crois profondément. Sans cela, que vaut ma vie dans ce lieu et qu'est-ce que ces vies autour de moi ? L'univers est soit une moquerie, soit une énigme. Il est quelle heure ? Des voix. Une main a déposé une tasse de café. Et de l'eau. Le visage est celui d'un noyé qui revient à la surface. La bouche me fascine. Avec cet affaissement du menton, comme si le trépas accentuait la gravité. Le vieillard n'est plus qu'une tête, des épaules maigres au-dessus du drap qui le cache. Le reste de son corps n'est qu'une couverture avec un motif de tigre soumis à des torsions invraisemblables – "Tout va bien ?", je ne réponds pas. Le jour va arriver car les lumières se courbent comme des feuilles dans le feu.)

La vérité est qu'on souhaitait me rendre service pour anticiper mes services à venir, surtout à l'époque où se répandit, clandestinement, la rumeur de mon don. Certains, bien sûr, se moquaient de moi discrètement et plaignaient ma famille pour cette tare invraisemblable dans l'arbre de notre tribu, un nœud de bois que j'étais. En vérité, on ne savait pas s'il fallait m'ignorer ou me célébrer. J'écrivais dans une langue étrangère qui guérissait les agonisants et qui préservait le prestige des anciens colons. Les médecins l'utilisaient pour leurs ordonnances, mais aussi les hommes du pouvoir, les nouveaux maîtres du pays et les films immortels. Pouvait-elle être sacrée comme si elle descendait du ciel ? Personne n'avait de réponse et on hochait la tête comme face à une vieille idole en marbre ou lorsqu'on passait près du cimetière des Français, à l'est. Le village n'était pas grand et ses conversations étaient rarement secrètes.

J'aimais cette étiquette, "celui qui lisait" ou "celui qui a lu". Une formule définitive, allant à l'essentiel, c'est-à-dire le Livre ou le Savoir sacré. On la prononçait avec gravité, componction, il s'agissait de respecter la puissance. Chez nous, lire se confondait avec le sens de la domination, pas le déchiffrement du monde, cela désignait à la fois le savoir, la loi et la possession. Le premier mot du Livre sacré est "Lis !" – mais personne ne s'interroge sur le dernier, me susurrait la voix épuisée du diable. Je me devais un jour de déchiffrer cette énigme : le dernier mot de Dieu, celui qu'il avait choisi pour inaugurer son indifférence spectaculaire. Les exégèses n'en parlaient jamais. On s'attardait toujours sur le Jugement dernier, pas sur le mot ultime. Je me demandais aussi pourquoi l'injonction était faite au lecteur, et pas à l'écrivant. Pourquoi le premier mot de l'ange n'était-il pas "Écris !" ? Il y avait mystère : Que lire quand le livre n'est pas encore écrit ? S'agit-il de lire un livre déjà sous les yeux ? Lequel ? Je me perds.

Donc j'achetais les cahiers en recomptant, les yeux fermés, le corps détendu sous la vigne noueuse de notre cour, à l'heure de la sieste, les gens rencontrés la journée précédente dans notre village qui avait pour moi la cartographie d'une île. Un par un, méticuleusement, comme des pièces de monnaie. En les rangeant dans les étagères de ma tête avec des chiffres et des lettres et des traits et des prénoms et leur tribu d'origine. Sans me laisser distraire ni par les nuages, ni par la chaleur douce de la saison qui transformait le sang en sucre sous ma peau, ni par les rares avions qui accentuaient le silence du ciel. J'aimais cet exercice que je faisais précéder d'étirements pour agrandir à la fois mon corps et tout le firmament avec mes bras. Déplier les ailes de Poll, juché sur ses cocotiers. Car, à certaines heures inspirées, je m'imaginais sous la forme du perroquet Poll, auteur d'un somptueux vacarme sous les tropiques, oiseau au destin exceptionnel et civilisateur dans une île inconnue. J'avais pêché ce nom dans un livre écrit au XVIIIe siècle qui raconte un naufrage, la rencontre avec un présumé cannibale et l'histoire de la solitude. *(Souvenir des étés que je vivais comme de délicieuses convalescences avec mon grand-père définitivement muet. Revenant aux choses, aux goûts, après une crise de migraines atroces. À peine un coup d'œil bref que je jette pour évaluer le retour de la vie dans le galet de son corps. Le visage est encore terne, la bouche ouverte, mais j'ai surpris une larme. Il ne pleure pas. Mécanique de l'œil qui s'humidifie. J'ai longtemps adoré le mot rétine car il ressemble à un creuset, le lieu de tous les levers de soleil possibles.)*

Mais c'était un peu pénible d'avoir toujours un numéro associé à un visage. C'était difficile pour ma mémoire, au début. Parfois les visages des gens connus écrasaient ceux des nouveaux ou en volaient les traits, les cheveux, la forme des yeux. Rendant le recensement hasardeux et le don un peu myope. Et lorsque je tentais de fixer un visage et de l'immobiliser comme un oiseau dans mes mains, il se déformait malicieusement. Car rien n'est plus anonyme qu'un visage lorsqu'on le fixe trop longtemps. Même celui des plus proches. Mais avec les années, je devins agile : je repassais le film dans ma tête, je scrutais les détails, récitais les noms pour mettre fin à la bousculade et réordonner avec fermeté les généalogies, les filiations et les parentés. Comme le chef sévère d'une tribu éparpillée. Ensuite j'inventais des histoires pour perpétuer les vies choisies en fonction d'une longue liste de livres que j'aurais voulu lire à un moment ou un autre de ma vie d'adolescent. C'était ma recette. La seule que j'aie trouvée pour à la fois surmonter la rareté des livres dans le village, l'ennui, et donner du solennel à mes cahiers. Pourquoi je faisais cela ? Car si j'oubliais une personne, elle mourait le lendemain. Aussi simple.

Je l'ai maintes fois vérifié. C'est ma muette malédiction. La loi de ma vie que personne ne devine. Je le dis (écris) : Quand moi j'oublie, la mort se souvient. Confusément mais abruptement. Je ne pourrais pas expliquer cela, mais je me sens lié à la Faucheuse, sa mémoire et la mienne sont reliées comme deux vases : quand l'un se vide, l'autre se remplit. Enfin, la formule n'est pas bonne. Plutôt : quand ma mémoire se vide ou hésite, la mort se montre ferme, retrouve la vue comme un rapace des airs et se permet ces vols en piqué qui dépeuplent le village sous mes yeux. Une question d'équilibre mais aussi, peut-être, l'expression d'une loi que je ne déchiffre pas suffisamment. Du coup, quand je me souviens avec netteté et que j'utilise les bons mots, la mort redevient aveugle et tourne en rond dans le ciel, puis s'éloigne. Elle tue alors un animal dans le village, s'acharne sur un arbre jusqu'à l'os ou va ramasser des insectes dans les champs alentour, à l'est, pour les croquer en attendant de recouvrer la vue. J'adore la décrire ainsi égarée. Et confirmer du même coup mon don et son utilité.

Il ne s'agit pas de magie au sens ancien du terme, mais de la découverte d'une loi, une sorte de correspondance ressuscitée. L'écriture a été inventée pour fixer la mémoire, c'est la prémisse du don : si on ne veut pas oublier c'est d'une certaine manière qu'on ne veut pas mourir ou voir mourir autour de soi. Et si l'écriture est venue au monde aussi universellement, c'est qu'elle était un moyen puissant de contrer la mort, et pas seulement un outil de comptables en Mésopotamie. L'écriture est la première rébellion, le vrai feu volé et voilé dans l'encre pour empêcher qu'on se brûle.

Que se passe-t-il quand je dors ? Dieu veille peut-être en arbitre dans ce jeu. C'est le temps mort de la mort, en quelque sorte. Tout ce que je sais, c'est qu'il me faut bien compter les gens que j'ai rencontrés durant le jour ou la nuit, acheter les cahiers selon leur nombre puis écrire avant de dormir, ou au crépuscule ou même le lendemain, écrire des histoires avec beaucoup de prénoms et de folies, ou décrire jusqu'à l'hallucination n'importe quel endroit du village – cailloux, fer rouillé, toitures... Écrire, simplement, est en soi un procédé de guérison des autres autour de moi, de préservation. Autre détail : entre mon oubli et le dernier soupir d'un proche, j'ai un délai de grâce de trois jours ; j'aime y croire pour conserver ma discipline. Je peux retarder de trois jours le moment d'écrire sur une personne, jamais plus.

Cela dure depuis des années, et j'ai fini par comprendre les règles du jeu, instaurer des rites et des ruses pour aboutir à cette formidable conclusion que ma maîtrise de la langue, cette langue fabriquée par mes soins, est non seulement une aventure mais surtout une obligation éthique. Me clouant au sol du village, m'interdisant d'en quitter le territoire. Une tristesse ? Que non ! il y a dans mon exercice une forme de martyre, bien sûr, mais aussi un frisson de satisfaction muette. De tous les miens, je suis le seul à avoir entrevu la possibilité du salut en écrivant. Le seul à avoir trouvé le moyen de supporter l'absolue futilité des lieux et de l'histoire locale, le seul restaurateur possible, le commissaire de notre exposition sous les yeux de Dieu ou du soleil. Tous mes cousins, cousines, parents et voisins tournent en rond sans le savoir, s'abîment en prenant de l'âge et finissent par se marier jeunes et par se goinfrer jusqu'à la maladie. La seule consolation à leur sort est la somnolence, ou le paradis après la mort qu'ils peuplent de leurs rêves en répétant les versets qui le décrivent verdoyant et licencieux. Je suis le seul à avoir découvert une brèche dans le mur de nos croyances. J'en suis fier, il faut le dire, vigilant quant à la vanité qui me menace, confiant face aux vents. Chercher les mots justes, écrire jusqu'à contraindre les objets à devenir consistants et les vies à avoir un sens est une magie douce, l'aboutissement de ma tendresse.

J'ai presque trente ans, je suis célibataire et encore vierge, mais j'ai triomphé de nos sorts à tous dans ces lieux dérisoires. Le seul évadé. Oh oui. Bien sûr, j'ai éprouvé de l'amour pour deux ou trois jeunes filles, dont Djemila la muette que j'attends toujours et à qui je parle avec des mots rares qu'elle ne comprend pas, mais ma sexualité a lentement mué vers un devoir plus grand que la procréation. À cause de mon corps ou de ma réputation, je n'ai jamais eu l'occasion d'assouvir mon désir dans ce village si petit, et mon besoin d'étreintes a dépassé l'exigence de rebondir dans un autre corps depuis longtemps. Il n'a plus besoin de prétexte ou de support cannibale pour son baiser. Amoureux véritable, je m'épanouis dans l'immense expression de la compassion, au-delà des quelques secondes d'oubli que procure habituellement l'orgasme. Je crois bien résumer mon sort ainsi. À presque trente ans, je ne dévore pas mes enfants dans mon ventre, comme les gens le répètent, mais je sauve des vies, je les prolonge jusqu'à l'apaisement universel. Je ne suis pas stérile, mais l'usage de l'orgasme solitaire m'a fait aboutir à une sorte de liberté, m'a dessillé. Je sais qu'il est illusoire de penser posséder l'autre et que dans ce besoin se cache une duperie des dieux. Je pressens surtout que le corps d'autrui est un détournement. J'ai aimé et désiré, mais les livres m'ont ouvert d'autres portes. Le diable, Iblis, n'est pas celui qui provoque le désir, je pense, mais celui qui le trompe en lui offrant des subterfuges. Le véritable orgasme est pour lui menace, j'en suis sûr, c'est sa défaite. Je m'égare.

Aujourd'hui, là, à cet instant précis, je lève les yeux sur les murs, puis au-delà de la fenêtre sur toute la propriété, la mienne, du monde. La colline du haut, où gît le vieillard agonisant, peut être une femme qui a posé sa tête sur mon épaule. Toucher de la terre chaude, quand je me promène dans les champs, provoque un désordre sensuel en moi. Je le jure. Je connais la mécanique de l'orgasme, mais à froid, comme lorsqu'on visite un musée seul, de nuit, après la fermeture des portes. Quant à moi, je suis entré, il y a des années, en possession vigoureuse de chaque angle, chaque ombre qui joue les aiguilles d'horloge sous les pas des promeneurs. Même la vaste nuit obéit à un ou deux mots qui peuvent l'enfermer dans mes somptueuses définitions. Je peux écrire le mot "étoilée" et toute l'encre du ciel tache ma main, remonte vers mon épaule et mes yeux. Le ciel nocturne est une toison scintillante. Dieu m'a donné un pouvoir immense. Ou peut-être est-ce moi qui lui ai dérobé le sien, embusqué dans ce petit village dont il ignore jusqu'à l'existence. Bon, je voulais dire, seulement, que quand j'écris la mort recule de quelques mètres, comme un chien hésitant qui montre ses canines, le village reste en bonne santé avec ses quelques centenaires (grâce à moi) et on ne creuse aucune tombe dans le flanc ouest de notre hameau, aussi longtemps que je m'applique à la synonymie et à la métaphore. *(Déterrement.)* C'est un miracle qui a lieu depuis longtemps, depuis mon adolescence tourmentée et ridicule, mais que j'ai gardé secret. Pas par pudeur ou peur, mais parce que raconter cette histoire pourrait interrompre l'écriture, provoquer la mort. Et j'en serais coupable.

Je savais que je devais taire le détail de cette lutte entre moi et la décrépitude ou les maladies dégradantes et puiser ma force dans une sorte d'abnégation invisible pour ma tante Hadjer, pour mon père et pour le reste des habitants du village qui tournaient en rond autour du siphon de notre cimetière de Bounouila, à l'ouest. Mais aussi je ne voulais pas m'attirer les colères ou les jalousies que provoque tout don. *(J'ai faim, mais il est indécent de manger auprès d'un mourant, non ? Et ici, j'en suis sûr, ils ne vont me servir que de la viande encore gémissante.)* Les gendarmes du village pouvaient être sensibles aux accusations d'hérésie ou de sorcellerie devenues courantes à cette époque. Je devais écrire, pas discourir. Vite et bien. Fermement, comme un guide.

Dans le village, peu savaient lire malgré les efforts de l'État. Les écoles étaient nombreuses mais les écoliers encore jeunes face à l'ancienne génération née avant l'Indépendance. Le secret était sauf jusqu'à une certaine limite. Dans une ou deux générations, on allait sûrement saisir le sens de ma trahison et me pourchasser. Ou m'aduler. Ceux que je devais craindre étaient les imams, les récitateurs du Livre et les grands fidèles qui habitaient pour ainsi dire la mosquée du centre d'Aboukir. Que disait en effet Dieu ? "Tandis que les poètes sont suivis par les égarés / Ne les vois-tu pas errer dans chaque vallée… / … et disent ce qu'ils ne font pas ?"

Le souci est que je n'étais pas suffisamment versé dans cette langue pour me défendre face aux attaques, je n'étais ni un médecin, ni un ancien écolier de la France, ni un ingénieur des Ponts et Chaussées. J'étais une sorte d'anomalie, paré d'un don de Dieu, qui s'exprimait hors de la langue sacrée. Que pouvait-on faire de moi ? On m'ignorait ou on me saluait en baissant la tête. Mon père était trop riche pour qu'on se permette de me chasser, mais mon histoire était trop encombrante – interprétable par aucun verset – pour qu'on me déclare béni et utile. Je n'étais pas bête mais seulement discret, jalousé et mis à l'écart. Passons.

Un homme qui dit qu'il écrit pour sauver des vies est toujours un peu malade, mégalomane ou affolé par sa propre futilité qu'il tente de contrer par le bavardage. Je ne l'affirmerai jamais, mais je peux au moins raconter comment j'ai fini par en être convaincu. *(Déterrer. Cela se voit à l'œil nu : des morceaux, des poignées de nuit tombent au bas du lit, en pelletées ou sous forme de hannetons. La pierre tombale retrouve les formes de l'oreiller. Toutes les mauvaises herbes se rétractent et se révèlent être du tissu imprimé, celui de la couverture glissante avec son motif de tigre devenu gribouillis. Au fond du trou, le vieillard a un corps d'enfant et des jambes recroquevillées. Ma main s'agite plus vite sur le cahier et c'est une façon d'écarter encore plus de terre, de repousser les cailloux. Le papier est presque humide, de sueur ou de reste de pluie. Il sent la tourbe. Pourquoi je ne ressens rien en présence de cet homme alors que je lui parle depuis des années dans ma tête, toutes les nuits ? Pourquoi ?)* Je sais que c'est moi qui suis la cause de l'augmentation du nombre de centenaires dans notre village, et non la nourriture devenue disponible après l'Indépendance. Je sais que j'ai repoussé des trépas en décrivant, longuement, des eucalyptus puissants et des patiences de cigognes sur nos minarets, ou même des murs ; je sais que mes cahiers sont des contrepoids discrets et que je suis lié à l'œuvre de Dieu. On peut le prier en le regardant dans les yeux et pas seulement en courbant l'échine. Énigme de ma propre vie, né pour conjurer et repousser, dans le noir atelier de ma tête, la plus ancienne puissance. Que préciser de plus ? Mon véritable nom, peut-être *(j'aurais dû commencer par son histoire, l'histoire de ce nom)* : Zabor. Pas le nom que m'a donné mon père, jeté négligemment, j'en suis sûr, pendant qu'il aiguisait des couteaux ou dépeçait son centième mouton de la semaine, mais mon véritable nom, né du son que provoqua le heurt de ma pauvre tête d'enfant sur un fond caillouteux quand je fus repoussé violemment par mon demi-frère, derrière notre maison en haut de la colline, avant qu'il ne perde l'équilibre à son tour et bascule dans un puits sec. Il prétendit plus tard que je l'avais sciemment culbuté pour le tuer et ce mensonge changea ma vie. J'avais quatre ans et j'en garde encore la longue cicatrice, qui va de mon sourcil droit jusqu'au sommet du crâne, le souvenir du ciel devenu un trou blanc, mes cris et la corde que m'a jetée ma tante Hadjer pour me hisser en pleurant toutes les larmes de son corps sec. Mon prénom secret résonna longtemps comme un métal, persista en écho puis se déclina en une répétition de deux syllabes : "Za-boooooor" alors que du sang coulait dans mes yeux et de mon nez. C'est en l'écrivant pour la première fois, vers mes cinq ans, que j'ai découvert le nœud entre le son et l'encre, et cette parenté fabuleuse qui me fit rêver, plus tard, de l'inventaire de toutes les choses dans notre village. Je ne connaissais pas le mot "sommaire" mais je pense que c'est l'essence première de la langue, la comptabilité du possible. Étrange miroir que son propre prénom, d'ailleurs, c'était comme découvrir son animal totem ou s'agripper à la branche d'un arbre très haut. Cela ressemblait à une pièce de monnaie ancienne que je tournais dans ma main. C'est dire qu'il m'a fallu quand même des années pour arriver à deux grands moments de ma vie : découvrir la loi de la Nécessité et écrire mon propre prénom, seul, sans l'aide de personne, la main tremblant sur la torsion des voyelles, crissant dans la neige sèche du cahier. Quand cela fut accompli, je suis resté silencieux dans l'univers de ma chambre rose, hébété par l'immense perspective qui s'offrait à moi.

Je sus dès lors que je pouvais m'éloigner de ma tante sans crainte pour aller aux toilettes, la nuit ou le jour, me laver sans me dissoudre dans le siphon, fixer longuement un étranger ou un animal sans ressentir le début d'un vertige. Ma peur des cafards diminua et je ne mouillai plus honteusement mon lit. "Zabor" fut mon premier mot, il mit fin à un hurlement dans ma tête, et dès ce moment je commençai à regarder les objets autour de moi avec l'idée d'en faire l'inventaire. Cette illumination fit exploser les frontières, elle promettait d'atténuer cette sensation d'impuissance que j'éprouvais en permanence. Elle m'amena à réfléchir sur la mémoire et sur la façon dont on pouvait convoquer et maîtriser l'invisible et les ombres. Ma seconde découverte viendrait plus tard, quand je passerais de l'idée de la possibilité de tout écrire à l'idée qu'il s'agissait d'une mission secrète, d'un devoir. Mais, enfant, je n'étais que pressentiments, je ne comprenais pas encore mon destin, son coût et sa récompense. Je prononçais "Zabor" dans ma tête et je redevenais un centre, une distinction fascinante. Je pouvais me désigner moi-même et ainsi, brutalement, je me révélais à moi-même, dans le miroir immense du bavardage des miens. Je ne sais comment rapporter cette joie qui me traversa avec une sensualité douloureuse.

Personne, dans notre maison, entre mon grand-père qui était tombé dans l'hébétude et la mastication, et ma tante Hadjer à la peau brune qui m'élevait comme son fils, ne savait lire ou écrire, et il était impossible de leur expliquer l'importance de ma découverte. J'étais le premier investi d'un don formidable, exaltant, dans l'univers consanguin de notre tribu. Je me souviens que, dès mes premières semaines de scolarité, j'accueillis l'écriture, avec les premières lettres de mon prénom secret et l'alphabet arabe, comme une occasion grandiose de dissimulation et de rêveries. Mais, à cinq ans, j'avais la poitrine trop étroite pour cette sensation et je me heurtais aux limites du langage : je venais de découvrir quelque chose de vital, et paradoxalement je ne pouvais le raconter aux autres ! Cela stoppa net ma course devant ma tante Hadjer qui faisait la sieste dans l'autre chambre, allongée sur le carrelage pour chercher de la fraîcheur en cette fin d'été infini, vers septembre dans mon souvenir. Hadjer *(maintenue en vie par une histoire : une femme qui, à force de regarder des films d'amour, réussit à parler toutes les langues sans en comprendre un seul mot et qui le vit comme une malédiction. Elle finit par perdre ses propres mots, sa langue, et devient le film muet qu'elle a vu une fois il y a des années. Sans voix devant son sort. Plusieurs cahiers avec un seul titre volé :* La Maison des visages perdus. *Ma tante est petite et brune, vive, aux aguets, comme traquée. Je ne l'ai jamais vue malade, pensive ou maquillée – sauf une fois. Pourtant c'est elle qui a éveillé mes sens, discrètement, avec sa longue chevelure noire et abondante, qu'elle peignait comme on parcourt une rivière, et ses aisselles en sueur l'été. Tous les corps des femmes dans les livres avaient volé un peu du sien ou l'imitaient dans un jeu de miroirs qui me gênait et me troublait. Elle est la cadette de mes tantes, on l'appelait "la petite", je crois, elle aime les matchs de foot, curieusement, les films à grand budget et Bollywood, contrée de chants, d'amours contrariées, de bus fous et de danses sans raison)* était immobile, sa robe remontée sur ses cuisses nues, et dormait en serrant des cailloux imaginaires dans ses paumes tant elle paraissait en colère, même dans sa sieste.

Quand, agitant une feuille volante avec le tracé maladroit de mon prénom, je tentai de la réveiller pour lui révéler ma nouvelle maîtrise, cette confuse possibilité de ne pas mourir, elle grogna et se tourna vers le mur. Et je restai là, au milieu de notre couloir, au seuil de sa chambre, à regarder son corps ignoré par les prétendants, allongé à moitié sur le sol et à moitié sur une peau de mouton, usé par les tâches ménagères et les soins qu'elle apportait à son père muet et impotent. Dans la maison, tout était comme avant et à la fois tout était soudainement passible de désordre si je ne me mettais pas au travail. Je venais de comprendre que l'écriture d'un prénom est comme une fenêtre, mais que cela ne fait pas disparaître le mur. Là, je vais trop vite. *(La respiration du vieillard s'accélère et il risque de s'épuiser à cause de moi. J'aime pressentir la nuit et ses cadences derrière les murs, mais ce soir elle est gâchée par des murmures malsains. Toute la famille doit être là, à faire écran entre moi et les étoiles froides. L'odeur du couscous, qui est l'odeur de la mort pour moi, s'infiltre et s'ajoute à celle de l'acide agonie, des médicaments et des élevages rances de moutons.)*

La vérité est que mon père m'avait affublé de mille noms ridicules pour se moquer de moi et me tenir à distance de son affection. Il m'appelait "punaise tordue" à cause de mon genou et de ma démarche, le "tordu", souvent, la "poupée" à cause de mes évanouissements, et ainsi de suite. Mille noms que je pouvais conjurer, enfant, en récitant dans ma tête le seul valable, le mien, chaque fois qu'il s'adressait à moi, me regardait longuement ou voulait signifier à ses amis qu'il n'attendait rien de moi et que j'étais plus une tare qu'un héritier.

Zabor ! *(Quelqu'un a brisé une assiette, je crois, dans la cour. Une femme pleure ou tousse. C'est l'une de ses filles, ligotée de bijoux d'or depuis son enfance.)* Des années plus tard, vieilli et renfermé *(j'ai vingt-huit ans, pour être exact, et pas d'enfant, seulement le prénom d'une voisine comme adresse pour les dissertations sur l'amour)*, cela m'a mené à cet instant critique, extrême, lieu d'air raréfié au sommet duquel j'écris *(juché sur le cocotier, alors qu'une tempête menace toute l'île et son langage ordonné, ses espèces répertoriées, ses outils patients et nettoyés par un naufragé anglais)*, tête penchée sur mon cahier, regardant à peine l'homme mourant allongé à ma droite. Il m'aura fallu des années pour arriver là, assis, silencieux, entouré par le respect méfiant des fils du vieux et de ses femmes, tous entassés derrière la porte, attendant que je finisse de ramener l'aïeul aux siens comme un nageur. Tous là, sur la plage en faux sable, sceptiques et croyants mêlés et rassemblés par la peur de la mort, espérant contre toute vanité que je puisse renouveler le miracle dont la rumeur m'attribue la maîtrise. Même le fils aîné, Abdel, éduqué à me détester comme un rival, qui a la main sur les troupeaux du vieillard depuis son enfance. Triomphe de la virtuosité, Zabor attentif aux mots qui viennent, gribouillant passionnément pour raffermir son souffle et le sauver de la tentation de mourir pour échapper à la douleur. Oui.

(Il est presque trois heures du matin, la nuit est chaude et souffle sur la nuque des eucalyptus noirs qui ruissellent. Un balancement fait tanguer la Terre comme des hanches sensuelles, déclenche le glissement de parfums forts et fait tinter des fruits, mais je reste discipliné et important.) Restaient douze cahiers à couverture

noire, 120 pages chacun, entassés selon un ordre secret, à ma gauche, près de mon sac noir. Des stylos, aussi, pour couper la parole à la mort. J'avais plein de titres à donner à ces cahiers. *(Je choisis pour le premier* En un combat douteux. *Il sied. Il a la forme sculptée d'un homme qui étrangle un lion sur une colline. Il est évasé et musculeux, suant et dur. Le lion sait qu'il va mourir mais cela le rend éternel. Où est-ce que j'ai vu ça ? J'ai aussi le titre* Étoiles, garde-à-vous ! *ou* D'un château l'autre *la biographie d'un piéton.)* Les cahiers ? Les gens du village m'en apportaient de partout, désormais, me préparant des stylos *(mine fine, encre noire)* pour sauver les leurs quand, désespérés, déçus par les médicaments, les récitateurs du Livre sacré et les médecins qui leur adressaient à peine la parole – par mépris, ou débordés, ou faute d'une langue commune –, ils se tournaient vers moi un peu contraints. C'est qu'il n'était pas facile, dans leur univers, de croire que je pouvais sauver une vie et congédier la mort en écrivant autre chose que leurs versets et les quatre-vingt-dix-neuf noms de Dieu.

Que croire, si la vie n'était pas une épreuve imposée par un dieu qui ne parlait que notre langue, mais la conjugaison d'un verbe étranger, venu de la mer, qui sous la main d'un débile du village à la voix de chèvre parvenait à redonner la respiration aux blessés, aux enfants malades empoignés par les fièvres et aux centenaires qui parcouraient, nombreux déjà, les rues du village, avec des sourires béats de nouveau-nés ? Que penser de Dieu, s'il s'exprimait dans une langue étrangère ? Ou d'un Livre sacré qui n'était plus unique ? Je pouvais ressentir et déplier leurs sentiments contradictoires mis en sourdine par la peur de me contredire ou de me faire fuir vers ma chambre, d'où je sortais rarement, la nuit seulement, pour marcher, fumer parfois et m'asseoir sous les lampadaires à faire d'étranges décomptes avec les doigts. Que conclure alors, dans cet univers où la foi et l'espoir étaient en concurrence, chacun avec son idiome et sa calligraphie ? Il me fallut de la patience et de la discrétion pour arriver au triomphe ici même, dans cette pièce exactement, assis sur ce banc en bois, adoptant cette posture contrite, penché sur ce cahier devenu gris comme un nuage, cotonneux et filamenteux, avec un beau titre volé à un livre que je n'avais pas pu trouver. Je filais fébrilement la même laine grise et blanche, un peu sèche, avec cette odeur habituelle de renfermé. Depuis des années. À la fin, cela donnerait un cahier, pas un tapis. C'est pourtant le même motif profond.

2

On m'a réclamé après la prière de l'Icha, en frappant à la porte de chez nous. La nuit était encore neuve et éparpillait avec une fausse négligence les premières étoiles au-dessus des arbres à peine tiédis. Des moteurs de voitures étaient audibles au loin, ainsi que des voix de voisins. L'aîné du vieux, Abdel, fils préféré né d'un amour difforme, était là, tête baissée posée en équilibre incertain sur son corps sec, emmitouflé dans une djellaba. Je le connais mieux qu'il ne peut le deviner : toute sa force, il la puise dans une colère permanente contre le monde du village d'en bas. Pourquoi cette colère ? Peut-être parce qu'il se sait coupable, usurpateur, voleur de quelque chose dont il a oublié le nom. *(Je m'égare.)* Peut-être à cause de ce que lui a répété sa mère à mon propos depuis sa naissance. Abdel devrait garder les troupeaux toute sa vie. Il le sut dès les premières années, mandaté par sa mère qui craignait de perdre le contrôle sur la fortune et mû par la volonté d'être le fils unique du vieillard. Je ne pense pas qu'il ait eu une enfance, finalement, surtout si on compare avec mon indolence qui dura presque vingt ans. Il devint grave très tôt, comptable de toute chose, sourcilleux, anguleux et incapable de sourire tant il craignait les maladies des moutons, les tempêtes ou les erreurs de calcul. Étrangement, il avait un peu de mon visage – le même âge, la même peau –, mais percé par un regard intense et noir. Il était le gardien des nombreux troupeaux du vieux et connaissait les alentours du village et les pâturages, les herbes et les distances comme personne. Mais c'est une autre histoire. *(Je le maintiens en vie à son insu, en couchant son histoire dans mes cahiers. Le sien porte un titre que j'ai longtemps médité, à la fin d'un roman, sur l'une de ces pages "à paraître" qui me fascinaient. Son cahier s'appelle* La Peau de chagrin. *Il y tient le rôle d'un voyageur obnubilé par ses propres chaussures et qui ne voit rien du reste du monde.)* Nous partageons un père et une vieille histoire selon laquelle j'ai failli le tuer en le poussant dans un puits. Histoire fausse et scandaleuse, d'après Hadjer qui se souvient de ma blessure à la tête : c'est lui qui le prétendit, incité par sa mère, et cela m'éloigna de la maison de Hadj Brahim pour la seconde et dernière fois de ma vie. Ma belle-mère, joues griffées et voix hystérique, menaça du pire si je restais, et mon père trouva une solution en achetant une maison coloniale au bas du village. Ainsi il pouvait y cacher sa sœur vieille fille, son propre père devenu une branche morte et son fils indésirable à la voix de chevreau, que l'on pouvait égorger d'un simple regard insistant. Quoi de plus simple ? Je ne l'ai pas poussé. Hadjer me l'a juré tellement de fois que j'ai fini par la croire. Je me souviens seulement du ricanement d'Abdel et de son aisance avec les moutons qui lui obéissaient alors qu'il n'avait que quatre ans. Comme moi. Non, je ne l'ai jamais poussé dans un puits sec. Dieu ne m'a pas puni. Il y avait du sang sur son visage et sur une pierre. Des oiseaux se moquaient dans les eucalyptus alors qu'il faisait beau.

Je savais que, par fausse pudeur et vrai mépris, il ne viendrait jamais frapper à notre porte, sauf le jour de la fin du monde. Et même ce jour-là, il se contenterait, comme au début de cette nuit, de crier notre nom de famille. À l'ancienne. Voilà donc mon heure ! L'heure du destin. "Qui vaut mille ans dans la durée humaine", dit le Livre sacré. La nuit durant laquelle un dieu descend au ciel le plus accessible à la voix et à la prière, le seul que l'on peut voir avant la mort, et répond parfois. J'avais joué cette scène tant de fois dans ma tête que son imminence m'a donné un vertige, a annulé la pesanteur. Abdel et ses frères devaient être aux abois pour me solliciter après des années de rires railleurs et de crachats à la seule évocation de mon prénom. Je lisais dans ma chambre un vieux livre sur le sens des motifs de nos tapis anciens quand soudain j'ai senti un poids au creux de la poitrine et des palpitations, juste après avoir entendu mon prénom répété derrière les murs comme un aboiement. Ce n'était pas la première fois que l'on demandait après moi en pleine nuit *(le mal est nocturne depuis toujours, la nuit est une ogresse qui mange ses enfants et leur raconte des contes)*, mais cette fois la voix était celle de l'adversité et l'heure était si grave que je devais convoquer toutes mes forces. Des années que j'attendais cela. Oui. "Écris !", a tonné l'Ange dans ma chambre rose.

Ma tante Hadjer a joué l'idiote, cachée derrière le battant de la porte. "Qui ? Qui vous demandez ? Pourquoi vous venez la nuit ?" a-t-elle lancé, perfide. Elle a bien huilé les rites sournois de sa vengeance : faire attendre le client, le laisser croire que je ne vais pas répondre à ses sollicitations, l'obliger à se prosterner, à promettre deux moutons, onze oies, du miel, à demander pardon ou à exhiber son désespoir jusqu'à atteindre l'humiliation. Le village a un visage hypocrite, lui qui n'a pas voulu sa main mais qui demande mon écriture. Hadjer n'a jamais su lire, mais elle a très tôt pris le parti de mon don contre mon père, les demi-frères et les médisances. Par vengeance, oui, mais aussi par calcul devenu tendresse, puis amour. Je soupçonne ses raisons, mais je l'aime. Elle a décidé il y a des années, en serrant son foulard sur son crâne et en retroussant ses manches, qu'il y avait un lien entre son sort et mes crises baveuses, et cela m'a attaché à elle. Je pense que sa loyauté mêle un désir d'enfant, la solidarité des exclus, la solitude et, comme je l'ai déchiffré plus tard, un désir d'émancipation qu'elle pensait assouvir avec ma folie pour l'écriture et la lecture. Elle n'a jamais su parler français mais elle s'amusait à apprendre quelques mots qu'elle tournait comme des cailloux dans sa bouche quand elle voulait m'imiter, moqueuse, espiègle. Son amour des films hindous y était pour beaucoup, car je lui traduisais des pans entiers de dialogues touffus, parfois indécents. La sarabande des corps des acteurs était suffisante à sa compréhension générale mais il lui fallait des détails sur les discussions, les déclarations et les confidences.

Hadjer a alors ouvert la porte d'un coup et a fixé, les yeux mauvais, l'implorant dans l'obscurité. Elle l'a examiné de haut en bas avant de se décider à m'appeler. Je quitte rarement ma chambre, que je ferme toujours à clef derrière moi. Hadjer ne laisserait jamais un étranger y entrer, mais c'est plus prudent ainsi. La fin du monde, pour moi, est ce jour où on volera mes cahiers pour les éparpiller dans les rues, aux vents, comme à la sortie des écoles la veille des vacances. Noms rendus publics, généalogies réduites à des cailloux, lentes et puissantes descriptions du monde devenues brindilles de thé dans les champs, accrochées aux buissons. Une encyclopédie dispersée, comme un cataclysme universel. Je redoute cette possible dislocation de ma langue qui réintroduirait des épidémies de morts et menacerait tous les vivants dans le village. Prétention ? Que non ! Simple évidence.

À un certain moment de ma vie, sûr de mon don, je ne lisais presque plus. Je relisais ou je m'attardais à collectionner les titres des romans à paraître. Un vrai état civil dont j'étais le secrétaire et le gardien. Quand je le voulais, tout le village tenait, comme une bille translucide, à contre-jour entre mon index et mon pouce. Un stylo en main, je pouvais faire des miracles et guérir des malades avec les titres de livres que je n'avais jamais écrits. *(La nuit, le village est vide et ses murs se serrent autour des poteaux électriques comme autour d'un feu froid. Tout est jaune, avec des raids d'insectes passionnés et des arbres décoiffés qui tentent de fuir dans le ciel enfin ouvert, abandonné aux intrusions. L'air est un peu froid malgré la saison. Parce qu'il doit venir de derrière la colline, du nord, comme les cigognes, les camions, et les noms des autres villes et villages. Des chiens tracent les frontières par des aboiements, à l'est, et harcèlent les lève-tôt. C'est l'époque des grappes de raisin gonflées et poussiéreuses. À l'ouest, le cimetière clôture le monde avec ses pierres et ses versets.)*

Je suis sorti en prenant mon matériel contre la mort et j'ai marché sans rien dire sur les pas d'Abdel. Hadjer m'a suivi des yeux en restant sur le seuil, longtemps, immobile. J'ai compris qu'elle hésitait à m'accompagner : elle avait peur pour moi, mais personne ne peut surveiller notre maison et nos maigres biens en son absence. Elle pensait peut-être que son intrusion dans la fratrie risquait de gâcher mes chances d'être enfin admis. Il y avait de la rancune dans l'air mais aussi de l'énervement, de la crainte. Le soir, les devantures des magasins fermés donnent au village l'air d'un être atteint de cécité. Il n'y a plus de maisons, les visages et les fenêtres deviennent des paupières. J'ai marché en aveugle. Le ciel, flou et diaphane, telle une paume ouverte sur des cailloux brillants. "Puis, retourne ton regard à deux fois : le regard te reviendra humilié et frustré", raconte le Livre sacré.

Ils étaient tous là, au final, les demi-frères. En haut de la ruelle, embusqués comme des voleurs de bétail, mêlés les uns aux autres par les ombres des angles. Dans la nuit, j'ai senti leur odeur de peau de bête et de troupeau. Parfums de l'argent, chez nous, signe de richesse et de racines. Je ne les ai pas salués, juste un hochement de tête, car derrière moi la fenêtre de Djemila était entrouverte sur l'intérieur obscur d'une vieille maison coloniale. À cause de la chaleur, sûrement. Ou de l'insomnie. Ma voix agaçante a sa légende et je voulais m'épargner la grimace ancienne de ma tribu. Je connais chaque visage, j'ai noté leurs traits dans mes cahiers, leurs habitudes et leurs tics. Ils m'ont suivi, marchant derrière moi comme pour bien marquer leur méfiance, soucieux de montrer qu'ils n'étaient pas mêlés à mon commerce. Abdel en tête, fougueux et nerveux, jouant le chef comme le lui a enseigné sa mère. Je devinais ses pensées : cette nuit ressemble à ma vengeance, mais elle est davantage la possibilité de mon humiliation finale. Il ne sait ni lire ni écrire mais a l'instinct méchant de ceux qui en ressentent le manque.

“Comment vont tes enfants ?” m'a-t-il lancé, en chuchotant sans me regarder, tandis que nous escaladions la dernière ruelle vers la colline. Il sait que je n'en ai pas. Ses frères n'ont pas réagi à la flèche. Je leur ai sauvé la vie à tous, un par un, il y a des années, et ils l'ignorent. *(Pardonne-leur, ô Seigneur, car ils ne savent pas ! Leur cahier s'appelait* Histoire des treize. *À cause de leur ligue sombre, telle une conspiration dans une auberge au Moyen Âge. Cela se passe durant une halte, un homme raconte. Chacun des douze frères porte le nom d'une planète qui tourne sans rien faire dans le village.)* Des oisifs qui, lorsqu'ils s'asseyent en rond, à la fin du jour, près de la mosquée du centre, donnent l'impression mauvaise que l'univers ne sert à rien, qu'il n'est qu'un jeu de billes et de prénoms.

Nous avons donc traversé la rue principale du village avant de bifurquer vers le haut en passant derrière la mosquée du centre, là où logent l'imam et les récitateurs. Ensuite, la pente devient abrupte. Les maisons aux tuiles rouges nous suivaient sans rien dire. Sur les trottoirs, des packs de lait vides, des emballages traînaient. Aucune lune, alors que le ciel l'attendait comme une médaille. Un moment, une vieille brise a tenté de remuer des branches et des ordures mais elle s'est lassée ; elle est retombée en feuilles mortes et sèches. Les murs sont restés là, à nous accompagner, adossés les uns aux autres. En grimpant encore, les maisons coloniales se font rares et le village s'éparpille comme un troupeau. Le souffle, au milieu de la pente, m'a manqué car je suis frêle, avec des poumons menus. J'ai commencé à suer. Nous étions "comme des damnés se suivant vers le précipice", murmurait mon chien intérieur *(ô fidèle compagnon haï par notre religion qui ne sait pas quoi faire des chiens, les célébrer comme gardiens ou les repousser parce qu'ils font fuir les anges, inspirateur de mes écritures, animal de mon intimité, premier dessin de mon enfance et jouet invisible de mes oisivetés premières. Je lui ai consacré trois cahiers entiers sous les titres volés de* Multiple splendeur, Tropique du Capricorne, Cinq semaines en ballon. *Presque toute la Tradition et les hadiths du Prophète ont été rapportés par un seul homme, Abou Hourayra, l'homme qui élevait un chaton. Je me l'imagine assis, caressant le doux animal durant quarante ans, se servant de lui pour garder un lien avec le monde. Mon chaton à moi est un chien et ma tradition est nouvelle).* Même en ces moments peu propices, le chien est bavard dans ma tête, inspiré par chaque détail, récitant des passages entiers de romans lus, proposant des titres variés et des passages indécents. Après le dernier lampadaire public, la route se transforme en piste et là commence le règne des chiens du douar et des cailloux qui tentent de mordre avec leur canine unique. Je me suis retourné, j'ai vu les maisons qui rapetissaient dans l'ombre et nous tournaient le dos, refluant vers le bas de la colline. Les dernières sont sans peinture, inachevées, contrairement aux maisons prises aux colons. Les frères derrière moi auraient pu me jeter dans un ravin, personne ne les aurait accusés car il n'y a pas de témoin à cette heure. Dans le Livre sacré, l'histoire des frères jaloux finit bien pour leur victime, mais dans la vie c'est différent, Dieu manque parfois d'inspiration…

3

La maladie du vieillard n'était plus un secret depuis des mois mais il avait mis un temps fou à ployer le genou vers le sol. Par orgueil, parce qu'il ne pouvait l'accepter, lui qui avait survécu aux colons, à la faim et à l'exil. C'était un homme qui répétait partout que, dans un rêve, Dieu lui avait promis la fortune et des troupeaux innombrables. Un homme terrorisé par le vide, qui tentait de le conjurer par l'abondance. Je ne voulais pas éprouver de l'affection ou du remords. Surtout pas maintenant. L'encre doit être froide et sombre pour mieux décrire et écrire. L'heure du vieux avait sonné et sa feuille allait tomber *("car le cosmos est un arbre, les âmes sont des oiseaux et les vies sont des feuilles, les fruits sont des étoiles et le temps est un automne consciencieux", dit le chien dans ma tête)*. Oui.

Mais ce n'était pas facile pour moi. J'ai attendu ce moment tellement longtemps que je l'ai enrichi de trop de détails, de répliques, de bons mots et de pauses. Le plus grand roman de ma vie, devenu fastueux comme un faux chagrin. Et voilà qu'il s'affaissait comme des tréteaux de théâtre. En hâtant le pas avec les fils du mourant, je ne sentais rien de plus que l'effort physique de l'escalade, et l'envie indécente de caresser de vieux murs ou de m'asseoir pour surveiller le feu qui préparait l'aube, à l'est, derrière le cimetière des Français. Les visages des demi-frères étaient cachés, indéchiffrables. Pierres tombales qui roulent. Qu'éprouvaient-ils ? À qui le râleur défait allait-il transmettre sa bénédiction et son héritage ? Le vieillard avait douze raisons de mourir avant l'aube. Et même treize, si je me comptais. Lesquelles ? La rancune, l'impatience. Peut-être, mais pas seulement. Je voulais sa mort pour enfin respirer amplement, éprouver le vertige d'être libre. On marchait comme un troupeau, bruit étouffé de sabots dans le sable. Quelqu'un a toussoté, un fumeur éprouvé, sans doute. Il ne restait plus du village que des poteaux lointains, affaiblis. On se pressait pour manger le père. Je me suis mis à penser aux vents que j'ai toujours détestés *(le Prophète demande à ce qu'on n'insulte pas le vent, car c'est un signe de l'esprit)*, c'est mon premier souvenir de la maison où Hadj Brahim nous avait abandonnés, ma mère et moi, loin au sud d'Aboukir. Derrière le Sahara imaginaire (je l'appelais Sarah, quand j'étais enfant, d'après Hadjer qui m'a inventé une enfance intelligente et merveilleuse). À chaque vent qui se lève, je ressens l'inquiétude que les toits et les murs s'envolent et nous laissent nus face aux morsures et aux buissons qu'électrisent les serpents cachés. La rafale apporte des grains de sable et de la poussière dans les maisons, fait glisser le désert sous la porte, détruit les seuils et la frontière entre le vague et l'intime. Le sable recouvre alors le goudron des rues, la vaisselle, la verdure, et oblige les habitants à se terrer. Je déteste le vent parce qu'il est le signe du précaire, du nomade. Je m'en souviens maintenant, alors que la nuit est partout, apaisante et entière, inversant la gravité. J'aime les murs et j'ai peur quand ils ne sont pas nombreux autour de moi, multipliant le labyrinthe contre les ennemis et les vents. Qu'a pensé Hadj Brahim sur le chemin du retour, quand il nous a laissés au seuil d'une maison presque vide, alors que le vent hurlait ? S'est-il senti léger et en accord avec son dieu ? A-t-il accompli des ablutions pour se laver du crime ?

Je ne voulais pas rater cette occasion. Il fallait lui prouver que je pouvais le sauver, mais surtout trouver en moi des raisons de le faire. Hadjer avait une explication pour tout, dans mon enfance : les verres qui tombaient de mes mains, l'arrondi de la lune, mes maladies, le vieillissement ou le retour des cigognes, la tache sur mon bras et ce pour quoi je n'étais pas comme les autres enfants quand on me dénudait ; mais elle restait muette quand je lui demandais pourquoi mon père avait répudié ma mère alors que j'étais nouveau-né. Elle restait silencieuse, puis faisait mine de se souvenir d'une urgence. C'est que l'histoire n'est pas magnifique, elle rabaisse mon destin exceptionnel à la trivialité d'une humeur de mon père. Il s'agit d'une banale histoire de jalousie entre épouses, ma mère et ma belle-mère. Le patriarche décida alors une répudiation rapide, assortie d'une trentaine de moutons offerts à la tribu de ma mère, et nous abandonna, sans pain ni source, dans les mâchoires du Sahara que je n'avais jamais vu. Comment a-t-il pu ? Il a égorgé des milliers de moutons mais j'étais le premier sacrifié sur sa liste, l'offrande en échange de la bénédiction d'un dieu troublé, égaré par ses fantasmes. Je suis né quand j'ai compris que j'étais orphelin et que je devais tout recommencer, seul. Et avant tout l'histoire du monde entier *("raison secrète des écrivains", décide le chien de mon inspiration, immense berger allemand, tendre, laineux, aux yeux de sagesse).*

Nous montions toujours, chacun absorbé par ses calculs. C'est ainsi, quand un père se meurt, on se partage son corps et ses traits, on puise dans son cadavre, qui des biens, qui des mots, qui des attitudes, qui des chaussures. Avec l'âge, le père vous inonde comme une ombre, habite votre sang et remonte sous votre visage, comme penché à une fenêtre. Peu à peu, vous prenez sa voix, ses habitudes, et vous vous retrouvez à exercer sa loi sur vos descendants. Je ne le voulais pas. Je n'aurais pas d'enfants, pour briser ce cycle.

Il n'y avait aucun bruit, sinon celui de nos pas étouffés par la terre. Nous escaladions une baleine échouée sous des astres épars. Rien que notre respiration de horde vers la maison du haut. Le village, pour tous mes proches, était scindé en deux : le haut, colline accoucheuse de notre lignée, habité par un lointain ancêtre dont il ne restait qu'un prénom collé à un nouveau-né, le douar arabe à l'époque des colons ; et la maison du bas, récupérée après la guerre de Libération, construite au cœur du village par un Français qui y avait laissé ses meubles et son avenir en s'enfuyant au moment de l'Indépendance. Plus confortable, mais trop grande pour notre trio : mon grand-père, jusqu'à sa mort, Hadjer, devenue dure comme une pierre dans la main d'une montagne, et moi, Robinson arabe d'une île sans langue, maître du perroquet et des mots. Entre les deux, il y avait la mosquée, le marché hebdomadaire et la grand-rue bordée d'arbres aux robes retroussées sur la jambe unique du tronc.

Soudain, les eucalyptus se sont écartés et, dans la nuit, j'ai perçu de la clarté, celle de lampes derrière des fenêtres, et les voix d'enfants inquiets. Des chiens silencieux ont couru à notre rencontre, ce qui m'a effrayé. L'aîné les a chassés dans un murmure et s'est tourné vers moi : "Tu as trois heures. Tu fais vite et tu t'en vas !" Personne n'a protesté. Un hibou a hululé derrière moi, dans le ciel creusé qui s'est rétracté. Mon cœur a fait un bond car, soudainement, j'ai ressenti une brusque exaltation. Une sale jubilation mêlée à de la peur. Comme si je vivais un rêve éveillé ou un moment sacré, en apesanteur. La mort du père ne fait pas partie du temps, elle demeure comme une scène parallèle, qui se déroule sans cesse, reprise et enrichie ou ignorée. Elle se décline longtemps sous plusieurs formes, présages, rêves ou colères, et on passe sa propre vie à en préparer le détail. Comme ce jour où j'ai jeté en rigolant, moqueur, des pierres à Hadj Brahim parce qu'il ne pouvait plus courir aussi vite que moi pour m'attraper et me donner une raclée. Ou quand je lui ai volé son argent alors qu'il s'était assoupi pour une sieste chez nous, dans la maison du bas, avant de nier en soutenant son regard inquisiteur. Ou lorsque je me donnais un autre nom de famille en sa présence, pour l'humilier devant ses compagnons, mielleux avec lui à cause de sa fortune de boucher.

J'ai repris ma marche presque à tâtons. J'avais l'impression de vivre à l'intérieur du récit d'un autre. Étrangement. J'ai fini par trouver l'entrée de la maison de Hadj Brahim et j'ai hésité, malgré mon air sévère et supérieur. Cela sentait la cuisine, les graisses animales et la promiscuité. Il vivait là comme un patriarche, avec femmes, moutons, arrière-petits-enfants et vignes centenaires. Une tribu entre des murs. Je n'aimais pas cet endroit où, à cause du manque d'éclairage, mon ombre devenait un nœud ou une chaussette, et où les gens avaient ce silence colérique et nerveux d'un public qui n'a pas trouvé d'issue pour se disperser. Je devais être le plus détestable des recours, pour cette famille. Voilà donc le malingre qui a peur du sang mais pas du trépas, à qui Dieu a donné le don d'écrire pour faire reculer la mort, que tous veulent éviter depuis toujours, et qui revient en gloire. Abdel, toujours sec, a fait un geste brusque de la main, m'a écarté pour me précéder, a poussé le battant du portail et a crié un ordre pour que les femmes se terrent et disparaissent comme des hontes.

Je suis entré, faussement désorienté, mais la vérité est que je connaissais trop bien le chemin. J'avais le cœur qui battait, humant un air mauvais. L'atmosphère sentait le renfermé des vieilles pierres retournées. Les insectes étaient là, figés, nus, surpris, agités par le désordre nouveau, saisis dans leur intimité. Sous les lampes de la nuit, j'ai noté le changement des peintures, la chaux nouvelle sur les murs préhistoriques et l'odeur du couscous, grasse et lourde. On le prépare toujours en même temps que le cercueil ou la noce. Le manque d'éclairage avait détruit la nuit, devenue haillons. J'ai eu un moment de regret pour l'opacité généreuse des étoiles qui s'étaient arrêtées dans mon dos, interdites. Illusion amusante de se trouver au bord, là où finit la géographie et où commence le conte. De quoi parfaire l'illusion onirique, la féerie méchante.

Mon cœur était une boule de papier. J'ai eu l'image d'un papillon lourd, velu, avec des ailes dessinées comme des talismans, qui heurtait les murs. Le froid m'a traversé. J'ai frissonné. J'ai poussé moi-même la porte d'entrée et la nuit est restée dehors, hésitante, quand j'ai mis les pieds dans la faible lumière de la cour. Un enfant m'a fixé, muet comme un juge, avant qu'une main invisible ne le retire de la maigre clarté. J'ai baissé la tête pour ne pas croiser des visages et m'épargner ainsi la responsabilité de leurs vies. Cela faisait quand même des années que je n'étais pas venu et j'ai reconnu des pierres à leurs rides, des tuiles ébréchées, le bassin d'eau à droite et la vigne devenue folle qui faisait le tour des murs puis le tour d'elle-même, comme désespérée. Je me sentais marchant sur le sol mou d'un cauchemar. Revenu mais indésirable, repoussé. J'ai fait vite et la molle puanteur m'a ralenti avant que je ne touche la poignée de la porte de la chambre souveraine qui donnait sur la cour. Le vieux était dans la même pièce que d'habitude, jeté sur le lit comme une vieille veste qui ne servirait plus contre le froid, ni pour l'apparat. *(D'où me vient cette idée qui persiste depuis des années ? Les cimetières ne m'ont jamais convaincu. Ils ont des fonctions de portemanteau ou de garde-robe, à mes yeux soupçonneux. Comment croire à la dépouille ou à la sépulture alors que je sais que la mort n'est qu'un verre brisé ? Risibles, ces usages de visiteurs de tombes, ces pleurs sur des amas de marbre et d'os ficelés par des versets. Je dois me taire et me mettre au travail. Les cimetières c'est de la friperie. Un débarras d'habits. De l'éternité mal cousue. Colère.)*

Le vieux est là, comme une excavation. J'éprouve toujours de la haine et de la culpabilité quand je suis dans le périmètre de ses couteaux. Un peu tremblant, comme chaque fois que je suis trop près de lui. Mon don est celui de maintenir la vie, le sien était celui de creuser en moi le doute. Hadj Brahim le persifleur, dont le frisson majeur consistait à répondre aux bêlements de la création par l'évocation du nom de Dieu avant d'égorger la bête sacrifiée et de répandre un grand mouchoir de sang, un tissu éploré. Je suis resté ainsi quelques minutes, mais je savais qu'on m'attendait de l'autre côté, à la sortie de l'épreuve. Selon la légende j'avais déjà sauvé des dizaines de mourants, mais selon la légende toujours, j'étais un monstre sournois, caché dans le corps d'un eunuque. Ô, Ibrahim, versant d'Abraham, c'est à mon tour de poser la lame souriante sur ta gorge et de décider si je dois sauver le mouton ou ta vieillesse. J'ai ressenti un poids et une suffocation. *(Je peux partir, fuir. Mais que deviendra mon don ainsi démenti à l'heure la plus grave ? Un verset sur le prophète Younès que d'autres appellent Jonas, noyé dans un cétacé grand comme l'indécision, me revient en tête, imparfaitement. Il portait à la fois le prénom d'une baleine et celui de l'encrier de la nuit, selon les commentateurs du Livre sacré déformé par un rire inconnu : "Quand il s'enfuit vers le bateau comble, il prit part au tirage au sort qui le désigna pour être jeté [à la mer]. Le poisson l'avala alors qu'il était blâmable.")* L'aîné a fait irruption dans la bousculade des frères qui le suivaient, comiques dans leur agglutinement, mais il est resté debout, impérieux, et a ouvert la bouche quelques secondes avant de crier. Je savais ce qu'il allait me dire.

4

J'ai choisi de garder les yeux baissés et de sonder en moi mes vraies volontés. J'avais donc trois heures de sursis, trois cafés et aucune excuse. Premier réflexe, laisser à la porte le long récit de ma propre vie, ce monologue face au miroir qui empêche l'irruption du conte. Ne pas mêler l'heure du destin à mon horloge mentale. Faire le vide pour que le chien ou le dieu se voient forcés de prendre la parole. La nécessité a des règles : il faut apurer le style, forcer les mots à l'exactitude. L'auteur ? C'est le nombril, pas le ventre ni la grossesse. Loi sur la tablette : pour espérer vaincre la mort, commencer par ne pas croire en elle, ne pas croire ce qu'elle susurre.

Je me suis dit alors qu'il fallait peut-être embrasser le vieux sur la tête, ce geste de respect ancien et usé. Mais j'ai trouvé cela ridicule et malhonnête de ma part. Abdel m'a fixé une dernière fois de son regard haineux et froid, puis il m'a laissé avec son père, le mien. J'ai ouvert avec lenteur mon premier cahier et pris mon stylo. Que faire ? Par quel bout saisir la bandelette pour inverser la momification ? C'est toujours un moment de vide et de disponibilité que je vis, juste avant l'inspiration. Des débuts de livres lus et aimés me reviennent en mémoire.

Des lambeaux de phrases. Mais j'attends mieux. J'ai eu de la peine à ne pas lever les yeux sur le mourant, son entassement. À repousser un ridicule sanglot devenu toussotement, puis raclement de gorge, puis rien. J'ai gagné encore une minute ou deux et j'ai cédé : je voulais le scruter dans l'angle de sa mort, seul et reclus, enfin vaincu. Sans ses milliers de moutons élevés dans les montagnes au sud, sans son sourire à fausses dents, ses burnous et ses mots qui m'égorgeaient à chaque occasion possible. Une longue, longue histoire ramenée à un fil de coton que je vais tirer et découper et renouer entre son souffle et ma volonté. Fileur, cardeur et tisserand à la fois. Trois déesses grecques dans le corps d'un imbécile. D'un coup de langue sec, j'ai appelé mon chien dans ma tête et l'ai envoyé me ramasser les étoiles amoindries et les objets lumineux dans les champs. Et j'ai énoncé. *(Écrire est la seule ruse efficace contre la mort. Les gens ont essayé la prière, les médicaments, la magie, les versets en boucle ou l'immobilité, mais je pense être le seul à avoir trouvé la solution.)* Et j'ai commencé à écrire, volontaire et strict, mené par la décision ferme de faire la démonstration de mon don et de sortir triomphant, comme chaque fois qu'on m'a appelé pour contrer la dernière page d'une vie avec la première page écrite de ma main. Sauf que cela n'a pas duré longtemps. Je l'avais pressenti en entrant : il y avait un mauvais équilibre dans les airs de cette nuit. À un moment, on a brisé le silence et la possibilité du miracle. La porte a été violemment agitée par une main impatiente puis des insultes ont fusé… Je pensais avoir au moins deux heures de sursis. Je me trompais. À peine une heure pour certifier mon miracle et, d'un coup, j'ai senti la vague haineuse pénétrer, de sous la porte, comme un vent coulis. Une partie des proches et descendants tentait encore de m'imposer comme solution, une autre se réveillait déjà comme un diable pour crier au scandale, exiger la venue de l'imam ou celle du médecin et me chasser comme un fils ingrat, esprit mauvais des cimetières et des langues mortes. Des cris, des empoignades m'ont interrompu dans mon élan et soudain la porte a cédé…

5

(Des prieurs reviennent de la mosquée et certains me regardent, peu surpris. Je suis le fantôme du village, je n'accomplis plus les prières depuis des années, ni le carême, et je ne récite aucune invocation quand j'éternue ou quand je trébuche. L'appel du muezzin ne me concerne pas car je réveille les morts, pas les dormeurs, à ma façon. L'aube commence sur la peau de mes avant-bras car je suis sorti sans ma veste, oubliée dans la bousculade. L'heure naît comme un froid doux, un courant d'air, d'abord dans les feuillages lointains avant d'atteindre l'épiderme. On dirait que quelqu'un brûle une grande feuille de cahier derrière la montagne lointaine. Une fine incandescence consume encore la ligne noircie remontant vers la main qui tient la feuille. Le feu indirect touche les coquilles d'escargots figés, révélant des humidités et des parcours. Dans le Livre sacré, j'aimais les descriptions des comètes, de l'aube, des étoiles et de la lune coupée en deux. Personne ne décrit mieux le lever du jour que le nomade ou le berger. Je suis assis là, à l'entrée est du village, face aux champs d'où viennent chaque matin les charrettes des agriculteurs qui habitent les douars. Je distingue les peupliers du cimetière chrétien qui sert aux buveurs et aux jeux de cache-cache des enfants. À ma droite,

les derniers grands arbres semblent revenir au sol restitués par l'obscurité, penchés dangereusement, géants ou indifférents. C'est sur ce terrain vague, entre le flanc de la colline et les champs, qu'on a l'habitude d'installer le marché du vendredi. On y vend de tout : des boulons et des récoltes, des sucreries dangereuses et des voitures, des moutons et des nattes. J'y allais parfois, enfant, pour chercher, après le départ des vendeurs, des pièces de monnaie tombées par terre.

Sur les murs des maisons au bord du village, le vieillissement se révèle avec le retrait de la nuit, la peinture reprend son âge, l'inventaire se reconstitue sous mes yeux. Les pierres reviennent des ombres et s'ordonnent en maisons et façades anciennes. C'est à ce moment que se recomposent les couleurs et que les choses reprennent leurs écorces, des noms ou des devantures. Les chiens ont reperdu la lune, ils se taisent, loin au bout du chemin d'eucalyptus qui passe par le cimetière chrétien. Dans l'ordre : d'abord la montagne de l'est s'obscurcit et redevient elle-même la nuit, en contraste avec le ciel déjà pâli. Puis l'obscurité quitte le ciel, les herbes, les arbres, les pierres et mes ruelles. La défaite atteint la rue principale du village où je suis assis, poings serrés sur mes cahiers, devant le magasin fermé d'Ammi Mahmoud, ancien directeur d'école devenu notre vendeur de lait. Tous dorment, habitués au retour régulier de l'univers. Confiants comme des agneaux.

Le village est une plage qui lentement se dévoile sous la vague sèche qui se retire. La place centrale, l'orange de la station essence et la mosquée, haute, autrefois une église, couronnée par le nid des trois cigognes. Je tâte du bout de la langue ma gencive saignante. Au retour de la colline qui m'a chassé comme un mauvais esprit, j'ai hésité à réveiller Hadjer et à frapper à la porte de notre maison du bas. Je ne voulais pas provoquer un autre incident, elle aurait réagi sans réfléchir si elle avait vu mon nez saigner et les griffures sur mon cou. Je suis resté dehors, occupé à suivre le jour qui se lève et à en répertorier les habitudes. Attentif comme si le soleil était un insecte sous ma loupe. Je voulais tenter une sorte de rapport sur les nuances. Dans ma bouche, le goût du sang s'est dilué. Ma joue était brûlante. L'est a respiré d'un coup et j'ai frissonné, puis le papier du ciel a pris entièrement feu. Il y a eu un moment d'équilibre entre le nombre d'étoiles à l'ouest, une sorte de lune transparente qui disparaissait et la clarté intraitable à l'est. La température a finalement gagné sur l'infini. Le grand rideau a pris alors la couleur de l'incandescence, la nuit est devenue cendres, puis il n'est resté que deux ou trois étoiles, jouant les dernières braises à l'ouest.

J'ai tourné la tête, j'avais mal à la nuque. Le chemin serpentant sous les eucalyptus devenait plus visible, comme une écume dans la nuit. Il s'étiolait sous les grosses collines de l'est. C'est là-bas, au pied de la première pente, que je me suis évanoui trois fois quand j'ai tenté de fuir il y a des années pour retrouver la tombe de ma mère. C'est donc l'une des frontières que m'impose mon don. Parfois je transforme mon sort en histoire solide et je me décris vivant dans un palais, claudiquant, obligé chaque soir de raconter une histoire avant l'aube pour sauver une vie. Recette usée, sauf que vers la fin le palais déborde de centenaires qui ralentissent le temps, surpeuplent les couloirs et les chambres pourtant nombreuses, empêchent sournoisement les naissances et épuisent la possibilité des rencontres et du désir. J'aime bien les centenaires, et cette enfance mielleuse et édentée qu'ils réincarnent quand ils s'assoient sur la place près de la mosquée après la sieste. J'ai presque l'impression *amusante qu'ils attendent que les cigognes les emmènent pour les ressusciter quelque part.*

Je tourne en rond. Il faut que je rentre. Ma joue est chaude et la gifle doit avoir encore sa trace sur mon visage, autant que les griffures sur ma nuque. Le sang a le goût connu du métal. Le bruit d'un moteur met fin à la métaphore. Un vendeur tire brutalement le rideau de son magasin vers le haut, loin derrière moi. Des éboueurs passent et me regardent avec le sourire. Ils me connaissent presque tous. Me saluent. Quatre, plus le conducteur du tracteur. Je dois les sauver, eux aussi. J'ai un titre en tête. Un livre lu cette fois mais dont le titre semblait déborder le nombre de pages : Saison de la migration vers le nord.

Images de cigognes, certes, mais aussi de réveil du sexe, de rites qui servent d'intermédiaire entre l'éternité et les calendriers. "Tu as vu le visage de Djemila, mais tu dois retrouver le reste de son corps", me souffle mon animal secret. Oh, cette histoire n'a pas encore trouvé de solution. Djemila est un cas non tranché entre mon père qui la refuse et ma tante qui hésite. Des chiens en meute silencieuse se sont rapprochés de moi puis ont opté pour les poubelles vides qu'ils ont reniflées. Nombreux, menés par un chef pressé. Ils ont tourné leurs têtes à l'unisson vers moi et ont hurlé, moqueurs, "Zabor à bâbord, Zabor à tribord!" J'étais en colère, j'avais envie de pleurer et de crier. Contre moi-même et le ridicule de ma situation. Le soleil s'est levé d'un seul coup, bondissant, rayé de nuages comme un faisan.)

6

(Le jour devient clarté brûlante, dénude chaque coin, coupe des angles, dévoile les écorces et les pierres jusqu'à les faire vibrer. Il n'y a plus aucun endroit pour se cacher. "Sauf dans le cœur de la prière", me dit mon chien.) La loi de la Nécessité reste parfois obscure, même pour moi. Une femme peut être idiote, laide, méchante ou belle comme la preuve du paradis, elle ne pourra jamais expliquer la grossesse. *(Odeur du café du matin de ma tante. La cuisine sent les légumes qui pourrissent déjà. Hadjer a les yeux vifs d'une femme aux aguets, inquiète, mais elle ne dit rien que des banalités. J'ai envie de lui poser des questions, de savoir s'il y a du neuf sur ma demande en mariage auprès de la famille de Djemila maintenant que Brahim est couché pour la mort et ne peut plus s'y opposer en s'offusquant. Je me sens coupable et je tourne en rond. Qu'est-ce que j'ai fait, que je n'aurais pas dû faire ? Je reviens dans ma chambre et je touche des livres, je les feuillette rapidement, mais lire ne me tente pas.* Les Confessions *de saint Augustin ? Non. Je déteste sa façon de gémir et de trahir son corps. C'est le Judas de notre chair. Je commence à avoir sommeil. Mes heures sont inversées depuis des années déjà, je dors quand le soleil se lève et me réveille quand il s'épuise. Peut-être écrire à cette*

femme, Djemila, pour la faire patienter. Un jour je vais retrouver tout ton corps et te le rendre, ô voisine décapitée.) La mère porteuse en connaît la cause, la douleur ou le poids, l'étreinte ou le prénom de l'homme qui a gémi sur elle, mais pas le mystère qui l'arrondit comme une Terre. Tomber enceinte, c'est écouter une musique, peut-être, mais surtout subir une loi majeure. C'est ma métaphore pour expliquer un peu mon cas. *(Hadjer a le visage fermé. Elle me touche les sourcils, ausculte ma joue comme s'il s'agissait de sa propre peau. Elle devient sombre et se lance dans un marmonnement dur et coléreux contre le plafond, et le ciel au-dessus, et le dieu qui les leste. Tout tremble en elle, jusqu'aux murs de la cuisine. Un vent de sable semble la dessécher sous mes yeux. "Pourquoi ? Pourquoi, ô mon Dieu ?" répète-t-elle en m'ôtant ma chemise déchirée et tachée de sang, prenant à témoin mon grand-père mort depuis des années, ses ancêtres imaginaires et sa propre mère. Agitant l'étoffe, car les mots manquent à son émotion. Je me sens honteux d'avoir provoqué cette colère qui trouble notre quotidien.)* J'ai saisi cette loi par intuition. Il y a des années.

J'avais quinze ans, il était quatre heures de l'après-midi, un hiver sans pluie, je me tenais au croisement de deux ruelles traversées par des vents glacés et rampants. On m'avait envoyé acheter du pain à la boulangerie qui faisait face à des foules angoissées par les pénuries de semoule, durant la fin de règne du socialisme. J'étais là, debout, je contemplais deux cafards qui remuaient lentement, immobilisés par le froid dans le caniveau. Des gens hurlaient et se disputaient avec des paniers vides sous le ciel sale et gris, à l'entrée de la boulangerie prise d'assaut. La meute était féroce ; chacun avait un numéro sur son panier mais la file d'attente s'était dégradée en bousculade. On était un pays libre depuis deux décennies déjà, mais le souvenir de la faim est un tatouage inquiet dans la mémoire. Je venais de finir de lire un roman sur une histoire de naufragés. Ils s'étaient mangés entre eux, à cause de la faim et du délire du sel. Puis j'avais rêvé sur les titres des livres "à paraître". J'aimais *Les Révoltés du Bounty* en ce moment. Pour l'idée de feu et d'incendie que je lui supposais, ce pluriel solidaire et bref, ce lieu qui était le "Bounty", nom d'une terre, d'une prison ou d'une ville peut-être et dont on voulait briser les serrures. Je sus, brutalement, qu'il y avait un poids net et précis derrière l'apparente futilité du village d'Aboukir et son oisiveté. La vanité du village était absolue, sa nullité était si évidente qu'elle devait être l'œuvre de quelqu'un qui avait voulu escamoter l'essentiel, le moteur du feu, la volonté de créer.

Je rentrai chez nous et me recroquevillai comme le faisait mon grand-père, la tête entre les genoux, les mains sur la nuque comme un prisonnier. Et ma peur se mua en colère, car je ne voulais pas subir son sort, perdre mes mots. La loi de la Nécessité coula de la source de cette première vision, entre la fin de l'enfance et la puberté. Expression d'une mécanique de salut qui allait me pousser à réfléchir au moyen d'échapper à la prison des miens, à leur façon de vivre et de fermer les yeux sur les évidences, à leurs artifices.

À certains moments de mon adolescence, je ne pouvais tolérer le moindre mot sorti de la bouche de mes proches, leurs soupirs, le récit de leur pèlerinage, de leurs orgasmes, de leurs salaires payés par l'État. Tout était odieux, petit, et provoquait ma moquerie. Je devins persifleur par dépit. Et rien n'échappait à ma risée, pas même le visage de Hadjer, dur et protecteur. J'avais l'impression de regarder mon univers à travers une loupe grossissante responsable de sa laideur démultipliée. Prophète infinitésimal et strict. Un petit monde destiné à l'abattoir et au ridicule, prétentieux dans sa façon d'expliquer le monde, dépourvu de récits capables de le sauver sauf celui de son Livre sacré, récité sans cesse pour exorciser l'angoisse. Je trouvais encore plus humiliante cette idée de paradis éternel *(Tout le monde le décrivait sans cesse, y plantait des arbres et en détaillait les délices et les rivières en hochant la tête avec gravité et patience. Tous me répétaient que Dieu a donné la vie d'ici-bas aux Occidentaux et a réservé l'au-delà pour nous, abusés par un pari fou et imbécile)* qui vidait notre univers et le transformait en salle d'attente, en campement de nomades. Aux yeux de l'adolescent, soudain, ce n'était que vents de sable auxquels on opposait versets et génuflexions. Souvenirs de voix grossières, comme ralenties par le mugissement, de frustrations alimentaires, parce que je ne mangeais pas de viande, de jalousies entre femmes qui fermentaient et de dents pourries dans la bouche des hommes. Si Dieu aimait la beauté, comment expliquer toute cette laideur sous mes yeux ? Si la vie était impureté, pourquoi y étions-nous soumis ? Le pire était cette sensation d'insuffisance, ce creux au ventre qui m'obsédait comme une faim alors que mon sexe n'était pas assez éveillé pour y combler un vide. Je ne sais comment je parvins à survivre, à vrai dire, pour arriver au port de cette langue. Peut-être par pressentiment d'un salut différent de celui des miens, par peur ou par lâcheté.

Bien sûr j'ai tenté la foi, mais elle se révéla insuffisante. Il y avait en moi un récalcitrant, et, selon mes lectures de la Tradition, le fils d'un prophète n'était jamais le meilleur des croyants. Voyez le fils de Nouh, Noé dans l'autre Livre, que j'ai adoré, assis sur sa montagne, digne noyé, refusant l'arche ou la plaine : "J'irai me réfugier sur une montagne qui me protégera des flots", dit le Livre sacré. Pourquoi Dieu avait-il besoin de ma foi pour croire en lui-même ? Et quel était ce commerce qui exigeait la défaite de mon corps en échange du paradis ? Jaloux de mon argile ? Incapable de manger sans passer par ma bouche ? Il avait inventé le paradis en oubliant qu'il n'avait pas de corps pour en goûter le fruit, alors il pensait me redemander le mien. Par versets, par chantage, par menace ou par séduction. Au sommet de la montagne de mon catalogue de rancune, Hadj Brahim, avec sa verrue, les poils de son nez et son burnous marron, les yeux injectés du sang de moutons tués, vociférait au-dessus de ma gorge ouverte. Ô Dieu ! Ô Dieu, que ce fut long, ce calvaire. Qui ne cessa que lorsque je compris que le monde était un livre, n'importe quel livre, tous les livres possibles, écrits ou à écrire. Alors mes crises d'évanouissement s'espacèrent, je recommençai à manger sous les yeux des miens et retrouvai des couleurs. Oui, n'importe quel livre pouvait réordonner le monde, quoi qu'on y raconte, l'essentiel était l'existence prouvée de l'ordre de la langue, la possibilité des mots et de l'inventaire. C'était cela le plus urgent.

(Je me traîne vers mon lit, décidé à refaire le compte. Ils sont vingt, cette fois. Les frères que je peux éliminer de l'inventaire, les trois épouses sans nom croisées dans la cour quand je suis entré dans la maison du haut, les cinq éboueurs. J'ai tout noté, la description des visages, leurs expressions, la qualité des dents. J'ai trois jours. Une porte claque, celle de l'entrée, que je reconnais à son bruit de bois lourd. Hadjer en croisade contre l'infanticide, me dis-je. Ou en mission pour tâter le terrain chez les voisins. La maison tombe dans ce silence délicieux qui me débarrasse même de mon corps, si je reste immobile. Rares moments où le monde se renouvelle sans dire un mot. Par quel titre commencer? Le Château de ma mère. *Ou l'éternel* Robinson Crusoé, *avec ce moment inquiétant où il découvre l'empreinte d'un pas impossible sur une île à peine esquissée, encore vierge et inconnue. Moment de terreur factice sur mon lit. J'adore aussi quand, sur* L'Île mystérieuse, *Smith découvre la grotte et a l'intuition d'un architecte caché. C'est là que je vais dormir ce jour.)*

Je dois expliquer cette fameuse loi de la Nécessité. La perle de mon océan, la preuve de mon don. La mécanique qui m'a permis de contrer la mort en moi et chez les autres. Car toute loi est rouages. J'ai commencé par les plus petits.

7

En été, j'aime dormir presque tout le jour, savourant l'excès comme une drogue. Faire faux bond au soleil, à l'ordre du village et ses habitudes, et aux visiteurs éventuels qui peuvent débarquer en ces heures dans notre maison du bas. Dispensé de gagner mon pain comme les autres, sans enfants ni épouse, je dors à contresens de l'ombre : tout le jour inerte sur mon lit, la nuit en guetteur des respirations d'autrui, inventoriant vignes, visages et synonymes. Au crépuscule, je me lève souvent avec une sorte de vertige, une distance entre moi et les objets qui détraque le rituel des heures. Je savoure cette sensation d'apesanteur due au décalage *(décomposer le temps est le premier pas vers l'extase, selon les chamanes, une obligation pour pouvoir fuser hors de l'enfermement)*. Quand les autres somnolent déjà, fatigués, moi j'examine la nuit à sa naissance évasée, attentif à ses rites qui restaurent l'infini dans le creux du ciel. Et je peux veiller longtemps, à lire ou relire mes livres, quand la nuit s'avance et que tous dorment sur le dos d'une baleine universelle et lente. Ma tante connaît mes habitudes depuis que je ne vais plus ni à l'école ni chez les récitateurs apprendre le Livre sacré par cœur. C'est aussi l'heure de nourrir mes cahiers, rangés comme des ardoises, ouverts sur le blanc de leurs gosiers larges, pulsant comme des maux de tête ou des organes. Je me lave le visage, je prends mon café de l'après-midi, j'échange avec ma tante à propos de ma famille, de mes demi-frères et de mes rêves. *(Cette fois, elle garde le silence. Elle n'était pas chez nos voisins pour parler aux parents de Djemila. Je demande des nouvelles de la santé du vieillard. Elle me répond que ses fils vont le tuer, qu'ils n'attendent que sa mort mais qu'ils seront déçus. Je traduis : il respire encore. Un blanc s'étend au milieu de la conversation et tous les deux nous savons ce que j'attends d'elle. "Ce n'est pas le moment", répond-elle à ma question muette, puis elle ajoute "Elle a deux enfants. Que vas-tu faire d'eux ?" Je ne réponds pas, car moi-même je ne sais pas. La paternité m'angoisse comme la perte du sang. La responsabilité que j'ai de maintenir vivants les miens m'oblige à la virginité et à l'abnégation. Je me mens, aussi, car la vérité c'est que je veux sauver cette femme, lui rendre son corps, et que je n'ai jamais pensé à ses enfants. Mais il y a d'autres obstacles : son statut de femme divorcée, mon père et mon secret intime, c'est-à-dire ma chair différente quand je suis soumis à la nudité. Ma tante le sait, mais on n'en parle plus depuis mon enfance. Je ne suis pas circoncis, distinct des autres par le corps et l'esprit. Par accident ou par peur, j'ai refusé le Pacte de chair, en quelque sorte. Hadjer craint le scandale, l'insulte, le déshonneur et l'hallali des malveillants si cela s'ébruitait, ce qui serait possible avec une femme dans mon lit de vierge. Est-ce que je me sens humilié ? Non, seulement indécis sur mon avenir : quelque chose se réveille en moi quand je convoque le visage de cette femme, mais ce n'est peut-être qu'une tentation sur mon chemin de consacré.*

Je laisse Hadjer et je vais regarder la télévision. Ce monde en noir et blanc qui ne me concerne pas. On y diffuse un documentaire animalier après la lecture de versets du Livre sacré. Aujourd'hui, selon mon calendrier intime, le monde est une page froissée. Autant ne pas la lire. Dans la cuisine, Hadjer parle à une autre personne, probablement une parente venue chercher des nouvelles de la mort dans notre famille.) J'étais encore honteux de ce qui s'était passé la veille. J'aurais dû être plus courageux, rendre les coups ou hurler, mais j'en étais incapable. À cause des milliers d'histoires qui tournent dans ma tête, j'ai pris mes distances avec les grandes émotions. Je vis comme décentré, à l'extérieur du village, dans son cœur noir. J'ai failli aller dans la cour, sous le hangar, pour regarder les étoiles venir, mais j'avais plus urgent à faire face au plafond. Comprendre pourquoi mon don s'était montré incapable de réanimer Hadj Brahim, alors que j'avais une belle vue sur son agonie, que je connaissais des milliers de détails capables de le ressusciter, de reconstruire son histoire. Est-ce la haine ? Peut-être. La vengeance ? Peut-être aussi. À vrai dire, sûrement. Je suis alors retourné dans ma chambre.

Quand elle veillait mon ancienne maladie, Hadjer m'avait, par ses longs soliloques, implanté dans la tête toute une carte imaginaire : le village d'Aboukir, indistinct dans la ruralité de mon pays natal, avait sa propre géographie selon elle. Imbriqué avec mon histoire, mêlant des prénoms et des arbres, des légendes et les trois marabouts. Le nombril du monde était logé entre des collines qui se prétendaient des débuts de montagnes à l'est, le cimetière de Bounouila à l'ouest, là d'où venaient tous les eucalyptus qui traversaient nos vies avant de continuer leur chemin. Au nord, il était fermé par la colline. Celle de mes ancêtres qui avaient assisté à la venue des premiers colons en 1848 et qui y avaient érigé leurs tentes de communards exilés. L'élévation nous séparait de la grande ville et de la mer que je n'avais jamais vue qu'à la télévision, grise et exilée. Quant au sud, c'est de là qu'était venue mon arrière-grand-mère, tisserande de tapis et propriétaire des derniers chevaux de sa tribu, avant la première vague de famine au début du XIXe siècle. Selon la géographie, le Sud était jonché d'autres villages comme le nôtre, jusqu'aux hauts plateaux puis au Sahara qui nous lançait ses assauts de vent de sable chaque fin d'été. Mais, selon l'histoire, le voyage tournait court avec une fausse route qui ramenait tous les marcheurs jusque chez eux sans qu'ils s'en aperçoivent. Toujours selon Hadjer, quand la nuit était longue et mes peurs atroces *(mes cheveux oints d'huile et mes tempes serrées par un foulard rêche)*, la cartographie de l'au-delà était simple : une ville méprisante, au nord, qui surveillait la mer *("Ton grand-père Hbib s'y rendait pieds nus, chaussait des espadrilles neuves en y arrivant, vaquait à ses affaires puis revenait se déchausser quand il reprenait la route vers Aboukir, disait-elle. Il a donc gardé la même paire pendant une décennie", ajoutait-elle, fière de m'enseigner la précaution)*, la colline *("Ils ne t'arrivent pas à la cheville, tes demi-frères, ils jalousent ta beauté et ton don d'interpréter les rêves dans les livres ; et tu n'as jamais poussé Abdel dans le ravin pour le tuer. Jamais")* et le grand cercle épineux d'une forêt de figuiers de Barbarie qui nous entourait à l'infini, nous protégeait mais nous empêchait de partir, de quitter nos mères ou de voyager. *("Ton oncle Chaabane a réussi à la traverser à vingt ans mais, une fois installé en France, son esprit est devenu lent, idiot. C'était un moyen de se protéger contre la douleur. Quand il revenait, les étés, il nous apportait des bananes, des pommes et des francs.")*

Et où était situé le village de ma mère ? On y arrivait en y laissant sa peau entre les épines. "C'est ce qui l'a tuée." Comment étais-je revenu au village ? "Un oncle t'a ramené et t'a posé au seuil de la maison du haut, puis il a disparu en laissant un peu d'argent et un passe-montagne en laine rouge, le bonnet cosmonaute." Mais comment avait-il survécu au périple ? "Il savait cueillir les figues de Barbarie, comme les gens de chez nous" : en utilisant une longue perche fabriquée dans un roseau, fourchue à l'extrémité. Il fallait saisir le fruit par ce bec, le tourner vers le bas, délicatement *("tout est dans le mouvement du poignet, je te dis !" répète Hadjer)* pour le décrocher, le ramener dans un seau et bien le tenir entre le pouce et l'index afin de l'écorcher. Il ne faut pas en manger beaucoup car cela remplit alors le ventre d'une pierre tombale et on meurt de constipation en accouchant d'une montagne. Et le Sarah de sable ? C'était nommer l'innombrable, et Hadjer ne savait pas le faire. Alors le désert devint une sorte d'étranger dont on entendait le bruit de pas quand on collait l'oreille au carrelage. Un monstre éolien qui aimait boire toute l'eau et manger toutes les racines ainsi que les voyageurs égarés. Un vent de sable dans le ciel rouge irrité, un lieu où le monde perd la trace de lui-même en demandant d'où il vient. Je l'imaginais comme un tapis fait main, désordonné et changeant selon les rafales. J'en avais peur en fixant le

Sud, déjà, car le Sahara avait quatre-vingt-dix-neuf noms, lui aussi, et lui aussi était invisible et colérique. Peut-être qu'à cause de l'unique souvenir que j'avais de ma mère (un cri et un bruit de chute), lié au vent dans la maison où Hadj Brahim nous avait abandonnés, il représentait le néant, la mort, ou le complice effaçant les traces de mon père qui fuyait. Voilà pour la géographie.

L'histoire, quant à elle, je la déroule depuis des heures déjà. Ce jour-là, face à la boulangerie, dans la bousculade des pénuries de cette époque, j'avais pleuré. De compassion pour les miens : mon autre tante et ses migraines infinies ; mon grand-père et sa vie muette ; nos voisins, un par un ; la vieille Taibia ; l'unijambiste Aadjal, qui s'affala un matin et qu'on retrouva dans les champs à midi ; Hakim, mon cousin, qui naquit sans son esprit et resta à l'attendre pendant trente ans avant de mourir bêtement ; mon oncle, qui traversa la mer et y laissa la moitié de son corps ; j'avais pleuré sur le manque de nourriture, l'avarice qui en naissait dans les regards, la rareté de la semoule et la tristesse du programme de la télévision qu'on ne pouvait allumer qu'au crépuscule sur des émissions en noir et blanc. Tout était futile et sans issue comme une vie de forçat inconscient de son sort.

Rien d'autre à dire : le véritable sens du monde était dans les livres, et cette langue *(celle-là même, sous mes yeux et mes doigts, encore apte à sauver une vie en haut de la colline, outil de ma maîtrise et fruit de mon apprentissage en autodidacte, peuplant mon énième cahier)* m'en offrait l'essentiel. Tous devaient y figurer. Tout devait être répertorié, inventorié, classé, désigné, nommé pour ne pas sombrer dans la mauvaise herbe de l'île que figurait mon village. Poll, le perroquet énigmatique dans *Robinson Crusoé*, ce troisième personnage auquel personne ne prête attention, avait les couleurs d'une belle langue secrète que j'ai enrichie avec patience, comme un miniaturiste. Une petite voix me répétait déjà : Qui se souvient des anciens, aujourd'hui ? Et qui doit sauver ce monde de l'effacement ? Sûrement pas celui qui récite le Livre sacré sans le comprendre, plutôt celui qui écrit sans s'arrêter sauf pour aller faire ses besoins, manger ou reprendre des forces en fermant les yeux. J'en étais le seul capable.

Hadjer a compris : "Je vais leur rendre leur gifle, un par un. Je ne veux rien savoir des morts ou des mourants. On ne touche pas à mon fils", a-t-elle lancé à la voisine. Je n'ai rien dit, par paresse. En vérité c'est ma faute : je suis à peine parvenu à écrire une ou deux pages. Cela a fait revenir une lointaine bougie dans le corps du lutteur mais n'a pas suffi à vaincre la mastication de la mort. J'ai juré, en criant à la horde des demi-frères, que le vieux avait tourné la tête vers moi, qu'il m'avait regardé avec des milliers de mots dans les yeux, qu'il avait même versé une larme, mais on n'a trouvé trace de rien sur son visage et la scène du miracle a été saccagée par les piétinements et les insultes qui ont tout sali. Après cette nuit de doute à propos de mon don, chassé de chez Hadj Brahim qui agonisait, j'ai mal dormi, muet, le nez en sang, le corps endolori comme après un corps à corps. D'un coup me revient le rêve de cette journée d'été que j'ai passée à dormir, agité : un singe s'était installé sur ma poitrine, m'avait mordu quand j'avais tenté de me débarrasser de lui, m'avait étouffé en rigolant dans son langage tressautant.

8

Encore deux nuits en comptant celle-ci. Un sursis étoilé. Ça fonctionne toujours ainsi, selon ce rythme qui relève peut-être d'une superstition. Comme celle de n'entrer dans les toilettes qu'avec le pied gauche, de chausser d'abord la jambe droite, de ramasser toutes les clefs trouvées par terre durant mes inspections nocturnes du village, de ne jamais serrer la main d'autrui, de deviner des calligraphies dans les branches sèches des arbres, etc. J'ai été chassé à coups de pied par les demi-frères, brutalisé par leur colère, leur dépit, et je n'ai que peu de chance d'être sollicité encore une fois, de pouvoir revenir près du lit de Hadj Brahim. Toute la tribu va désormais faire barrage à mon entreprise. Et pourtant je dois trouver le moyen de m'asseoir à ses côtés, de le veiller, de le réveiller *(caché sous la peau d'un mouton pour échapper au géant, déguisé en mendiant, dissimulé dans une jarre comme le trente-neuvième voleur, masqué par un voile de femme, invisible par la force d'une invocation ou pleurant de regret et contrit devant mes demi-frères, sur un tapis volant tissé dans l'écharpe d'un aviateur? "Choisis", me dit mon chien intime).*

Selon ma loi, je disposais d'un sursis de trois jours entiers entre le moment où je rencontrais un agonisant ou un passant et le moment de sa mort si je n'écrivais pas quelque chose sur lui, même imaginé, même avec le titre d'un roman que je n'avais pas encore lu, même avec une seule métaphore puissante, repoussant la dégradation, réduisant le temps comme une équation ou une étreinte. Je dois donc y retourner, au plus vite. Avec Hadjer, cette fois. C'est la seule solution. Elle saura créer l'occasion et occuper mes adversaires. J'ai écrit une seule phrase ces dernières heures et je l'ai contemplée : "La langue est le versant impétueux du silence." J'ai ouvert alors un livre sur les mythes perses, je l'ai lu jusqu'au matin et j'ai conclu en écrivant une nouvelle lettre à Djemila, qui ne savait ni lire ni écrire, pour lui expliquer mon ardeur et ma notion de salut. Inutilement. Est-ce que j'aime cette femme ? Oui. Je me sens coupable quand j'évoque son sort et je sais que, pour elle, écrire ne suffira jamais à l'arracher à la mort et à lui redonner un corps entier. À vingt-quatre ans, elle est divorcée (répudiée peut-être) avec deux fillettes, et donc condamnée à vivre comme une décapitée en ne montrant que sa tête par la fenêtre. Je la sauverai non pas en écrivant mais en lui racontant une histoire qui réparera sa décapitation et lui fera retrouver l'usage de ses mains, la voie de ses sens. C'est confus en moi, fragile et encore insincère. Mais il y a dans son sort quelque chose de commun avec le mien. Je pense de plus en plus que, dans son cas, l'histoire à imaginer doit se servir même de mon corps. Peut-être que l'amour n'est que solidarité, une manière d'attendre à deux.

Puis j'ai dormi comme un conteur qui rentre chez lui, avec ses propres cendres à raviver à la prochaine veillée. Le muezzin de l'aube m'en avait donné le signal.

9

Au crépuscule du deuxième jour, cette sentence a pris tout son sens dans la lumière orange : Écrire c'est éclairer. Alors j'ai essayé de comprendre ce qui s'était passé. *(Quel titre pour ce cahier?* La Crucifixion en rose, *peut-être. J'aime parfois écrire au réveil, à jeun, car mon corps n'est pas un obstacle à l'apesanteur. Je cultive ce vertige comme une prémisse dans mon monde aux horaires inversés.)* Pourquoi ce don, qui a sauvé des centaines de personnes, qui veille sur les visages, les prénoms, les angles du village, a-t-il cédé à la panique et à la débandade? Je ne me souviens pas d'un cas pareil, sauf peut-être à mes débuts, quand je frappais aux portes pour proposer de prendre soin des malades. Mais là-haut, sur la colline, je me suis montré piètre guérisseur alors que je vivais le moment dont j'avais toujours rêvé sans me l'avouer. J'ai tant de fois joué la mort de mon père qu'il en était devenu immortel. C'était pourtant l'occasion de tout réparer, la mort d'un seul coup et le malaise en moi, mon corps, ma voix et mes évanouissements à la vue du sang. Je n'ai pas su résister à ma peur qu'il ne soit pas bel et bien mourant, qu'il risque de se remettre à parler pour se moquer de moi et de mon don, qu'il se saisisse de son bâton pour me battre.

Hadj Brahim avait cette sale réputation dans le village, et on ne lui accordait du respect qu'en raison de sa fortune. Ou peut-être à cause de sa capacité surprenante à deviner la nature profonde de ses clients : mauvais payeurs, sournois souriants, tricheurs sur la laine et le poids du bétail, bergers rusés, éleveurs voleurs, maquignons et intermédiaires. Il pouvait, d'un simple coup d'œil, jauger une bête, sa chair, son poids sans laine, son goût, et deviner l'emplacement de ses pâturages dès qu'il mordait dans la viande fumante. Un vrai mystère, car nos ancêtres ne connaissaient pas ce métier de boucher qu'il avait appris seul, “sur un rêve de Dieu alors que tous dormaient sur leurs lauriers après l'Indépendance”. Cette parenté avec le bourreau lui offrait quelques dons accessoires : les chiens se taisaient à son approche, il n'avait pas peur d'aller la nuit dans les cimetières ou des endroits dits hantés, il savait aider les animaux à mettre bas, récolter le miel sans se faire attaquer, et il marcha sans chaussures jusqu'à l'Indépendance, comme il aimait le raconter. Légendaire Hadj Brahim, perspicace comme la méfiance et faux comme un film.

Ce soir-là, j'ai donc écrit la première ligne et le vrai frisson, connu depuis l'Antiquité, a couru sous mes yeux comme une onde sous la pierre. Le vieux est retombé du ciel tandis que je commençais. *(Les vrais cimetières ne sont pas les tombes mais les photographies. J'en ai quelques-unes dans ma chambre. De gens célèbres ou anonymes. Celle de mon grand-père fixe en colère le voleur de son âme, c'est-à-dire le photographe. J'aime regarder ces écrasements de faces sur la vitre impossible qui nous sépare, moi le vivant, eux les disparus hébétés par le vide ou prenant des poses désormais creuses. Abîmé d'y penser sans cesse. De vérifier qu'on peut être l'univers entier, son nombril convexe, puis n'être plus rien qu'un accident, une jonction entre la futilité et la prétention. À la fois le centre du monde et sa parfaite négligence. La proclamation d'une éternité et son démenti net. Je scrute surtout les yeux dans les photos, ces véritables bouches bavardes alors que la langue est déjà morte avec le reste du corps, invisible sur les portraits. Le grain de la peau impossible à dégrader, puis j'imagine la nuque, qui est la preuve qu'il y a une vie derrière le visage. Qu'on peut tourner autour, comme une montagne ou une colline basse, un monument dense. Les photos en noir et blanc, j'en ai beaucoup. Quand j'en fixe une pendant quelques minutes, je panique. Comme si je regardais un trou. Ou des êtres qui ne savent pas que leur nuque est mordue par la mâchoire d'un animal qui grogne et les emportera comme des repas alors qu'ils se croyaient heureux et féconds.)* Il était bien mourant, semblable à un cerf-volant étalé ridiculement sur son lit. Je savais qu'il était sur la voie du trépas à cause du bruit d'insecte qui émanait de lui. Je reconnaissais tous les signes de ce basculement curieux de la vie vers la mort qui n'a pas d'yeux ni de bouche et qui pourtant avale tout le monde, et la moitié de mes pensées, et une bonne partie des terres à l'ouest du village, au cimetière de Bounouila.

J'avais la capacité de le sauver ou de le ramener à la vie, tout neuf jusqu'à ses dents *(mécanique simple : il suffit de donner à la mort un os à ronger, de la tromper avec une histoire très longue qui l'épuise et l'éloigne)*, ou peut-être déjà abîmé par sa lutte contre l'obscurité, ou à peine capable de proférer des mots intelligibles, mais cela n'excuserait pas mon renoncement.

Derrière la porte (que j'exigeais fermée pour que l'âme ne s'échappe pas), je distinguais le bruissement des déplacements de ceux qui attendaient la fin de la séance dans la petite cour, des bruits de vaisselle, des enfants que l'on tentait de faire taire et qui demandaient après leurs mères, le grincement de la porte principale qui s'ouvrait de temps à autre sur un groupe de voisines venues offrir de la compassion ou des bras pour rouler le couscous.

On savait, dans le village, que personne ne devait me déranger quand je maintenais la mort à distance en aboyant plus haut qu'elle, mais dans son langage muet. Ceux-là mêmes qui se moquaient de mes talents dans les cafés ou à la sortie de la mosquée finissaient un jour ou l'autre par me solliciter, tête basse. La mort rend bête et soumis, je le sais de métier, et avant de venir me trouver, mes détracteurs se rendaient à la peur comme du bétail. Pourquoi moi, et pas les récitateurs du Livre sacré ou l'imam? Peut-être parce que je possédais le bon alphabet, neuf et ravivé par mon dictionnaire sauvage? Peut-être parce que j'avais les apparences de l'innocence? Ou parce que j'avais déjà sauvé des vieillards et des malades qui déambulaient comme de douces monstruosités dans les rues d'Aboukir? Je comprenais que ces gens-là puissent hésiter longtemps avant de venir frapper à la porte de notre maison du bas, alors que les récitateurs étaient nombreux et que la médecine était gratuite dans notre pays.

Mon mourant était là, à peine un corps autour des os. Difficilement reconnaissable malgré ses sourcils froncés qui résumaient son autorité, hébété par la peur, abasourdi par la perspective de perdre l'évidence de son monde, l'éternité qui ne s'était jamais démentie jusque-là. Je le connaissais, bien sûr, mais je ne voulais pas aller plus loin. Il fallait, c'est la règle, l'ignorer pour le retrouver. Ressusciter l'image du souffle, lui redonner une jugulaire battante, une peau rêche, l'arracher à l'ombre en dénouant les bandelettes. La tâche était lourde, mais il s'agissait d'une belle revanche sur cet homme, celui-là précisément parmi les centaines d'autres que j'ai sauvés, parmi les arbres que je maintiens verdâtres et coquets, les cours d'eaux, les figues de Barbarie et les murs que je soutiens, tout le village, pierre par pierre, jusqu'aux chiens et poussins. *(Troisième page du cahier : remonter le cours de la momification. Le titre ?* L'Aiguille creuse. *Résumé d'une histoire d'astronomie ancienne.)* Une belle revanche. Dérouler les mots, réinsuffler le liquide du cerveau par les narines, les humeurs, les fluides qui unissent le sang et les nourritures, restituer toute l'eau puis les organes un à un comme des pierres d'angle, puis laver le corps pour le retirer du Nil invisible et lui rendre son prénom, son souffle, son battement, la veine sombre qui introduit le rythme dans l'immobile. Tout un processus. Rien qu'avec des mots, une longue histoire s'imbriquant dans une autre, et ainsi de suite jusqu'au réveil final, le sourire reconnaissant.

On a alors secoué la porte, malheureusement. Quelqu'un s'est interposé et des cris s'en sont suivis. Je sentais la haine. *(Mon père a travaillé durement. Il le répétait ostensiblement quand, les premiers temps, il venait en fin de journée prendre le café chez nous, en bas. Une vieille obsession faisant remuer ses lèvres dans sa barbe. Une histoire qui dura soixante-seize ans, assécha ma peau, tua des dizaines d'arbres, pénétra profondément jusqu'aux tombes des ancêtres et aux sources d'eau, se répandit partout et ravagea la beauté des récoltes, le ciel qui s'en lavait les mains, le monde entier qu'était le village. Son récit si long m'épuisa, faillit me tuer. Je survécus grâce aux livres dans ma tête qui firent barrage, me préservèrent de la culpabilité et m'empêchèrent de me crever les yeux. Je la raconterai plus tard, vers l'aube. Il me reste encore quelques heures et cela excite ma prédilection pour les digressions.)*

Je connus une première chute. Longue. Qui dura des jours, tant le fond du puits était loin. Je fus poussé dans le trou pendant mon sommeil et me réveillai tombant, désarticulé. Sans panique, juste étonné par la nouveauté, touchant de mes doigts les parois des murs, les racines des choses, les boursouflures du sol en coupe verticale. Quand je levais la tête, je voyais le monde s'éloigner tandis que je chutais presque avec soulagement. Il était presque seize heures ce jour d'été quand on me jeta au fond du puits. Je ne suis pas tombé d'un seul trait comme la pierre. Que non ! J'ai flotté lentement, virevoltant dans le noir comme une plume portant des chaussures : je ne comprenais pas très bien mon sort, j'avais quatre ans, mais j'aimais la sensation. Et parce que j'avais perdu ma mère deux ans plus tôt dans le village d'Ammi Moussa, très loin dans le dos des montagnes, entre les figuiers et le désert, j'aimais les endroits sombres aux parois resserrées et aux souffles chauds. Je confondais la tendresse et l'enterrement. Ou la mort et l'apesanteur. Ou le rêve et le dénouement.

J'atterris dans la maison du bas, doucement, telles des brindilles de thé au fond d'une tasse. Il n'y avait rien, au sol de cet abîme, que du carrelage avec des dessins inutiles, quelques pierres blanches dans la cour, un citronnier nain odorant à s'y perdre. Je me dis qu'il méritait un nom, comme un chiot. J'avais deviné les lieux du haut de l'altitude que je perdais : la cour rectangulaire, un hangar, le grand portail, un bassin d'eau morte. Je venais de toucher terre, étourdi, et me retrouvai au ras de toute chose, en un seul morceau mou. De l'eau coulait derrière moi. Je vis un robinet dans le coin droit de la fosse, le bassin en ciment vert-de-gris, l'entrée de la cuisine sur ma droite. Une grande fenêtre de ce qui serait ma chambre rose agrippait à pleines poignées les barreaux qui la séquestraient, visage de bois écrasé derrière la prison. Et, tout en haut du puits, le ciel, comme à travers un trou, bleu, inaccessible, à peine concerné par mon sort et le poids des choses sur terre. Des oiseaux en essaims le traversaient comme des versets du Livre sacré.

Je sentais que je pourrais tomber cette fois dans le sens inverse, vers le haut, m'évanouir si je persistais, tête levée, front ouvert. J'avais quatre ans et c'était mon premier jour dans la maison du bas où on avait décidé de nous exiler. Hadjer, déjà vieille fille à cette époque, s'affairait autour du fourneau pour préparer un café. Mon père avait réparé l'arrivée d'eau, avait jeté un regard sur la cour sèche et sans herbes, m'avait observé un moment pendant que je jouais avec des cailloux blancs, avait même ouvert la bouche pour dire quelque chose… mais il tourna le dos – pour vingt ou trente ans, d'ailleurs. Il avait décidé qu'il valait mieux s'occuper des murs que des siens et annonça qu'il allait refaire le carrelage, les toilettes et la peinture. Ma tante eut l'intelligence de retenir son émotion, comme pour m'obliger à mûrir un peu et à quitter l'enfance pleurnicharde de l'abandonné.

C'était la fin du jour, de la poussière jaune pénétrait les choses en sourdine, le silence était celui d'un désert sec, tout en pierres et trébuchements. Un lézard frissonnait sur le mur. Il tenta de ressembler au tracé d'une lettre arabe, puis s'éclipsa. J'eus soudain froid et fus tenté de pleurer pour sentir mon corps, retrouver mon visage. Mais j'étais, je crois, trop fatigué, comme assommé après ma rude confrontation avec ma belle-mère et son fils Abdel qui saignait du nez et du front. Les événements m'avaient ballotté trop vite et je me sentais orphelin, à cause de la maison trop grande plus que de la perte de ma mère. On m'avait ramené de la tribu maternelle d'Ammi Moussa, derrière les forêts de figuiers, au sud, une semaine après l'enterrement, et je finissais à cet endroit, assis en tailleur, parce que la seconde épouse de mon père prétendait que j'avais poussé son fils dans un puits mort.

Le monde était alors une série de déménagements nerveux, de cris et de démonstrations de tendresse trop appuyées pour être vraies. J'eus droit à de nouvelles chaussures, et à un autre passe-montagne en laine rouge que j'ai longtemps porté, refusant de l'enlever même par temps chaud. Je ne me souviens pas d'un quelconque chagrin, seulement d'une grosse envie de dormir sur une peau de mouton gigantesque. Ce que je fis, dans cette nouvelle maison, dans la pièce sombre qui avait une cheminée. Elle était bleue, puis devint noire et alourdit mes jambes et mes paupières. Quand je me réveillai au milieu de la nuit, Hadjer me caressa les cheveux et se disputa longuement avec son frère qui n'était pas là, allongée près de moi, le corps chaud et l'esprit brûlant dans son duel imaginaire. Puis elle se décida à me servir une soupe et du pain dans la cuisine. Par la vitre, je voyais dehors les étoiles au-dessus des murs. Si nombreuses qu'elles donnaient l'impression de vouloir se déverser sur terre.

Mon grand-père arriva le lendemain, tombant lui aussi du ciel, poussé dans le dos par sa descendance. La belle-mère s'en débarrassait en prétextant qu'il ne fallait pas laisser seuls un enfant et une vieille fille dans un village si médisant. Il était très vieux, mais pouvait encore servir d'alibi à l'honneur de la famille. Malgré le risque de la malédiction, mon père céda au caprice de sa femme et décida que son géniteur attendrait donc la fin discrètement, loin du brouhaha et des bêlements de sa fortune. Il lui acheta un beau burnous et nous l'amena sans rien dire. Mon grand-père n'était plus qu'un fantôme avec une langue incohérente qui s'appauvrissait chaque jour en raison de son étrange maladie. Il resta longtemps silencieux, puis se décida à habiter les lieux à sa manière. Il se promena dans la cour, toucha les murs et les objets en les nommant avec des mots inappropriés. Il se désespérait qu'on le regarde chercher des termes précis, buter, larmoyer, pour retomber dans son torrent de mots déformés, en désordre brutal. Je crois qu'à cette époque il avait encore conscience du monde et de lui-même : on le voyait dans ses yeux gris, dans sa façon de désigner les choses avec les doigts plutôt qu'avec une langue. Mais cela ne dura pas. Son mal devint féroce, déchira sa mémoire, la dévora, puis s'attaqua au noyau du prénom. Mon grand-père devint un mort hébété, vaincu par l'oubli, et c'est Hadjer, sa fille cadette, qui s'en occupa, et continua même quand il ne sut plus qui elle était. Il mourut des années plus tard, dans mes bras, à une époque où je ne savais pas encore contrer les décapitations par des récits.

Pourquoi je me souviens maintenant de cette chute dans la maison du bas ? Parce que, de ce moment, mon père se fit bavard, disert, volubile jusqu'au vertige, intarissable sur son histoire d'avant les moutons et l'Indépendance. Il se mit à parler pour deux, lui-même et son père, puis pour nous tous. Il s'inventait une légende censée couper la parole au monde entier. Roi esseulé de ses propres *Mille et Une Nuits*. Mais que son histoire était longue et ennuyeuse !

La première histoire de mon père, la vraie, est celle de la misère avant l'Indépendance. À cette époque, la pauvreté était si coriace que les femmes du douar se promenaient affolées, les cuisses serrées, pour éviter les hommes violents mais aussi les enfants, qui tentaient de revenir vers leur ventre pour se dérober à la faim. Manger les mères de l'intérieur, faute de pommes de terre ou de pain. On suçait les os, on volait leurs racines aux arbres. Les cheveux tombaient à cause du typhus, laissant les poux nus et égarés sur les crânes. Le monde était étroit, les eucalyptus ne servaient à rien dans le ciel, le douar était un endroit de silence situé dans la nuque de la création et il y avait beaucoup de prénoms sans enfants, leurs porteurs étant décédés d'épuisement dans leur sommeil. Pour trouver du travail chez les colons, il fallait se lever tôt, traverser un presque continent, arriver le premier chez le patron des fermes à l'est du village et attendre qu'il vous choisisse pour prendre soin de ses chevaux ou ramasser les récoltes dans le givre. Alors, pour être certains de ne pas rater leur chance, certains passaient la nuit dans les étables. "On devait s'accrocher aux encolures des bêtes pour ne pas s'endormir, ou dormir debout pour être éveillés au moment de l'appel", racontait mon père. Et là, il me regardait avec méchanceté, comme si c'était moi qui l'avais obligé à cette torture, avant même ma naissance. "Aujourd'hui, vous avez du carrelage, du pain blanc, de l'électricité, des sodas et de la viande. Oui, aujourd'hui", insistait-il. Et il entrait dans une sorte de colère facile parce qu'on lui avait volé son enfance et que c'était moi le voleur. À l'époque, il venait encore chez nous, en bas. Hadjer lui servait du café et il se lançait, comme un nageur dans un bassin d'eau vieille, dans le récit de sa misère qui en voulait à tous les enfants nés après lui. J'en sortais avec l'impression d'être sale et traître, avec l'envie de vomir et une sensation de vertige, toujours. Comme si je lui devais tout l'argent que je gagnerais jusqu'à mes cent ans. Ah, le boucher ! Il avait de ces insinuations mielleuses, fines comme des couteaux, il était habile dans le persiflage comme un vent mauvais et savait où frapper dans ma maigre poitrine.

Le récit était long comme l'escalade d'une montagne : lui, verbeux et mégalomane, moi, traînant derrière lui, assommé et ligoté par les cornes. Grimpant vers la cime des hallucinations malsaines, récitant mes versets. Et cela se terminait toujours par la même arnaque que dans le Livre sacré, le même troc : il revenait sur terre, posait sa tasse de café devenu froid et souriait aux moutons imaginaires de sa fortune de plus ancien boucher d'Aboukir. Ovins qui avaient commencé à tomber du ciel comme des balles de coton sur pattes au moment même où il avait décidé de m'abandonner chez sa sœur : dès qu'on m'avait jeté en bas, chez la vieille fille que l'on cachait derrière les murs, Dieu lui avait accordé un cheptel entier qui avait lancé sa réputation de boucher. La fortune s'était multipliée dans ses mains comme de l'écume en bord de mer. Le sang avait coulé et, avec lui, l'argent et l'honneur. Derrière le décor, j'en étais sûr, la bête mystérieuse et noble avait poussé un bêlement triste et présenté sa gorge en quelque sorte pour me sauver de son emprise. Il aurait pu me garder comme l'un des siens et j'aurais fini comme Abdel et les autres, maigre arbuste dans ses parages. Non. Le mouton céleste avait levé des yeux d'une douceur poignante, avait interrompu son éternité et s'était éparpillé en mille bêtes destinées à détourner l'œil de Hadj Brahim de ma personne. Pour m'épargner, il s'était donné au patriarche et m'avait offert la puissance de l'écrivain capable de contrer la mort. C'est alors que le don put lentement organiser son irruption dans notre village, me faisant passer par la répudiation et le deuil maternel. Il m'affubla d'un corps en trompe-l'œil, d'une voix rappelant le souvenir du sacrifié et d'une angoisse qui anticiperait la calligraphie. En réalité, le vieux bélier sauvait ainsi tous les habitants du village, un par un. Peut-être l'humanité tout entière.

Un être muet, un animal autrefois constellation, a donc décidé de se sacrifier à ma place, et j'ai gardé sa voix bêlante, son corps sec et maladroit, ses yeux immenses. Aujourd'hui, après près de sept mille livres lus – chiffre infini comme les sept cieux – et autant de livres imaginés, j'en arrive à de grandes intuitions : ma vie et toute vie sont liées à une tragédie plus grande, essentielle, à l'origine du temps et des séparations. Ce que je vis et ce que je donne pour sauver des vies ne m'appartiennent pas. Je ne suis qu'un prétexte. *("Peut-être la mort n'est-elle qu'un être amoureux qui cherche quelqu'un, qui nous scrute tous, un par un, jusqu'à la fin des temps, pour le retrouver", me dit mon chien. Je l'interroge alors : "Et moi, je la détourne des miens comment?" "En lui faisant oublier son chagrin par des histoires", me répond-il.)*

Quelques années d'attention encore, et je compris sourdement que Hadj Brahim détestait les enfants, l'enfance en général, ce qui voulait dire qu'il avait une peur mièvre de mourir, d'être poussé par-dessus bord, dans le dos, par sa descendance.

10

Que de fois j'ai ainsi guéri des gens inconnus ! (Kaddour le veuf, Aïcha, une femme digne et muette, mon oncle Chaabane quand il tomba à genoux un été, malade et égaré par les changements dans le village, Abdelkader, l'ami de mon père amoureux des bains et des vignes, Badra qui avait inhalé du gaz carbonique avec un charbon maudit, etc.). Si la mort retrouve votre trace, c'est parce que vous vous êtes assis au bord de votre route, que vous ne croyez plus à votre histoire ou que vous avez dispersé vos auditeurs morts et vivants. Mon oncle Larbi, par exemple, aîné de mon père, s'éteignit quand toute l'attention de la tribu se reporta sur la fortune de Hadj Brahim et ses moutons. Son histoire tomba dans la désuétude et il se retrouva emporté par l'indifférence qu'il cultiva finalement envers lui-même. Je me souviens du regard froid de cet homme étranger à toute chose, qu'on retrouva immobile dans un champ de vignes à l'est du village. Il mourut en bonne santé, mais vidé. Un récit est une respiration commune, un corps retrouvé. Une histoire peut vous laisser le souffle coupé ? Donc elle peut vous redonner le souffle si vous êtes mourant. Je parle du point de vue de la mécanique, mais le mystère reste entier. Il y a dans ma mission une part de métaphysique, et surtout la loi de la Nécessité. Je crois en Dieu, mais je ne cherche pas à lui parler. Être est une tragédie plus vaste que ce tête-à-tête devenu lassant. L'essentiel est ailleurs que dans la prière ou la désobéissance. Il est dans l'imminence, reportée par chacun, de la fin du monde. Ma prophétie ne laisse pas un livre sacré mais une explication – sacrée – de tous les livres possibles.

C'est ce que j'essaie de cerner depuis des années. Ce lien entre mon écriture et son aboutissement dans le corps d'autrui. Cette conséquence féerique du mot sur le rythme d'un corps. Réduire les phrases à leur os, à leur strict chiffre intime, pour démontrer que la Nécessité est une loi qui provoque le retour à la vie, mais aussi un lien sobre et ferme entre le vivant et l'écrit, la précision et la résurrection ou la permanence par la mémoire. Si je me souviens bien de tous, personne ne mourra, mais pour me souvenir il me faut la puissance d'une langue précise, riche comme l'essaim, reconstituée par la chair et le souffle, redécouverte mot par mot, avec la patience de l'enquêteur, repoussée jusqu'à la limite de l'exactitude. Si la création était un livre, je devrais le réécrire, tout le temps. Ou peut-être le relire, comme les anciens mystiques et alchimistes. Le Livre sacré parle de lui-même comme d'une version descendue du ciel, mais qui y est restée conservée, antécédente comme une maternité. On parle chez nous de la Planche bien gardée, de la Mère du Livre. La version céleste que l'on retrouve par la prière et la méditation. Le sens à restaurer par l'ascèse et le sacrifice du corps jusqu'au vertige. Mais toutes les religions parlent ainsi d'un livre qui serait le monde ou l'arrière-monde. Elles soutiennent que le pèlerin est un lecteur distrait, le croyant un lecteur aveugle, le méditatif un lecteur qui hésite à tourner les pages et l'écrivain un lecteur qui recopie. Moi, je ne crois pas à la théorie du sens caché. Je crois à l'inventaire et à la prééminence de la mémoire sur la mort. Les choses sont maintenues suspendues dans l'espace et le temps parce qu'elles sont inventoriées dans un esprit et qu'une langue les maintient dans l'immédiateté permanente. C'est une histoire de rencontre magique : le présent (et son univers) existe parce qu'un homme s'en souvient.

Est-ce tout ? J'avoue la compassion. Je reste indifférent à la mort annoncée de mon père, à son agonie, et toute rencontre m'indispose, mais la nuit, quand tous dorment dans le village et que je reste en veilleur à recompter mes rencontres, je ressens une immense pitié pour le sort des miens. Par vagues montantes, jusqu'à la marée haute de la miséricorde. De la colère contre ce Dieu qui engraisse les habitants par cycles, leur fait croire aux délices, puis les écrase par la maladie et la mort. Je me pose alors en intermédiaire, en défenseur, ce genre d'homme que le sens de la dignité et de la force pousse à provoquer des duels avec des seigneurs coupeurs de routes, juste pour détourner la colère sur lui-même, gagner du temps et éviter aux plus faibles leur sort. Il y a donc une raison mécanique à ma compassion *(plus j'écris, plus le village résiste, les gens peuvent vivre longuement et les centenaires se multiplient comme des victoires, grisés par le présent sans fin)*, une autre qui vient du cœur *(le monde est une tragédie, un bélier sacrifié, et je suis sa voix)* et une dernière, fruit de ma croyance *(je suis responsable des vies des gens que je croise quotidiennement et je peux les sauver en écrivant, tous, sauf une femme que je ne peux protéger qu'en échangeant mon corps contre le sien et en remédiant à sa décapitation).* C'est un système complexe, comme des engrenages de roues dentées. Le système de mon don est né de la méditation et de l'ascèse. À cause du Livre sacré, de mes années religieuses et appliquées, de cette réflexion sur une langue étrangère devenue instrument de vie et de mort, j'ai compris très tôt qu'il y a un lien entre notre capacité à énoncer et les objets ainsi désignés. Tout est écrit, rien n'est muet, oh oui ! Le contraire de Dieu n'est pas Iblis, mais l'insonore. J'en suis sûr.

La centaine de livres que j'ai lus m'a prouvé que l'éternité existe et qu'on peut la préserver par la transcription et le déchiffrement. Il suffit de lire sans cesse et, à défaut d'une bibliothèque infinie, écrire sans cesse, mais avec application : un numéro pour chaque visage, un titre pour plusieurs cahiers, des signes et des symboles là où le mot ne suffit plus à l'étreinte et à la possession. Les titres sont comme des cailloux. Ils me servent à écrire, à rebondir et à combler le vide. *(La télévision fait débarquer chez nous une langue étrangère et des gens inconnus qui racontent leurs passions avec de grands gestes. Hadjer doit être assise à regarder son film, sans moi pour traduire. Je ne le fais plus depuis quelques années, par décence. Je sors dans une heure pour inspecter le village, noter des détails, enregistrer les prénoms des mariés ou écouter les voix trop hautes sous les fenêtres. Je peux aller jusqu'aux champs nocturnes. Là où les chiens se tourmentent. Vers le cimetière chrétien. Je le visite parfois, parce que la mort y est parée autrement que chez nous : pierres en dentelle, caveaux, noms français ou espagnols, versets d'un autre livre sacré, angelots. Mon chien me répète que c'est un paradoxe que de sculpter les anges dans de la pierre. Les tombes sont profanées, souvent, par des gamins. Et, la nuit tombée, j'y croise le silence gêné de buveurs de vin, assis, silencieux, en groupe, comme des conspirateurs dans le dos d'un dieu. C'est que l'endroit est une terre d'asile pour les différences, les amants ou les trafiquants d'alcool. Le jour, il y règne une ombre magnifique et pure, celle des cyprès et des peupliers. Personne n'y met les pieds depuis longtemps, le saccage y est criard. "Deux fois morts", soupire mon chien. Je ne suis pas d'accord : la tombe est une arnaque, un attrape-nigaud. C'est pour tromper les enquêteurs qui s'arrêtent à la découverte du corps. Comme dans les polars. Au lieu d'aller plus loin pour interroger et comprendre toutes les métaphysiques, les visions, les livres et les légendes. C'est pourquoi je ne viens jamais écrire dans le cimetière chrétien malgré sa beauté : c'est comme écrire sous un portemanteau en répétant que c'est un lampadaire. Cette nuit je risque cependant d'y aller allonger le pas. Faute d'autre idée.)*

Le premier cahier que j'écrivis s'appelait *Le Seigneur des anneaux*. Le titre était si beau que j'en avais fait un puits, avec un fond d'eau reflétant des dizaines de personnages zélés ou ardents. Et quand, des années plus tard, je pus lire le vrai roman de ce titre, j'en fus un peu déçu : mon histoire était meilleure, elle racontait comment un vendeur de bagues était devenu éternel en vantant sa marchandise de ville en ville. Et comment son art l'avait amené à vendre des bagues imaginaires, parce qu'il les décrivait merveilleusement aux foules curieuses. Avant d'écrire, penché et enroulé comme un mollusque, je devine toujours une musique qui ressemble à de l'eau qui arrive, ou à du sucre qui raconte sa vie. Je me perds, je sais, mais je ne peux pas développer autrement. Écrire, c'est écouter un son, le préserver et tourner autour, sans cesse, pour tenter d'en rendre la mélodie, s'en approcher le plus possible pour le conduire de l'oreille à la bouche. Le Prophète raconte que la révélation lui est venue comme un timbre, un son de cloche, et que l'Ange terrible a été un tintement avant de se dégrader dans les mots. J'aimais cette confession qui me paraissait sincère sur le métier d'envoyé de Dieu. Ceux qui me croisent durant ces séances me décrivent tendu, colérique, dur, l'œil menaçant. C'est un peu la carapace de mes transes, le tracé de mon cercle.

Le patient de la nuit d'avant-hier est un vieillard que j'ai bien connu et qui n'a jamais accepté de considérer mon don comme quelque chose d'important ou de véritable. Il m'a longtemps traité avec mépris ou une indifférence étudiée pour me faire mal quand, rarement, je le croisais. Je me suis promis d'attendre, et son heure est arrivée, et il est maintenant là, gisant dans ma mémoire fabuleuse de précision, comme le toucher d'un aveugle. Ressuscité par mon insomnie habituelle, mots et crachats mêlés à l'intérieur de ses poumons, il me scrute vaillamment, avec curiosité, colère, puis renoncement. Comme lorsqu'on confie, lassé, sa survie à un charlatan et qu'on y voit la preuve de sa propre lâcheté, le signe de son abdication. Au pire, je ne pouvais pas hâter sa mort ; au mieux, je pouvais peut-être la ralentir, se disait-il sûrement, perdu dans la multitude de proches qui voulait voir comment il allait perdre son corps. Le bonhomme à disputer à la tombe est trop vieux, sceptique, défait par sa vie, et je dois fournir d'importants efforts. Hadj Brahim, soixante-seize ans, boucher fortuné, ne m'aide pas. Car il ne croit pas en moi. Depuis toujours, il répète que mes cahiers sont la peau de moutons n'ayant jamais existé. Je m'en moque, je continue : la vitesse de l'écriture est une des conditions de l'inspiration : elle vous impose l'humilité du portefaix. Vous devenez la sueur de l'encre, pas son inventeur. Le muet serviteur d'une conversation qui vous dépasse.

C'est tout juste si, dans le village d'Aboukir, on ne me considérait pas comme troublé par un esprit des eaux sales, ou désorienté par une malédiction conséquente à la fortune de mon père et son opulence sanguinaire. Certains plaignaient mon père pour ce mauvais numéro tiré avec sa première femme. Moi je vivais mon sort comme un don avec un versant de devoirs, malgré mon corps malade, le scandale de mes évanouissements et mon refus de manger les viandes. Il y a sûrement des martyrs qui n'ont besoin ni de paradis ni de Dieu pour engager leur corps dans la voie du sacrifice. Peut-être l'idée de la compassion suffit-elle. Ou l'ambition cachée de supplanter un dieu désœuvré par sa propre éternité. La vérité est que c'est l'enfermement du village qui m'aida à comprendre les relations entre mon écriture et la longévité. J'en connaissais chaque coin, les teintes des rideaux, les vieilles fenêtres, la cartographie écaillée des murs, l'inclinaison des poteaux, et les habitudes des vieillards comme celles des cigognes. Quand j'errais pour parfaire mon inventaire, une liste à la main, je provoquais le rire des passants qui me voyaient examiner des détails dérisoires. Bien sûr, l'ordre était souvent troublé par l'arrivée d'un étranger ou d'un nouveau-né, nous ne vivions pas isolés du monde, seulement cantonnés, immobiles par paresse ou par rassasiement, un peu craintifs. Et je devais alors refaire mes calculs.

Parfois l'étrangeté mettait à rude épreuve la richesse de ma langue intime et je peinais à trouver de vrais mots faute d'un bon dictionnaire. Mais toujours je palliais avec des signes, symboles et dessins inexplicables pour le profane. Il y avait aussi ces rumeurs rebattues sur les histoires de sexe ou de malédiction jetées par des saints, des jalousies aussi énormes que des incendies, des divorces, mais tout cela était répertorié avec précision dans les mémoires des habitants et dans mes cahiers. Ce que, moi, je retenais, c'était autre chose : l'inventaire des nuances, des visages, des verdures ou des rouilles, l'ordre de l'éternité à restaurer et l'exactitude de la présence au monde, la coïncidence réparée entre le vivant et son histoire véritable. Voilà. Qu'avais-je à faire de l'histoire de l'inconnu donateur qui avait permis de construire un minaret très haut pour notre mosquée ? Ou de l'histoire du médecin cubain qui s'était installé chez nous pour quelques années et avait épousé mille femmes ? Ou des récits récurrents de vieux migrants en France revenus dans des cercueils passer une nuit, une seule, dans la vaste villa qu'ils avaient construite des années auparavant, sans jamais l'habiter, en haut de la colline ? Non ! Ces histoires n'étaient importantes que lorsqu'elles avaient un lien avec un mourant ou un enfant en proie aux fièvres ou aux abcès.

Le village était un peu banal, vu de loin. Un mélange architectural entre les vieilles maisons coloniales, occupées par nous, et des extensions en parpaings, signes d'appropriation inachevée. Les plus riches avaient réussi à repeindre, les autres se contentaient de s'asseoir aux seuils pour attendre la dernière prière. Si les murs étaient partagés, il n'en était pas de même pour les arbres généalogiques. Chacun reconnaissait sa tribu et y tenait comme à une frontière fabriquée en figuiers de Barbarie pour éloigner les intrus et cacher les femmes. On avait aussi des liens : le bus du Sud, qui passait par notre village deux fois par jour. À l'aube, pour ceux qui entamaient une quête ou un long voyage, et vers la fin du jour, offrant un bref spectacle aux désœuvrés assis en bord de route, près de la mairie et de la pompe à essence.

Adolescent, j'avais cartographié cette île enclavée avec soin. Au nord, la colline, mamelon majeur, lieu du commencement de notre histoire familiale, place du sacrifice de dizaines de moutons par jour. Au flanc est, les vignes, la route goudronnée qui mène aux fermes des anciens colons puis à la montagne close, le cimetière chrétien, clôturé par un muret blanc ; à l'ouest, le cimetière de Bounouila, creusé dans un flanc rocailleux, entre les herbes odorantes et la mort du soleil. En arrivant à Aboukir, on distinguait à sa droite une forêt persistante, où j'avais découvert deux ou trois tombes anciennes et gravées de prénoms français, le marché et une école, la mienne. Le village dégringolait jusqu'au sud, accroché à la route allant vers le Sahara – jamais parvenu jusqu'à nous sauf par le ciel –, et retrouvait cette même route qui arrivait du nord, là où la ville et la mer s'usaient l'une l'autre avec des pierres et du sel. Un vrai ostracon vierge que ce village percé d'un minaret, qui se gravait sous mes déambulations de jeunesse. Mais, dans ma tête, la carte était dessinée autrement : la maigre forêt devenait étouffement tropical à l'est, répondant aux lagunes marécageuses du Sud. Et, ahuri volontaire, je distinguais, sur la grosse colline au nord, la coque éventrée de la maison de mon père, échouée là sur les récifs, dernière empreinte de mon naufrage. Il suffisait de planter un peu partout des cocotiers, d'habiter une grotte aux murs roses et de fuir les boucs que la bénédiction céleste multipliait autour de mon père, ou de faire l'inventaire inutile des arbres morts, de marcher sur la baie sablonneuse pour rénover une ancienne histoire et de raconter l'aventure de la langue comme un repeuplement.

Poll est un perroquet que j'avais trouvé dans un livre et dont j'avais endossé parfois le nom et la mission. Un oiseau fabuleux qui dit une seule phrase dans *Robinson Crusoé* mais en résume le tragique parfait, la limite matérielle, la possibilité infinie. Quand je relisais ce livre (souvent), je tombais chaque fois sur son énigme, une sorte d'île dans l'île. *Zabor* est un livre de recensement fabuleux et indispensable et je dois raconter l'histoire de mon naufrage. Cela sauvera quelqu'un, quelque part.

II

LA LANGUE

11

Que s'est-il passé ? À quel moment s'essouffla le don ? Je ne sais pas.

Je me souviens que j'ai ressenti une joie sale à voir mon père me suivre discrètement du regard les quelques secondes où il s'est réveillé sur son lit, remué par les sueurs, creusé par l'agonie. Incapable de parler mais hurlant de tout son être son espoir fou et sa colère contre l'indignité infligée par la maladie. Je me rappelle avoir été frappé par la taille de son corps devenu minuscule – os proéminents sous la peau décharnée –, désarticulé par l'alitement prolongé. Il était si maigre, si mal nourri par sa vanité ! Dans la chambre, le silence accentuait son isolement comme s'il était mis en quarantaine par l'humanité tout entière. Ce genre de silence appliqué que l'on fabrique au chevet des malades : contrit mais respectueux, un peu méfiant quant à la contagion possible. *("Quand la proie est mordue par le prédateur, toute l'espèce ou la cohorte s'en désolidarise", explique le chien. Alors on dit que l'on préfère laisser le mort se reposer. Mon œil ! On l'abandonne pour marcher plus vite ou pour ne pas attirer sur soi le regard de la flâneuse obscure.)* Les lampes de chevet, dans les coins, tentaient d'ajouter du mystère sans y parvenir : la mort est crue, et a des odeurs artificielles malgré les soupirs ou les parfums. Le vieillard *(je m'en souviens, là, assis dans ma grotte rose, avec le café de ma tante qui évite maladroitement de faire du bruit)* était terne, noirci par une colère dont je devinais le sens. Il en voulait à tout le monde, non de mourir mais de souffrir atrocement alors que les autres étaient là, dehors, partout dans le vaste univers, dans l'insolent étalage de leur santé, injustement sains, éparpillés et vigoureux. À un moment, son visage s'est altéré et la colère s'est transformée en mépris, peut-être envers Dieu. Le vieux ne renonçait pas, les autres ne le savaient pas et le croyaient sur la fin, mais moi je le voyais. Le visage a changé encore, comme une étendue d'eau stagnante, il s'est affaissé, la mâchoire s'est desserrée et la prunelle s'est éclipsée derrière l'horizon gris de l'œil. C'est tout ce que j'ai pu obtenir cette première fois avant d'être chassé comme un proscrit. Je devais donc écrire une autre histoire, au plus vite. Laquelle ? J'en avais plusieurs, les unes plus puissantes que les autres. *(Celle de mon oncle immigré en France qui, chaque fois qu'il tentait de revenir au village, perdait l'usage de ses jambes, égarait ses chaussures ou ratait son avion. Ou celle de mon arrière-grand-mère qui conclut à l'imminence de sa mort en découvrant une paire de chaussures blanches et neuves posées sur le seuil de la chambre où on l'avait recluse. Ou celle de mon cousin qui perdit la parole en regardant trop de films indiens, chaque vendredi, dans la salle du cinéma Le Colisée de la grande ville.)* Puis le vieux a sombré dans une sorte de refus obtus, grimaçant. Je connais un peu ce genre de réaction, à force de veiller ceux qui reviennent à la vie. Je crois qu'il ne comprenait pas pourquoi on allait le sacrifier, lui, cette fois, et pas un autre *(chacun pense que la vie ne peut être que le spectacle de son éternité, et la scène de la mort, oui, mais de la mort d'autrui, toujours!)*, il n'identifiait pas l'égorgeur, ne connaissait pas bien le boucher *(rire jaune)*. Cela doit être un mystère ravageur, ne plus pouvoir empoigner les choses. Tressauter sans rien tenir ni agripper. Perdre le toucher, l'odorat, l'ordre des mots et le sens de la gravité. J'ai lu dans un livre que les morts ayant tout juste expiré se heurtent d'abord à l'inexplicable : ils ne comprennent pas que, durant les funérailles, on serve des repas à tous sauf à eux, négligés et humiliés par cet oubli. Ils s'en offusquent comme des gamins et voient le trépas comme un outrage.

Je me perds. Mon don a peur. Trop attendu, il se rebiffe et recule dans la tanière de ma tête. Rien n'y a fait. Et encore moins l'ultimatum idiot de l'aîné des douze frères quand, la nuit dernière, dans l'obscurité des eucalyptus (cachalots debout ruisselant dans le noir), ils m'ont poussé jusqu'au lit du vieillard. “Trois heures, et tu fous le camp d'ici !”, a menacé Abdel sans que sa face de plâtre gris ne frémisse. Il a gardé le même visage que le jour où on l'a sorti du puits, en haut de la colline, quand il a prétendu que c'était moi qui l'avais poussé dans le dos. En chapelet sur le seuil de la chambre, la fratrie a acquiescé, approuvant le compromis, juste avant de reculer vers la nuit et de fermer la porte sur le tête-à-tête du père et du fils. Cela va empirer pour moi si le vieux crève, me suis-je dit alors. Après avoir été relégué dans un puits, je vais sûrement être jeté à la rue avec mes cahiers et la légende dangereuse de mon don. Finir dans une zaouïa.

Dans la mosquée, comme dépoussiéreur de tapis. Mort de soif dans la forêt de figuiers de Barbarie qui nous encercle sur des kilomètres à la ronde. Piéton impossible du grand Sahara, parfait labyrinthe sans murs ni angles. Je ne peux même pas quitter le village à cause de mes évanouissements quand je m'éloigne de Hadjer et de notre maison.

Je me souviens que le vieux, admirable dans la révolte du tas de ses os, s'est un peu réveillé à la trente-neuvième page et a presque bougé la tête. Je le jure. Toujours furieux, avec ses sourcils froncés. À saluer, quand même! aux dernières heures de sa vie, il levait un drapeau de rébellion et tournait la tête pour ne pas accorder à Dieu le plaisir de croiser son regard implorant le soulagement. J'ai rencontré des gens comme lui au village, en colère contre la main qui lentement leur vide les poches, farfouille dans le sac de leur corps et en éparpille les obsessions brillantes. Rien ne sert contre cela, pas même les versets. *(La mort? Elle inspire la foi aux spectateurs et la fait perdre au mourant. Je change de position car j'ai mal aux genoux, assis ainsi. Je sors dans une demi-heure. Pas plus. Cahiers à la main, je vais recompter les maisons, examiner des traces de pas et faire un tour du côté du cimetière des Français. "Étrange, ces gens devenus souvenirs, conclut le chien ami. Ils sont soit des tombeaux, soit des livres. Grands astronomes allongés sur le dos." Peut-être…)* Lutte de la momie pour reconnaître l'embaumeur ou accrocher son regard. "Que peut le trépassé entre les mains du laveur de cadavres ?", dit chez nous un proverbe.

Le lutteur en lui m'avait reconnu, je pense. Cela a allumé un feu dans ses yeux avant qu'il ne se détourne, feignant de dormir sous la pierre de son visage. Une vieille histoire. Rancunière. Je comprenais. On avait bien sûr tout tenté pour éviter de me solliciter. On voulait me priver d'une victoire. Selon les rumeurs, la tête du vieillard avait été atteinte par le désordre ; et son long récit d'homme à qui Dieu a parlé dans ses rêves s'était transformé en balbutiements et chaos. Depuis peu, le vieux proférait des insanités incontrôlables dirigées contre lui-même, et cela n'aidait pas à préserver le souvenir de son prestige. On avait même limité les visites de ses anciens amis et celles de l'imam Senoussi tant, par un étrange retour de manivelle, le mourant se débarrassait de tous les gros mots qu'il avait refoulés durant des années de piété et de courtoisie. Rien, désormais, ne l'obligeait à se taire et à cacher sa rancune. Belle revanche pour mon grand-père, qui avait été condamné au mutisme et à la réclusion par ce fils aîné aujourd'hui agonisant, et qui revenait maintenant, par la bouche du mourant, dire à Aboukir ce qu'il pensait de tous. J'en fus étonné, pour être sincère, pris au dépourvu. Je croyais mon grand-père Hbib définitivement mort, n'ayant légué au monde que du silence, un couteau, un portefeuille vide et ce nécessaire de couture qu'il utilisait depuis la mort de ma grand-mère. Voilà qu'il parlait à nouveau, mais par-delà une agonie qui n'était pas la sienne. Ses yeux gris m'ont soudain manqué. Peut-être est-il le vrai secret de mon don, la raison détournée de ma colère contre la fossoyeuse qui s'est amusée longtemps avec lui avant de le croquer. *(Il est mort tuberculeux, étouffé par ses propres poumons. Le premier cadavre que j'ai eu dans les bras et sur le dos. Quand il est mort, nous avons fouillé dans ses affaires, ma tante et moi : nous avons trouvé un vieux crayon, deux couteaux et un portefeuille avec une photo de lui, yeux écarquillés, farouches, sur laquelle il semblait comme traqué par la lumière, sorti d'une légende pour être exposé. Pourquoi ? Son histoire est écrite dans un cahier sous le titre définitif de* Paris est une fête *car, enfant, je distinguais nettement une ville entière dans ses yeux quand je l'examinais. Et il racontait si bien son faux voyage en France et les détails de son retour imaginaire…)*

J'ai scruté la pièce où était installé le moribond : des assiettes avec des restes de confiseries, preuve de visites un peu anciennes. Une sombre odeur de chèvre : les récitateurs du Livre, qui portent toujours les mêmes djellabas. On avait dû les convoquer en dernier recours, juste après le médecin (lui, je retrouvais sa trace dans l'amas de médicaments repoussés à la hâte sous le lit de bois) et les premières migraines ostentatoires de ma belle-mère. Autres détails ? La trace d'un rectangle blanc sur le mur. On avait ôté, j'en suis sûr, une photo pieuse. Du genre que je déteste. Le tapis enroulé derrière la porte d'entrée, dans un coin. Une bouteille d'eau, sans doute de l'eau de La Mecque, de la source de Zemzem qui sauva Ismaël et sa mère de la mort alors qu'Ibrahim rejoignait Sara, sa femme. Source sacrée. Sauf que la mort est du sable. Les demi-frères avaient un peu préparé la scène de mon prestige, malgré leurs doutes notoires, avant de venir frapper à la porte de Hadjer la vieille fille et de solliciter le débile qui écrivait sans cesse sur ses cahiers des choses illisibles et pourtant efficaces. Quelle vengeance ! Mais bon, je dois laisser de côté ma jubilation et ma vanité.

Retour à la ligne.

L'habitude est de demander le nom du mourant. Dans ce cas précis, bien sûr, c'était inutile. J'écris la date en haut à gauche, mais avec une année farfelue, impossible, quelque chose entre le grégorien sévère et l'hégire égarée par les tempêtes de sable, inaugurée par le prénom de la mère d'Ismaël et pas par la fuite des premiers croyants vers Médine. Les fils de Hadjer, El Mouhadjiroun, et non les "exilés" comme le prétendent les exégèses. Le temps de mon calendrier est donc un temps rare, entre la nativité et l'exil. L'arbre et le chameau, autrement dit. Et je débute par trois points de suspension, comme une règle pour exorciser la peur. J'ai en effet toujours l'impression secrète que je vole le texte de quelqu'un d'autre et cela me rassure, car la paternité et la prise de parole m'angoissent terriblement. Le papier est toujours froid sous ma main comme une peau vide et, quand je commence, j'ai la lenteur du tatoueur. Mauvais signe, me disais-je, à juste titre.

Dans mon cahier, je ressasse cette nuit d'humiliation. Encore et toujours, comme la langue revient sur la béance laissée par une dent arrachée. Parce qu'il y a quelque chose qui m'échappe et qui est l'indice d'une vérité refusée. *(Dans quelques heures, ce sera l'aube. Il faut sauver cette vie, cette vie précisément, avant que le muezzin ne lance son appel et n'incendie l'horizon. J'ai levé la tête pour regarder un morceau de ciel dérobé aux tuiles aveugles. Derrière la porte, la nuit doit déjà chercher où aller refroidir d'autres versants de la terre. Je reviens vers le cahier mais il est muet. Il ne se passe rien. Tout est éparpillé dans ma tête et je ne sens pas cette hâte qui est le signe avant-coureur de mes transes. Rien. Juste de la sueur qui m'incommode. C'est que le vieux a fait son œuvre acide sur ma vie. Depuis des années qu'il répète la même histoire, me raille jusqu'à me réduire à un doute, me repousse, rit de mes nuances, il a fini par inhiber ma capacité à lui sauver la vie. Il ne savait peut-être pas qu'il anéantissait ainsi son unique chance de ne pas mourir. Voilà ma vraie vengeance : le silence.)* Il n'aura eu que ce qu'il mérite. Mais je sais que c'est une ruse de ma vanité. La vérité est que je n'y suis pas arrivé. Le temps va vite, vous embarrasse comme un allié qui vous trahit soudainement, là, sous les yeux de tous *("Le temps est le cœur et son aiguille ton sang qui tourne et qui tourne, avec tes bras, ton cou et tes pensées").* C'était peut-être la vengeance des livres que je n'ai pas fini de lire, ceux que j'ai laissés tomber aux premières pages comme des avortements, difformes à cause de la maladresse de leurs auteurs. Ces histoires qui n'ont pas réussi à me séduire et qui sont restées là, rancunières, tapies comme des veuves, pour venir maintenant me voler ma langue dans ma bouche. Les tuiles ont commencé à me tomber sur la tête. D'abord une, puis toutes les autres comme des dominos. J'avais envie de pisser et de fuir. Les murs étaient en papier et allaient être déchirés par d'énormes mains, ceux des frères. Alif, Lâm, Mîm. Rien ne venait que le vent rougeâtre et brûlé du Sahara…

Je dois surmonter cette inédite panne du don. Je trace des lettres comme sur un sable mouvant. Le vieux, devenu renard affaissé, a toujours eu cet effet sur moi : dès qu'il est dans les parages, je me sens comme lorsque je traçais laborieusement mes premiers mots à l'école, titubant sur un chemin nouveau avec des chaussures étroites ou trop neuves.

(Puis le ciel nocturne explosa sous le tonnerre de grands coups de pied et la porte s'abattit. Ô Hadjer, protège-moi car on me frappe, car on me chasse !)

C'est ainsi que doit finir ce cahier qui raconte la nuit où j'ai échoué à faire revivre mon père.

12

Il y a six mois, une voisine a été malade. Elle avait treize ans et s'appelait Nebbia. Qui veut dire "prophétesse", curieusement. Je la connaissais, elle était ancienne dans mes cahiers, décrite avec précision *(La Défense Loujine*, suivi du *Rapport de Brodie*), ce qui la préserva longtemps. Maigre enfant endiablée, de gros genoux osseux et un corps de roseau, androgyne vive et véloce. Elle m'apportait parfois pour que je les lui lise des lettres envoyées de France par des proches de son grand-père ou par des administrations et, au début du moins, elle accepta d'emporter mes missives destinées à sa mère *(Explication libre du mot "ardent" : lien entre l'amour et les températures. Explication courte des* Mille et Une Nuits *et de leurs trois équations majeures – le salut est dans le conte ; la noce finale est un livre ; le livre sauve le palais, le roi et la conteuse. Stratégie des rencontres pour un couple dans un village où l'on ne peut rien cacher. Messages écrits en langue simple, ponctués de dessins et de signes, les mains maculées d'encre. Pour que sa mère puisse comprendre).* La petite Nebbia écoutait alors avec soin ma lecture puis rentrait chez elle, précautionneusement, comme si elle portait une coupe d'eau précieuse qu'elle craignait de renverser, se répétant mes messages. Son père avait divorcé de sa mère et la petite, avec une sœur encore bébé dont j'entendais parfois les pleurs, vivait dans notre ruelle comme un chat, sans écoles ni frontières, près de ses grands-parents blessés par le sort de leur fille répudiée. Nebbia était sous ma responsabilité parce qu'elle m'était un peu proche, touchante dans son panache enfantin, écho d'une autre femme recluse dont elle rejouait l'enfance. Elle m'amusait par sa vivacité qu'accentuaient son visage émacié et sa tresse de cheveux roux, et j'adorais la taquiner sur ses jeux de garçon et ses manières dures avec les enfants mâles qui la craignaient.

On vint me solliciter alors que, assis au seuil de notre maison, je fixais avec attention le sang du crépuscule se répandant sur les nuages *("La nuit exige un mouton égorgé, chaque fois, pour venir montrer ses pierres brillantes", songe le chien dans ma tête)*. L'appel à la dernière prière venait d'être lancé et tous les croyants étaient occupés à s'absoudre. Le grand-père de Nebbia me prit dans ses bras et murmura : "Dieu t'a envoyé" ("Dieu t'a renvoyé !" corrigea la petite voix dans ma tête). Il portait une étrange chéchia blanche, brodée d'un dessin représentant une ville miniature, qui faisait le tour de son crâne et lui donnait l'air d'un géant transportant une cité sur sa tête. Je le suivis sans rien dire, le cœur pris au dépourvu, pensant qu'il s'agissait de sa propre femme, déjà vieille jusqu'à l'effacement. À cette époque, ma gloire était haute mais ma réputation de veuf sans conjointe morte faisait hésiter certains à me conduire auprès de leur épouse ou dans leur maison sans témoin. J'acceptai donc promptement, comme pour démentir les rumeurs. Nous gravîmes trois marches, puis le vieux ouvrit la porte. J'avais depuis l'enfance un flair aiguisé, et je devinais les maux à leur odeur. Cette fois, le parfum m'alerta car, chez nous, les femmes en attente confient leur corps aux fragrances qui pallient leur captivité. J'en déduisis qu'il s'agissait de la marque de la femme répudiée – leur fille, la mère de la petite. Juste une trace olfactive, une piste sur le sable de l'absence. Le début d'un conte : une femme décapitée. On m'expliqua que Nebbia était malade depuis une semaine et qu'on craignait le pire. Son grand-père parlait comme un dieu impuissant, à coups de versets et de supplications.

Dans une petite pièce sombre, je m'assis et me mis à écrire pendant que l'enfant souffrait, malheureuse, asphyxiée par une terrible fièvre. La même odeur de sueur, morsure acide, flottait dans les airs. Les proches étaient restés derrière la porte. La voix d'une jeune femme s'éleva, anxieuse, ombre du parfum qui persistait. Je savais par ma tante qu'elle s'appelait Djemila. Pourquoi cette femme m'occupa-t-elle l'esprit alors que mon don m'oblige à l'ascèse, à un combat plus puissant que la lutte contre la convoitise ? Je ne sais pas. Parce qu'elle était une femme répudiée, sans corps, recluse ? Je vivais moi-même à moitié reclus dans le territoire des femmes, avec Hadjer, mais c'est là sans doute que je compris qu'il existait un isolement plus grand encore, plus terrible. Je fus désarçonné : j'éprouvai soudain une compassion insondable pour ce corps invisible.

Juste derrière la porte, la pauvre grand-mère geignait et se tordait les mains. Elle appelait Dieu, alors que celui-ci m'avait déjà envoyé. Curieuse sensation : j'étais une sorte de monstre nécessaire, né d'une loi, mais aussi la caricature d'un corps, un troisième sexe non circoncis, entre les femmes et les hommes. Par exemple, j'éprouvais de la compassion pour autrui tant que ce dernier était une abstraction, une absence inscrite dans le souvenir. Mais, confronté au corps et à la douleur d'une personne présente, je refroidissais dans l'indifférence, m'éloignais dans l'exercice de l'écriture. L'ascèse est une anesthésie pour sauver les siens. Nebbia était comme les autres voisins sauvés : elle servait mon désir de fixer une mémoire gigantesque, ne tolérant pas le moindre recoin d'ombre, absolue comme un soleil, coïncidant avec une langue parfaite, complète, étendue de l'est vers l'ouest, chaque mot désignant quelque chose d'unique et d'immortel. À côté de la petite, assis et silencieux pendant que le parfum dessinait sa mère et l'étymologie de son prénom, je m'absorbais dans ce rêve prodigieux supposant le double martyre du souffrant et de l'écrivant liés dans la même œuvre. Toute invocation est un livre qui attend d'être écrit.

Pour sauver Nebbia, je rédigeai, l'âme froide et vigilante, un seul paragraphe, une sorte de métaphore féroce, sage, nue comme un vase ancien. Le cahier à une seule feuille s'intitulait *La Pierre et le Sabre*, titre volé à un roman que je n'avais jamais lu, et proposait un dialogue. Entre le sédentaire et le voyageur. Entre la mort et l'éternité. La pierre aiguise le sabre, comme le fait le désir. Mais elle le brise aussi. Comme le fait la mort. Les deux sont nécessaires. Voilà. La fillette frissonna et, dans un murmure, demanda des oranges car elle avait soif. J'appelai alors les siens. À vingt-trois heures, la petite ouvrit les yeux un moment, nous examina un par un, puis sombra, enfin confiante, non dans la mort mais dans un doux assoupissement de fatigue. On me donna des œufs, du miel, du café. Le grand-père ne savait quoi me dire et déclara encore une fois que Dieu m'avait envoyé. “Face à la mort, nous avons tous le même âge”, prononça-t-il comme s'il récitait un verset. “Mais Nebbia est encore trop petite !”, gémit-il.

Moi, je pensais à la source du parfum car, depuis *Les Mille et Une Nuits*, j'avais un faible pour les femmes prisonnières. La ville avait disparu du crâne du vieux avec sa chéchia, laissant apparaître une colline touchée par la calvitie. Ses yeux larmoyaient, sans que je sache si c'était à cause de son âge ou de sa reconnaissance. En sortant, j'hésitai, je cherchai un regard, je ne distinguai qu'une silhouette derrière un rideau, élancée, les hanches larges, puis le rideau s'écarta et j'aperçus une femme aux longs cheveux noirs, au visage comme posé sur une épaule invisible, comme détaché du cou par un foulard. Les yeux de cette femme étaient étranges, fascinants comme des puits mais éteints, tristes. Elle semblait regarder le monde à travers ses paupières baissées. La mère de Nebbia était là, mais dérobée, à moitié incarnée, comme morte. J'en fus saisi car me revinrent les rumeurs à son sujet, l'interdiction qu'elle avait de sortir, d'aller aux bains ou de rire dans les mariages. Après le divorce, la femme s'immole lentement et devient le centre de vigilances qui la dépècent. Elle n'est plus que feu à surveiller, sexe rusé, honte possible. Dès la répudiation, sa tête est tranchée, séparée de son corps, et elle se consacre à effacer celui-ci, à le rendre flou et grossier sous les étoffes, à le vider de ses sens et de ses frissons. Comme elle levait les yeux, je fus déstabilisé par son regard sollicitant, curieux. Dois-je l'avouer ? Oui. D'un coup, toute ma métaphysique se retrouva incertaine, susceptible d'être démentie, insuffisante à sauver les vies. Le Salut réclamait mon corps. J'habille l'instant, mais en vérité cela me fit trébucher. Je restai à scruter ce visage, au point que le vieux finit par me pousser doucement vers la sortie ; ses remerciements furent sincères mais circonspects.

Dans la rue, la répudiée était surveillée de près, autant par les siens que par les hommes désœuvrés. Cette femme n'appartenait à personne, elle devait aiguiser appétits et médisances. Elle était une impasse par où chacun avait envie de passer ! Corps piétiné, ouvert, soldé, qui ne pouvait servir à aucune noce, seulement à l'infidélité ou à la traque. Son sort était un bûcher.

Je sortis, j'étais un peu perdu. Il y avait donc dans mon corps et dans mon monde, malgré des années d'écriture et de consécration, l'écho d'une vieille vie ignorée. Tentation que j'avais crue impossible – irréalisable à cause de mes choix –, ou assouvie par mes lectures qui m'avaient apporté quelque chose de plus sophistiqué que l'envie d'épouser une femme. Le voulais-je, à cet instant ?

Voilà. Quand je sauve une vie ou que j'atténue la souffrance d'un malade, c'est ainsi que cela se passe – dans les meilleurs jours. D'autres fois, cela peut me mener à d'atroces hésitations. On croit que dispenser le temps est facile. Que non ! Parfois se pose la grande question du Mal, et celle du choix. Que faire, en effet, quand sauver une vie équivaut à épargner un monstre ?

J'ai ainsi eu à m'occuper d'un fils indigne, soûlard et violent, qui battait père et mère. Il m'arrivait de le croiser à l'aube, quand il rentrait de ses beuveries et que je guettais les nuances et les brises secrètes des petites heures. Il ne me regardait jamais dans les yeux mais hochait la tête. Il avait mon âge, un visage plissé par une rage aveugle et sombre. Un jour, une nuit, on m'appela pour le sauver. Il gisait dans un lit, immobile, masqué par des pansements, les yeux durs et secs cherchant des pierres à jeter autour de lui. Il avait survécu à un grave accident de moto. Deux jambes brisées et, surtout, un dos cassé. Son père le fixait, lointain, haineux et accablé. Quant à sa mère, elle tremblait de peur. Elle s'attendait au pire, puisque ce réprouvé allait désormais rester à la maison. Fallait-il le sauver ? Je le méprisais. Mais il me posait un cas de conscience. J'avais le choix d'un dieu : écrire ou garder le silence. Le mal existe-t-il ? Je ne crois pas. Il n'est qu'une conséquence. L'effet d'une cause. Il était écrit que ce fils vivrait maudit et que je devrais le sauver, mais tout cela était à réécrire. Par moi. Le destin est un cahier comportant des fautes que l'on peut corriger. Non, l'image n'est pas parfaite, je l'édicte autrement : nous sommes les mots d'un grand récit, consigné quelque part, mais nous sommes en quelque sorte responsables de nos conjugaisons.

Trois nouveaux visages, depuis hier : la tante de Nebbia qui, six mois plus tard, est venue me remercier *(tatouée, enveloppée d'un haïk, grosse et bienveillante)* ; un élagueur d'arbres qui a frappé chez nous pour proposer ses services *(émacié, borgne, osseux comme le deuil)* ; une vieille tante venue d'un douar éloigné pour rafraîchir les rumeurs sur Hadj Brahim et poser discrètement des questions sur l'héritage. Trois vies. *(Hadjer me crie que le film va commencer. Je me hâte de résumer mes définitions. Mon don est celui de l'homme sombre assis au fond d'une salle de théâtre ou de cinéma. Il observe : nous sommes tous des acteurs mal payés par les dieux, renvoyés dès que ceux-ci se lassent ou veulent changer d'histoire et de casting – et alors nous nous affaissons, tombons dans des trous, mourons sans récompense. Notre seul ressort – ruse des cieux – est de faire croire que la pièce est sans fin, qu'acteurs et figurants sont éternels et que tout l'univers est cette scène, partagée par un rideau entre l'au-delà et l'ici bas. Ce qui n'est pas vrai. Ce qui n'est pas VRAI, je le hurle. D'où la compassion du spectateur sombre assis dans la salle et que personne ne remarque. Grand, maigre, visage dur et beau, portant le nom de Zabor, écrivant des psaumes. Révolté et indigné, il se met à écrire des histoires, il relance les intrigues, pour sauver le maximum d'acteurs et de figurants. Il propose des répliques, souffle pour pallier les trous de mémoire, rallonge les répétitions. Il donne des noms, ajoute du texte et tergiverse avec la fin qui est aux aguets. Il traficote les dates de naissance pour perturber les dates de décès. Il est seul. Il est moi.)*

13

(Une conjecture : vous lisez un livre en commençant par sa fin. L'histoire remonte le temps au lieu de l'accomplir, en même temps que les pages s'altèrent, vieillissent, deviennent fines, fragiles. Vous les tournez et elles se modifient, de papier deviennent papyrus, chanvre, peau de chèvre, omoplates, écorces d'arbre, eau sous le doigt, constellations. Vous les tournez, et l'écriture elle-même remonte le temps : de la typographie au manuscrit, du manuscrit à la lettrine du copiste puis au signe, au trait, à la cicatrice du cunéiforme, à l'icône, au dessin, à la gravure rupestre avant de finir – recommencer – dans l'index de la main qui désigne quelque chose, le dessin des pelages, l'ondulation du reptile, le mouvement des yeux, le plus rauque des soupirs, la syllabe. Arrivé à la première page, vous vous retrouvez assis, poète ou chasseur, contemplant une forêt qui ressemble à une ligne d'encre entre le ciel de l'aube et la terre encore obscure.)

La fenêtre de la chambre est grande ouverte sur le ciel et le citronnier. Rien ne bouge dans le bleu sombre scintillant de l'après-midi. Les murs d'enceinte m'empêchent de voir l'horizon mais le ciel est si grand que je tombe chaque fois dedans, les mains sous la nuque, j'imagine des avions minuscules dans lesquels des passagers nous scrutent, reconstituant nos vies par leurs songes. J'adore l'apesanteur après mes réveils en fin de journée. À défaut d'être astronaute, je me fabrique des métaphores. Plus tôt que d'habitude, Hadjer a allumé la télévision, immobile enfin. Le son est imperceptible mais il suffit à me lester. Pauvre tante qui, faute de prince, a épousé un écran magique qui la fait voyager chaque soir. L'histoire de Hadjer est magnifique. Née brune et menue dans un pays qui aimait les peaux blanches et les femmes aux larges hanches, elle se découvrit disgraciée dès l'origine. Au fil des ans, personne ne demanda sa main, malgré ses allées et venues aux bains, ses danses endiablées durant les mariages et le zèle des entremetteuses. Elle avait une longue chevelure, une belle peau et de grands yeux mais cela ne suffisait pas à briser le sort. Cadette des trois sœurs de mon père, elle fut surnommée – et le serait à vie – "la petite", Esseghaïra. Devenue âgée et ayant basculé sur le versant desséché de la virginité, elle fut désignée comme "vieille fille" par le silence de tous, refusée par les hommes de tout âge malgré la fortune de son frère. Cela forgea son caractère. Elle y gagna de la ténacité, de la volonté et de l'indépendance. Mais en conçut aussi de la rancune et de la colère, qui la ternirent. Elle entra en conflit avec toutes les femmes de la maison du haut et l'affaire fut soldée quand ma belle-mère exigea notre départ, celui de Hadjer, celui de mon grand-père et le mien après l'incident du puits dans lequel je n'ai jamais poussé Abdel, mon demi-frère, je le jure. El Hadj Brahim apaisa sa conscience en nous achetant cette maison du bas, qui nous protégeait un peu contre les vents de sable.

Je pourrais résumer l'histoire en trois récits insolites. Hbib, mon grand-père, renonça peu à peu à parler, prisonnier de son impuissance, surpris par l'ampleur du silence qui l'investit sournoisement ; il cessa de boire du lait en sachet, de manger le pain du boulanger (c'est-à-dire non pétri par sa fille), de commenter le monde ou de parler à Dieu et de prier. Ismaël, c'est-à-dire moi, perdit l'usage de ses sens et prit l'habitude d'être visité à l'aube par d'étranges crises qui le conduisaient à hurler face aux miroirs et aux reflets qu'il y percevait, et à écrire de manière fébrile des langues désordonnées dans ses cahiers – ça, c'était avant qu'il ne découvre son don. Quant à Hadjer, ma tante, sa solution fut fabuleuse : elle épousa un jour, dans sa tête, un homme de haute taille au regard langoureux et aux longs cils, colérique comme la force, viril mais doux car orphelin. Il s'appelait Amitabh Bachchan, était indien (de religion hindoue) et toujours révolté. Hadjer en devint secrètement folle ; je le compris à ses gémissements quand elle le regardait sur l'écran de télévision lancer des défis ou traquer le meurtrier de ses parents qu'il avait reconnu grâce à un bracelet en or. Je n'avais que dix ans et je devais traduire tout ce que cet homme, à travers différents rôles, disait dans ses films, mais aussi ce qu'il lui disait, à elle particulièrement, quand il se tournait vers la caméra et donc vers notre village. Exercice étrange qui m'ouvrit la porte de la digression par l'infidélité aux propos.

Les films étaient en hindi, sous-titrés en français, ils se déroulaient au rythme fou des diatribes sans fin, tumultueuses, des acteurs qui parlaient vite, avec emphase et gestes amples, robes lumineuses et regards brûlants. Les sous-titres se succédaient à une vitesse impossible, ce qui me laissait trop peu de temps pour traduire, car à cette époque je maîtrisais à peine quelques mots de français. Je comblais les vides ou les manques par les fantaisies que m'inspiraient l'expression des visages, les grimaces, les intonations et les cris. À la fin, je traduisais directement de l'hindi, sans attendre les sous-titres, inaugurant la première trahison par la langue mais aussi la première ruse, la fabuleuse malice de tout idiome. Amitabh me parlait et je transmettais à ma tante, à chaque rediffusion du film sur notre télé *(à l'époque, on avait droit à des diffusions du crépuscule jusqu'à vingt-deux heures, sauf le week-end, avec un seul grand film par semaine, en noir et blanc)*. Amitabh débarqua donc chez nous avec sa coupe de cheveux affolante et ses déhanchements lascifs, il fit partie de la famille, se promena dans la maison, désemparé, visage chagrin ou séducteur, avec sa silhouette haute et sensuelle et ses pantalons blancs près du corps, et Hadjer décida, lentement, que j'hériterais de son physique en grandissant. Le glissement fut irréversible. Je me devais de finir en justicier désiré par tous, acrobate, conducteur fou, danseur, souriant en toute circonstance, avec des bras forts capables de soulever des histoires entières. Le fils et l'époux mêlés secrètement en un seul corps, de quoi lui permettre d'assouvir son désir de revanche. *(En écrivant, je pleure sur son sort. J'ai été son fils, mais j'aurais voulu être en même temps son mari, son amant, son père, la moitié manquante de son corps, la sueur du cheval blanc des contes de promesse, l'acteur hindou, le royaume strié de présages, le galop, la main la touchant et la bouche lui apportant une nouvelle langue. Son vieillissement est le plus cruel démenti à la puissance de mon don.)*

Les soirées cinéma se prolongeaient le lendemain matin de développements imagés sur mon avenir, mes vêtements futurs, ma façon de marcher et mon destin. Au-delà de ce jeu sombre et excitant, il y avait une autre découverte pour moi, plus essentielle : la traductibilité. À force d'interpréter les dialogues, je finis par les adapter puis par les remplacer et, au final, par les inventer. Je découvris enfant ce hiatus entre le mot et le sens, cet arbitraire du son qui réduisait la langue à une tentative, pas une essence. Amitabh mettait toute sa force dans les paroles, mais il me paraissait enfermé dans une illusion, reclus derrière un système de gutturales et de glapissements qui prétendait tout dire alors qu'il ne rendait compte que des conventions d'un autre village du monde. Je ne me représentais pas aussi clairement les choses, mais j'en avais l'intuition et même la certitude : la langue était un couvercle sur le vide. Un abîme s'ouvrait doucement sous mes pieds d'enfant cependant qu'une évidence émergeait : il devait y avoir une langue entière, immense, qui résumait toutes les autres, qui était la matrice de leur possible traduction de l'une à l'autre et dans laquelle on pouvait raconter toutes les histoires sans qu'elles se perdent ou s'effacent. Une écriture finale et définitive, où se rejoindraient toutes les écritures à leur embouchure, en aval. Voilà. L'acteur, beau et immortel malgré les incendies de voitures, les coups de feu, les poisons et les sauts périlleux, jouait un rôle, mais moi je lui en confiais un autre sans qu'il le sache. Amitabh était chez nous, mais je pouvais basculer chez lui et dire ainsi à ma tante ce qui était difficile à exprimer, interdit ou tabou. Elle cédait elle aussi à l'illusion et il y eut certains soirs où nous nous parlâmes presque comme des amants ! Quelle honte, me dis-je aujourd'hui en me remémorant les films comme *Deewaar* ou *Sholay*, et surtout *Zanjeer*. Mais quel amusement, aussi.

De cette période obscurément sensuelle et inquiétante, je garde surtout la première intuition de ma quête : j'avais besoin d'une langue parfaite, puissante, capable de remplacer l'hindi, de combler ma tante, d'ordonner le monde, de donner une issue à l'excitation qui déjà faisait frissonner mon corps et enfin de me protéger contre mon père et ses histoires. J'avais presque onze ans, je parlais couramment l'arabe de l'école et je lisais peu le français, il me manquait une révélation. Amitabh resta longtemps chez nous, à Aboukir, et un jour j'offris à ma tante une photo de lui. Elle avait passé la quarantaine. Elle la regarda avec indifférence mais, le soir, elle pleura en peignant sa longue chevelure, sa dernière parure. Après ça, l'acteur mourut de n'être plus regardé ; Hadjer, elle, opta pour les films égyptiens qu'elle comprenait parfois sans mon intermédiaire.

(Encore deux jours de sursis. Si je n'écris pas à son chevet une longue histoire pour réparer sa vie, Brahim va mourir et interrompre la mienne. Et Djemila mourra parce qu'elle voyagera à reculons dans son labyrinthe.)

14

Comment Hadjer a-t-elle réussi à me ramener à la maison du haut après ce qui s'est passé avant-hier ? Elle a usé de cris, de menaces, répétant qu'elle allait se lacérer les joues, hurler son scandale parmi tous les villages de notre vallée, lancer des malédictions jusqu'à perdre la parole si son frère mourait sans voir sa sœur ou son fils *("demi-fils", me lance le chien, soucieux des vraies généalogies)*. Et dans le grand spectacle de sa colère, elle a insinué que, si son frère venait à mourir, elle serait la pierre dans la chaussure pour les frères et fils héritiers et n'irait pas chez le notaire. L'aîné, Abdel, sombre comme la suie de sa mélancolie, a fini par accepter en expliquant qu'il cédait à son caprice, par respect pour sa tante, mais qu'il refusait de me croiser à nouveau. De proches voisins sur la colline ont intercédé en ma faveur, arguant que, si j'échouais à faire revivre les morts, je ne tuais personne avec mes cahiers. On m'a alors emmené là-haut, sous escorte, avec deux voisins – c'était hier à peine, lendemain de ma première visite. Ce n'était pas la nuit, pour cette deuxième tentative : j'ai dû rompre avec mes habitudes et suivre Hadjer et mes gardes du corps vers treize heures, sous un soleil détestable qui me brûlait la nuque et calcinait mes ancêtres dans ma tête. Je suais, des chiens sans nom nous ont suivis à l'arrivée, jusqu'au seuil du grand portrait de la maison du haut.

Sous le jour cru, la demeure révélait des saletés lourdes, des traces de repas pris dans la cour, du linge intime étendu. La vigne m'a paru petite comparée à son jeu de feuillages nocturne de la veille. Personne n'a osé me croiser, sauf les enfants, dont les regards révélaient ce que les adultes pensaient de moi et de ma tante. Dans la pièce, l'ombre était fraîche mais l'odeur encore acide. Le vieillard était devenu une poignée de chair dans la main froissée du drap. Les cigognes de la mort étaient là, dans le gros nid invisible de sa tombe. J'ai bu le café servi et Hadjer s'est installée au seuil de la porte, en gardienne. Elle a commencé à parler pour élever une sorte de mur. Tout y est passé : des prénoms, des rancunes, des histoires anciennes, les prénoms de sa mère et des versets déformés. Sa voix s'élevait puis retombait, devenait un murmure, un sablier discret. Elle devait continuer ainsi tout le temps qu'il me faudrait pour ranimer le vieux.

Je commence en général par chercher un lien entre moi et le client dont le corps se ratatine un peu trop vite et dont je dois raviver la respiration comme on rallume un feu. Le mourant répond par un premier frémissement, lève parfois une paupière lourde comme un galet et, par-delà la cohue de ses ancêtres, me reconnaît ou cherche à me reconnaître. C'est un moment troublant, qui me noue la gorge. Et, au terme du cycle, le mourant répond toujours soit par une détestable gratitude, soit par de la jalousie. Je ne suis pas dupe, car dans ce territoire des vérités muettes il devine immanquablement la singularité de mon don. Parfois, la gratitude se transforme en détestation. La raison ? La dette à payer est immense. Le bonhomme devine que ce qu'il lui reste de vie, sa respiration et l'heure de sa mort dépendent de moi, de mon application et de ma constance dans la conjugaison des temps et la précision des adverbes. Il suffit que je cesse d'écrire pour qu'il meure ; tant que je suis penché sur mes cahiers, il survit. Un peu. Ou beaucoup. Il recouvrera même la pleine santé si j'écris encore plus vite, si je cesse de manger, de boire, si je tourne les pages à la vitesse folle de ma passion. Souvent illettrés, mes patients en arrivent à espérer des cahiers sans fin, ils les soupèsent, en comptent les pages et courent m'en chercher de plus épais dans les magasins de la grande ville, de l'encre, des stylos. Dans le coin de mon ring, leurs proches chassent les mouches autour de moi, essuient mon front en sueur.

Cette fois, le vieux qui mourait ne m'était pas vraiment inconnu – ou l'était absolument. Il le savait, et je le savais. Cela le mettait en colère comme un dénuement honteux. Il savait de mémoire affolée que je pouvais me venger de toutes ces années où il s'était appliqué à me rabaisser avec ses histoires misérabilistes d'avant l'Indépendance et à m'écraser avec l'épique épisode du mouton tombé du ciel qui avait pris ma place dans son cœur. C'était le risque du métier. Que je mêle en quelque sorte mes affaires à mes herbes magiques.

Dans la chambre pesait l'odeur du renfermé, je distinguais presque les relents des décompositions ruisselant sous sa peau. Le parfum de la mort n'est pas terrible comme son cri, mais il est détestable.

Mes cahiers y répondaient souvent en exhalant un effluve d'argile mouillée que j'étais seul à sentir – phénomène rappelant l'impossible désintégration du corps des trois saints qui donnèrent leur bénédiction à notre village. Le Prophète, dit-on, a bénéficié du même miracle : son corps est resté inaltérable et sa mort fut un parfum qui changea de flacon, du corps à la tombe. Je me demandais souvent, quand j'étais enfant, pourquoi personne n'allait le déterrer, tant pour vérifier la légende que pour rehausser le miracle de cette religion. À l'époque, je croyais que l'impiété était à vaincre comme une coupure d'électricité. Mais peut-être que l'inaltérable était en fait le Livre sacré, le *corpus* plutôt que le corps, et peut-être fallait-il raconter les choses ainsi pour mettre les pèlerins sur le chemin de la réflexion et du miracle. Peut-être que ce prophète avait écrit ou entendu un livre si puissant qu'il ne pouvait plus se décomposer après sa mort et allait se perpétuer sans fin, sur la terre entière, maintenu solide et immuable par les chaînes de transmission du livre et la propagation des récitateurs. Je ne sais pas. Il avait sûrement découvert ce miracle bien avant les autres, dans sa grotte.

Protégés par mes soins, mes cahiers d'école étaient toujours choisis selon le nombre de pages mais aussi le tracé des lignes, la texture du papier – qui devait être épais, crissant et comme brut pour mieux absorber l'encre et consacrer le geste de la main posée. Il était important de bien écrire mais aussi d'élever la calligraphie comme un chant haut, un tracé du territoire préliminaire à toute résurrection. Sans discipline, l'encre et les lettres redevenaient nuées d'oiseaux, buissons, vermicelles entre les doigts de ma tante, serpents, palmiers, Nil, becs, cornes. L'alphabet retombait, avec mon angoisse, dans l'ancien bestiaire dont il était issu : le S de Sîn était le serpent, le B de Ba' était né de l'âtre, le A de Alif avec le portrait d'un vautour juché sur un arbre mort ou le sens de l'œil perçant, le T de Ta' était l'image du chaudron et ainsi de suite, provoquant ma panique. Il fallait lutter sans cesse contre la tentation du pictogramme et fermer les yeux sur les ancêtres de la lettre ou sur l'étymologie persistante pour ne garder à l'esprit que l'usage immédiat et le souci du salut. Le rite que je pratique est né d'une volonté de précision, parce que j'ai été sensible aux manières des récitateurs du Livre sacré chez qui j'ai passé quelques années d'adolescence *(ô sidi Khloufi, notre maître du Livre sacré, qui m'a toujours regardé avec soupçon)*. J'y ai appris, malgré moi, que le tracé du mot est aussi important que son sens, comme l'est la caresse pour la proclamation d'amour ou le contour de la lèvre pour ajuster le baiser.

De ces années un peu idiotes, ferventes, j'ai retenu que l'acte de répéter inlassablement le verset sur la planche, la courbe de l'encre qui se charge dans le délié, tout le soin apporté à l'épaisseur du signe dans son éclosion, sont déjà une apposition des mains sur un corps, le début de la réparation par la palpation. Si l'écriture vient de la main, on peut remonter du tracé vers la paume et de la paume vers le cœur ou la maladie. C'était la loi implicite de ce métier que pratiquaient les talebs et les récitateurs du Livre sacré en s'efforçant de sauver de l'oubli la version exacte de la parole de Dieu telle qu'elle a été révélée au Prophète. C'est dire que j'ai toujours ressenti l'écriture maladroite comme une salissure inquiétante s'apparentant à la trahison ou à l'épidémie.

Dans cette pièce aux murs lépreux, mes mains ont tremblé avant même que je ne saisisse le premier stylo à encre noire. J'ai failli renverser la tasse de café froid qu'on m'avait préparée et je n'osais pas croiser le regard du vieillard qui a longtemps détruit mes os. Oui, j'avais en moi un désir de vengeance ou de meurtre, je le reconnais. Alors pour tenter le diable, qui est une rumeur, j'ai décidé de ne rien faire, comme lui n'avait rien voulu faire pour Djemila, ou pour ma mère. J'ai suspendu mon geste et le temps. Derrière la porte qu'on avait à peine réparée, la voix de Hadjer me parvenait, indistincte mais familière comme le vieux foulard avec lequel elle me serrait la tête pour soulager mes migraines.

La vérité est que je me sentais froid, insensible, incapable d'amour ou de tendresse. Le vieillard, le souffle pénible, semblait gravir une pente. De temps à autre, ses pieds bougeaient brusquement comme s'il avait raté une marche ou trébuché sur un caillou. Il était déjà une moitié de cadavre, l'index tendu vers le ciel. L'autre moitié tentait de s'extraire de la tombe avec une seule main et le quart d'une jambe encore vivante. Un insecte sur l'écorce d'un eucalyptus. Mâchée par la maladie, sa chair ne devait plus promettre aucune saveur à la mort, cet animal ancien qui adore les arômes et les craquelures d'os nourris à la moelle grasse.

J'ai détaillé, pour les besoins de mon premier cahier, ses membres si maigres sous le drap, comme des branches couvertes par un tissu. Il souffrait sûrement depuis des mois mais cela me laissait froid et distant comme un astéroïde. Son cancer avait été lent, patient dans sa dévoration, et maintenant il lui suçait les os, rassasié. Sur l'autel du dieu, les débris du cérémonial durant depuis des mois : un lot de médicaments inutiles, du miel désigné par la Tradition comme miraculeux, un pot de chambre au blanc douteux, nombre de bouteilles d'eau minérale, et ces fruits que les visiteurs ne se lassaient pas de lui apporter alors que seuls ses yeux pouvaient mordre dedans. *("La chute est inaugurée par un fruit et le départ l'est par une corbeille !", explique mon chien.)* Le vieillard disparaîtrait en débandade si je ne trouvais pas une histoire à écrire.

J'ai essayé de m'absorber dans l'inventaire des objets de la chambre, comme on le fait lorsqu'on est invité dans une maison étrangère et que l'hôte s'absente pour servir le café. Un affreux tapis, des illustrations coraniques (replacées après mon premier passage) et l'armoire de ses noces, les secondes bien sûr, celles de l'épouse qui était là, derrière le mur, inquiète de son sort ou confusément heureuse à l'idée d'être libre. D'immondes fleurs en plastique et des tissus recouvrant les matelas destinés aux visiteurs orange et mauve. Pas une composition de couleurs, une nausée. À cela s'ajoutait l'odeur de fermentation du corps que la terre allait boire prochainement. Dans sa solitude, le bonhomme ouvrait parfois un œil énorme qui semblait dériver seul au-dessus d'une eau noire, puis le refermait, vaincu. J'ai regardé ses mains. Étrangement, elles avaient une vie presque autonome : libres d'étreindre ce qui n'existait pas ou de farfouiller dans la draperie des fantômes, elles bougeaient, s'agrippaient, crochetaient, désignaient de l'index un être invisible ou multipliaient les dénégations avec le même doigt devenu un dieu minuscule au bout de la prière, instaurant un dialogue fascinant entre cet appendice et le ciel nuageux que je ferais bien de traduire dans mes cahiers qui attendent.

À quel jacassant parlement le souffrant devait-il faire face en guise de préliminaire à sa dernière heure ? J'avais des convictions : la mort est affaire de querelle contre la mémoire. Je parle d'expérience, et parce que mon intuition est féroce comme une dent. Je ne crois pas que l'on meure dans la solitude, comme le prétendent les chants tristes et les livres, mais dans l'encombrement de foules denses, jouant des coudes pour creuser son chemin, comme lorsqu'on tente de récupérer ses chaussures à la sortie de la mosquée. Je suis sûr que le trépas attire la foule : les vivants familiers, les morts qui s'approchent avec curiosité. D'un côté, le silence, de l'autre, le brouhaha d'un hammam. Non ? L'au-delà doit être une bousculade où se croisent et s'entassent des millions de gens aux croyances diverses. Parfois, au retour de l'épreuve, certains m'ont demandé de rester à leur côté pour me dicter leurs Mémoires car "Ô, gloire à Allah, j'ai enfin compris !". Mais ce désir s'épuise et la santé retrouvée apporte d'abord une gêne (quand le miraculé me recroise dans la rue), puis cet oubli rancunier que j'ai déjà évoqué. À la fin, le bonhomme préfère la mosquée plutôt que de me serrer la main. Ceux qui ont de l'argent partent à La Mecque se laver les os de mon souvenir. Quant aux femmes, je ne les vois plus jamais, ou seulement après la chute de leurs dernières dents.

Cette fois, le bonhomme sous mes yeux n'était pas tiré d'affaire. Que faire ? Je devais gribouiller, plus vite, surmontant l'éparpillement de l'esprit et de l'alphabet. Dehors, Hadjer tenait tête à une dizaine de femmes : elle évoquait ses droits en tant que sœur du mourant, sa part d'héritage, la gloire de son père devenu muet puis saint avant de finir cadavre sentant le parfum du paradis, elle expliquait patiemment que mon refus de manger de la viande et mes évanouissements à la vue du sang étaient la preuve de ma pureté et non de ma malédiction.

Alors soudain je me mis à écrire. Mon salut en dépendait.

15

(Dans quelques heures, mes demi-frères vont revenir ; le temps est leur chien qui cherche ma trace et aboie dans ma direction. Il a été convenu de me laisser au chevet de Hadj Brahim pour la demi-journée, pour me donner – lui *donner – une chance. Des bruits de vaisselle me rappellent que j'ai faim et que dans cette maison d'avares on ne m'a rien servi. J'ai très peu dormi et je n'ai pas l'habitude d'être éveillé durant la journée. Cela me donne des nausées. Trop de bruit. J'ai l'impression d'être dans une gare ou un hammam. J'avais oublié combien le soleil était bruyant, depuis toutes ces années de veilles nocturnes.)*

On commence toujours par des points de suspension, comme pour signifier la reprise d'une vieille histoire interrompue par l'aube. Avant d'entamer le chant ou la récitation, les oracles et poètes d'avant le Prophète lançaient une série de cris, des jactances nobles qui deviendraient des lettres de l'alphabet. Alif/Lâm/Mîm. Le fameux Noun. Le Sâd mystérieux et le Taha évocateur. Cet abécédaire inapprivoisé, agité comme un collier d'ossements, destiné à capter l'attention autant qu'à montrer les brèches de la langue, le Livre sacré lui-même en fait usage dans ses sourates mecquoises, nées à l'époque où le

Prophète devait se distinguer des poètes et dépasser leur prestige auprès des tribus de son époque. J'ai cru à un caprice en découvrant cette coutume, mais j'ai compris plus tard qu'il s'agissait d'une invocation pour exorciser le silence, ou témoigner du lieu même de la naissance et de la limite de la langue. Les lettres étaient jetées au ciel comme des dés pour briser la routine et ouvrir la voie à la rénovation. Par le dieu ou le poète. Elles étaient le versant volubile d'un grand silence indifférent et sauvage.

J'en use à ma manière avec ces trois points qui sont comme des miettes de pain dans la forêt, des cailloux blancs, les pas d'un autre homme sur mon île déserte. Je peux multiplier à l'infini la métaphore mais je ne pourrais jamais exprimer le soulagement qu'ils m'apportent chaque fois, hameçons dans le cœur de la nuit, artifices pour conjurer le sort, avant que l'écriture me prenne comme une cadence. Il s'agit de partager une respiration avec le mourant, de retrouver son histoire sous sa débâcle et de lui restituer la nécessité de vivre. Amusant, non ? C'est par un vendredi que j'ai lu entièrement mon premier livre. *("Plus vite!" chuchote une ombre agacée. Un visage noir contraste avec la vive lumière du dehors par la porte entrebâillée. Hadjer a interrompu son récit et me parle depuis un moment. "Plus vite ! Ils vont finir par arriver, ces bâtards.")*

Le village est entouré d'une vingtaine de douars où les mariages endogènes entretiennent un même vieux nom pour tous et assurent la transmission des prénoms des morts aux nouveau-nés. La colline familiale est le lieu du naufrage. C'est là qu'a pris pied l'un de mes ancêtres, père de la première tribu qui a élu domicile sur cette terre, hors du village, à l'époque des colons, et en a gardé la peur d'en descendre, la volonté de vivre discrètement dans le dos du monde et les manières sommaires de personnages secondaires. Notre maison à nous, située en bas, dans le village, a appartenu à un Français dont je n'ai jamais retrouvé le nom. C'est une vieille bâtisse avec trois chambres, un plafond, une cuisine et un citronnier "quatre saisons" aux fruits lourds et négligés.

C'est là, dans cette maison, que je rentre à l'aube. Je dors presque tout le jour, pour éviter de rencontrer des jeunes de mon âge préparant leur mariage avec des sourires et des sous-entendus salaces, cherchant le meilleur menuisier pour fabriquer le lit nuptial et l'armoire des noces. Je ne travaille pas mais, parfois, des familles m'ayant sollicité une nuit de doute pour un mourant nous apportent des œufs, des légumes, des restes de récolte ou même du café, du sucre, des sodas. Selon leur degré de reconnaissance. Ma tante Hadjer a d'abord hésité, puis elle a décidé d'accepter ces offrandes qu'elle considère comme un droit, et presque comme un hommage rejaillissant sur elle, telle une réparation au mépris des siens. De la cour, j'écoutais les longs palabres entre elle et des adversaires ou voisins imaginaires : elle discutait de ses raisons et négociait sa bonne foi avec des êtres invisibles, tout en plumant le poulet offert ou en lavant les pommes de terre laissées par mon père dans un cageot sur le seuil de la porte.

Je me souviens de mon grand-père, assis au soleil, immobile, bien couvert, ses yeux verdâtres notant tout dans un vaste cahier imaginaire – jusqu'à ce qu'il meure noyé dans le sang de ses poumons.

Hadjer à la peau sombre brillait alors, dans l'effort de la cuisine, d'une sueur qui la rendait désirable. C'étaient les meilleurs moments de l'été, saison sans fin dans mon récit. Le plus beau dans son histoire était la liste des prétendus prétendants qui avaient demandé sa main et qui, l'un après l'autre, avaient succombé à une fatalité. J'adorais quand elle décrivait la belle voiture, le mérite du bel inconnu, les maladies qui plus tard le ravageraient, et qu'elle lançait des parallèles entre lui et son acteur indien. Ils étaient une trentaine : éloignés par un frère, égarés par une future belle-mère, écartés par une médisante cousine, découragés par les barrières de figuiers de Barbarie, trompés sur l'adresse de notre maison par un voisin malveillant, etc. Avec ses trente ans passés, elle avait déjà, dans notre univers, dépassé l'âge de séduire ou d'offrir des enfants. Elle est donc restée là, à éplucher des pommes de terre, à s'occuper de mon grand-père et de moi et à regarder des films indiens.

La pauvre femme, je le compris tôt, n'avait pas de rôle entre l'épousée qu'elle n'était pas encore, la vieille belle-mère qu'elle ne serait jamais, la prostituée qu'elle ne pouvait imaginer être et la jeune vieillie qui attendait que l'on frappe à sa porte. Nous nous ressemblions, c'est pourquoi elle décida, je pense, de me garder comme on aiguise un couteau, comme on fabrique un lance-pierre, ou peut-être comme on élève un fils. Je l'aimais et je veillais à peupler son monde en traduisant le plus de films possible. Dans mon enfance, elle me frappait durement quand elle se mettait en colère ; je savais que ce n'était pas par haine ou manque d'amour, mais parce qu'elle venait d'être blessée par le village.

Comme moi, elle évitait le monde extérieur, le bain en fin de semaine, les noces des autres, les rencontres entre femmes ou les entremetteuses qui se moquaient d'elle et de son espoir fané. *("Oui, c'est mon fils. Il m'a été donné par Dieu, et pas par un idiot au pantalon creux", lance ma tante, assise devant la porte de la chambre du mourant.)* J'étais son fils dans le désordre des feuilles mortes tombées de l'arbre généalogique. Elle ne céda jamais à la tentation de laisser venir la mort, sauf le jour où elle attendit un prétendant qui ne se présenta jamais.

De ce jour, je me souviens comme d'une nuit mauvaise : mes deux tantes étaient là depuis le matin, Hadjer avait subi le rite du bain, du gommage à l'argile, de l'épilation, du tressage des cheveux et de l'essayage des robes. La maison sentait le sucre, la vanille des gâteaux, et on avait habillé mon grand-père avec une belle djellaba pour le mettre à l'écart dans la cour. La demande en mariage est d'abord un rite de femmes, validé ensuite par les hommes. Les premières tractations sont féminines. Ce jour-là, la famille du prétendant devait venir ausculter le corps de ma tante, en évaluer la santé, examiner la blancheur de sa peau et juger de son âge véritable. On avait donc tout préparé, y compris ma discrétion. La nouveauté m'avait au début enthousiasmé. Mais, par la suite, errant dans la cour, veillant mon grand-père et recomptant les feuilles du citronnier, je compris soudainement qu'il s'agissait pour moi d'une menace vitale. Une autre de mes tantes me répétait depuis la veille que je ne devais pas m'inquiéter : au pire, j'irais vivre chez elle au douar, à l'est du village, et elle m'élèverait comme son fils. Je compris alors que l'effondrement de mon univers était possible, peut-être même imminent. Le souvenir du vent me revint et souleva les pans de la djellaba de mon grand-père. La poussière emplit ma bouche et l'inquiétude me pénétra. J'avais été un idiot trompé par des sucres. Ce qui me sauva ? Un médisant, peut-être. Ou un enfant rusé qui me ressemblait, qui égara les visiteuses en leur indiquant une autre adresse pour les regarder s'éloigner avec leurs paniers. Ou une rumeur sur l'âge de Hadjer. Toujours est-il que ma tante et ses sœurs attendirent tout l'après-midi, en vain Le plus pénible fut le départ des sœurs : elles durent trouver un prétexte pour quitter les lieux sans fouler aux pieds le corps maquillé de Hadjer. Celle-ci ne dit rien ce jour-là, ni le suivant, ni celui d'après. Elle resta rivée à la télévision, n'en bougea pas même quand il n'y avait plus rien sur l'écran que ces folles fourmis agitées, noires et blanches. Elle prit l'habitude de manger des citrons crus, de saler à outrance nos plats, et sa peau se ternit. Elle mit des années à oublier cet affront et s'enferma encore plus dans notre maison qui devint notre corps à tous les deux.

C'est elle qui insista pour que j'aille à l'école ; c'est elle qui me conduisit, par des chemins désordonnés, vers ce don auquel elle ne croit qu'à demi, je pense. Quand j'eus cinq ans, elle m'habilla d'un tablier noir, me peigna les cheveux avec une vigueur douloureuse pour mon crâne, m'aspergea de parfum fade et m'expliqua que je devais couper à travers sept ruelles vers l'ouest, avant de traverser "la route des voitures". Pour le premier jour, elle était là, enveloppée de son haïk, regard brûlant de fierté et d'un semblant de colère pour dissuader les médisances. Elle me tira par la main jusqu'à la huitième ruelle et resta plantée à me suivre des yeux pendant que je m'enfonçais dans un univers suffocant, poussiéreux, encombré du brouhaha et des piétinements des autres enfants du village menés en troupeau vers l'école gratuite. Qu'éprouva-t-elle ? De la peur, sûrement. Le temps me prenait par la main à sa place, lui laissant une ombre et une pierre dans le ventre. J'étais le seul homme qui avait cherché son contact, parfois, lors des nuits d'orage, je le savais. Je me souviens aussi de la boucle dorée, étincelante, qui ornait mes chaussures neuves et qui brillait en cadence, selon mes pas, sous la lumière du jour chaud de septembre. Ma mémoire est surtout marquée par l'attitude des autres gamins à mon égard, qui témoignèrent de la curiosité et de la distance. J'étais le fils de Hadj Brahim, un boucher riche et respecté qui vendait cette viande qu'ils ne pouvaient goûter qu'une seule fois par semaine, le vendredi, avec le couscous. Cette illusion de considération se brisa quelques jours plus tard, quand j'entendis sur mon passage l'un des enfants, le plus effronté, imiter un bêlement. Cela fit rire la bande et débrida leur violence. Rapidement, je conclus que l'école n'avait rien d'amusant.

J'y découvris ma différence. J'apprenais vite, avec une facilité qui me surprit moi-même et qui, je crois, s'expliquait par la peur de m'ennuyer. Mon maître d'école, Monsieur Safi, à moitié chauve, alerte et sautillant malgré son ventre énorme, était amusé par mon intelligence sans ardeur, mais il finit par s'inquiéter de mon air fermé, pas triste, juste distant, comme indifférent. Ce qui pouvait passer au premier abord pour de la vivacité d'esprit se révéla à ses yeux d'adulte comme une supercherie de ma part pour rester loin, ailleurs, en refusant de rejoindre le groupe. Ou comme le signe d'une maladie plus grave abîmant mon esprit bien davantage que mon corps. À cela s'ajoutait ma voix nasillarde, bêlante, qui finit par le dissuader de m'interroger en public afin d'éviter que les autres élèves ne s'esclaffent. Mon timbre était une sorte de stigmate mais aussi une belle excuse pour considérer mon silence comme un compromis souhaité par tous. Personne ne semblait supporter ce trémolo qui touchait le cœur comme le bêlement d'un chevreau et qui transformait les mots si beaux papillonnant dans ma tête en pénibles croassements. *(Poll pouvait-il s'en défaire, malgré son don ? Rien de plus horrible que la voix des perroquets, on le sait tous.)* On me laissa m'asseoir seul à la table du fond et on m'accorda alors le mutisme comme droit et devoir. Reclus, je devins brillant mais avec cette nonchalance et cette indifférence qui désamorçaient l'admiration des autres et les tenaient à l'écart, méfiants ou même dégoûtés. Ma distinction avait la valeur d'une infirmité et les autres écoliers optaient parfois pour la méchanceté, d'autres fois pour la mise en quarantaine. Mais ce qui échappa aussi bien à mon maître d'école qu'aux gamins agités de ma génération, c'est que ce fut pour moi une aubaine : j'appris plus vite et, déjà, alors que j'avais à peine six ans, je butais sur l'invraisemblable convention de l'écriture et la prétention majeure de la langue !

C'était le mois d'octobre, il me semble que c'était le début de l'après-midi. Je me souviens d'une sensation d'étouffement, d'ennui, et d'une envie persistante de rentrer à la maison pour regarder les lézards sur le mur chaulé de la cour. La baraque qui nous servait de classe chauffait l'air et faisait suer le crâne du maître. Je traçais, sous son œil, pendant qu'il inspectait nos rangs, un trait vertical à l'encre mauve, buvard sous la main. La pointe de la plume, humide, crissa sur le papier puis s'arrêta. Au-dessus de l'arbre, j'esquissai une torsion. On devait refaire le même geste, encore et encore, jusqu'à le maîtriser entre les lignes fines du cahier. Pour quel dessein ? Je ne saisissais pas, à cet âge, le lien entre l'encre et l'éparpillement du monde. La cordée de l'écriture. J'appris à écrire dans l'obéissance, sans accéder à l'inédit. L'écriture, l'alphabet, restaient cantonnés dans la case de l'exercice répétitif, l'univers de Hadjer se tenait dans son coin, et moi je restais là, muet, incapable de dépasser ma voix de chèvre bêlante. Par la fenêtre de la classe, je pouvais voir un lointain figuier qui avait l'air d'un vieillard voulant escalader un mur et, plus proches, deux saules pleureurs éternellement verts, cascadant. Le vent soulevait de la poussière dans la cour de récréation et beaucoup de mots me manquaient, comme ceux qui auraient pu convoquer le visage devenu flou de ma mère. Cela provoqua un nœud dans ma gorge qui me fit pleurer. Le maître me regarda longuement, hésita puis décida de me renvoyer chez moi avant la fin du cours. Je me souviens que je ne dis rien à ma tante ce jour-là, je réécrivis inlassablement les quelques lettres apprises, les mêlant comme des ficelles, les allongeant jusqu'à ce qu'elles débordent des pages, les nouant à des taches d'encre. Redevenues sauvages à la maison, elles me firent pressentir une étrange liberté, des possibilités de composition. Taha, ou Alif/Lâm/Mîm. Ce furent mes premiers pas sur l'île. *(Je tourne la dernière page ; il me reste encore trois cahiers sur sept, ma main semble tenir des rênes vibrantes et Hadjer est une guerrière ancienne.)*

Une semaine plus tard, je découvris, en même temps que mon maître d'école, que j'avais appris à lire bien avant les autres écoliers. Avec aisance, car chaque soir je me consacrais à cet exercice qui brassait les lettres comme des osselets. Il en naquit un ordre soudain, et ma voix depuis toujours bêlante cessa de l'être, dans ma tête, à l'instant même où je pus déchiffrer les premiers mots. Guérison trompeuse car, dès que je refermais le manuel scolaire, je retombais dans le règne sonore de l'ovin. C'est alors que, dans une hâte presque malade, je me mis à traquer les mots et les ustensiles, les objets les plus petits prirent vie, furent ravivés, répertoriés : il suffisait d'en connaître la calligraphie pour les ramener à mon attention. Ô miracle inaugural ! Je pouvais regarder un monde neuf et sombre comme la forêt à l'entrée du village. Je sentis ma nouvelle dignité aussi clairement que si on m'avait acheté de nouveaux habits. La joie était presque totale, mais elle fut très vite gâchée par un résultat inattendu et inquiétant : confrontée à la langue de l'école, la langue de Hadjer, la mienne depuis ma naissance, se révélait insuffisante, pauvre, comme un malade dont les mains ne pourraient saisir les objets ou désigner sans trembler les choses lointaines ou mal éclairées. Je le compris au fur et à mesure de ma scolarité. Face à cela, je ressentis de la surprise (d'autant que personne ne pouvait m'expliquer), puis du mépris et, au final, de la colère. *("Vous avez mangé les moutons de mon frère, et aujourd'hui son corps et ses yeux !" relance ma tante, pour faire diversion je suppose, détourner l'attention, comme un paratonnerre.)* Je ne sais par quel fallacieux raisonnement je conclus que mon mal et ma tristesse, qui duraient depuis longtemps déjà, ne me venaient pas d'un défaut de caractère, ou de la mort de ma mère, ou de ma voix bêlante, mais d'une langue recluse, ignorée par les livres et l'école, cachée et interdite. Comme ma tante. Tout d'un coup éclairée par cette révélation, la maison du bas me parut sale, terne, vulgaire. C'était l'île de la désolation, le lieu de mon naufrage, corps gonflés sur le sable, le navire échoué de mes souvenirs, l'obscurité de la flore encore muette derrière la ligne de l'écriture. La découverte de l'écart misérable entre la langue de Hadjer, mêlée et bâtarde, et la langue de l'école se mua en rancune contre mon propre monde, et je devins un enfant méchant chez moi, et lâche dehors.

16

Hadjer ne comprit pas ma bouderie les jours qui suivirent, ni pourquoi je m'appliquais de plus en plus à imiter mon grand-père, en fixant, assis à ses côtés, le même mur du fond. Je me souviens de la déception provoquée par cette trahison : les mots que m'avait donnés ma tante étaient un peu, inexplicablement, le dernier écho de la voix de ma mère dont le visage s'était effacé dans ma mémoire. À la fin, la tempête aboutit à un sentiment de honte et je renonçai, après deux ou trois essais, à écrire les mots de Hadjer et du village avec l'alphabet arabe qu'on m'a enseigné à l'école. Ils avaient l'air guindé de ces paysans arrivés à la ville, bègues et gauches, hésitant devant les vitrines. J'étais vraiment chagriné, dépité, mais aussi amoureux récalcitrant, attentif à l'irruption de l'autre langue, l'arabe de l'école, qui lentement prenait possession des murs, s'enrichissait à chaque terme nouveau, tatouant et saisissant au vol les objets hétéroclites de mon univers. Oh, pas une langue infinie, mais déjà comme souveraine ! Je trouvais étrange que la langue du village n'ait pas de nom, alors que celle de l'école avait des livres, des poèmes et des chants. La langue de Hadjer, on la vivait et on la cachait comme le corps d'une femme, ou comme le sexe, alors que celle de l'école, on devait la coller de force ou avec application – comme l'étiquette sur les protège-cahiers – sous chaque galet, arbre, cigogne ou minaret. Langue ardue, traitant le village comme un cheval sauvage, mais fascinante. Avec les années de ma scolarité, elle se mit à parler à la place de Dieu et des héros de la guerre de Libération, et je finis par surprendre la faiblesse de cette langue puissante, mais sourde et bavarde : elle comptait beaucoup de mots pour les morts, le passé, les devoirs et les interdits, et peu de mots précis pour notre vie de tous les jours. Même si jeune, j'avais l'intuition qu'elle ne parlait que des disparus et pas de mon village, qui pour moi était grand comme la terre à cette époque, ni de mon corps ou de mon univers. Sa façon de dire le monde semblait cacher une maladie, une honte secrète, du mépris. À vrai dire, elle ressemblait trop à mon père quand il s'approchait de moi avec l'odeur de son burnous et de ses moutons, répétant ses prières à la mosquée et ses invocations, me donnant de grandes leçons pour mieux flatter sa propre vanité. Je veux dire qu'il manquait à cette langue le don de raconter de belles histoires pour mon âge. *(Je commence à avoir mal au dos et je ne sens plus mon épaule droite. Je m'interromps pour chercher le meilleur mot, en soupèse quelques-uns, puis opte pour le plus vigoureux. Le vieux semble dormir comme après un corps à corps. Le sucre au fond de la tasse de café me procure un frisson froid.)*

Dans mes premiers cahiers d'école, l'alphabet était tenté par la calligraphie, le pictogramme, la rature mimant des animaux en fuite. Des lettres remontaient vers leurs racines supposées et dévoilaient leurs naissances anciennes. Le Ba', né de *beit*, c'est-à-dire maison, l'endroit où l'on revient, où l'on se déchausse. Ou l'inaugural Alif, le vautour à l'œil vif, le premier regard, juché sur un arbre sous forme de la *hamza*, l'animal domestique, le bœuf. Ou le Jîm, tracé comme le serpent ondoyant dans l'argile d'un fleuve, avec son œil unique. La série était longue et me laissait méditatif : le Ta', c'est-à-dire le pain, l'âtre avec du feu, le chaudron, *ettannour*, le Kâf, né du *kaff*, c'est-à-dire la paume, ou le Ya', venu au monde pour évoquer la main, *el yadd*. Et surtout le Noun, que je répétais inlassablement, évoquant l'eau, l'encrier, l'horizon, le crépuscule ou l'aube, la baleine, le poisson immense et lent qui avale la terre pour en faire un livre sacré. Je me perdais à reconstituer ce dictionnaire, inventaire d'animaux ou d'ustensiles des premiers temps : l'âtre, le feu, la maison, le crépuscule, le bœuf, le grain. Chaque lettre indiquait un objet au bout de son tracé, caressait une ancienne présence. Et je l'immobilisais comme un chasseur pour en surprendre le sens dans mon cahier. Je me disais qu'il devait y avoir un sens dans l'ordre de l'alphabet. Peut-être que Nouh avait sauvé les animaux dans cet ordre-là, qui donnerait naissance à celui de l'écriture après le reflux des eaux. J'écrivais de plus en plus vite et merveilleusement bien, berger de mon troupeau d'animaux sauvages, perroquet heureux et triomphant (ô Poll, devenu souverain en multipliant les mots). Cela me valut une sorte d'aura qui me préserva des coups de coude et de pied à la récréation. Les autres écoliers avaient aussi parfois besoin de moi pour recopier leurs leçons. Intrigué, Monsieur Safi, devinait, je pense, ce délice maladif en moi, et parfois s'en inquiétait comme d'une possession. À l'évidence, ma voracité ne témoignait pas seulement d'une intelligence, mais aussi d'une panique. "La hâte te perdra!", me répétait-il, impuissant, avant de reprendre ses craies. Il devait s'étonner de ce don désordonné qui avait élu dans le corps malingre du fils du boucher.

Ce bonheur dura longtemps, me grisa un moment avant de s'épuiser devant une frontière physique : le peu de livres capables de recenser toutes les choses que je pouvais voir et pressentir. Le village ne disposait pas de fonds, de librairies, de vieux livres ou de bibliothèque. La langue arabe était puissante à la radio, à l'école, à la mosquée, mais ne semblait posséder, à mes yeux, que deux livres : celui de l'école et celui de Dieu. Dès la deuxième année, je me lassai des manuels scolaires et des versets. *(Quelle heure est-il? Je me dois d'être précis : mon art ne se limite pas à m'asseoir auprès d'un agonisant pour le rendre centenaire ou à éviter à un malade la souffrance puis l'oubli. Que non! Le monde est sauvé grâce à ces longues séances d'écriture, proches de la prière ou du recensement, que je m'impose dans ma chambre quotidiennement. Mes cahiers sont gonflés par le torrent d'un récit unique, sans queue ni tête, qui emporte dans son cours violent des murs, des portiques, des odeurs de café moulu ou des mystères d'aisselles féminines, des couleurs de robes, des amandiers étincelant en jets d'eau pétrifiée, qui mêle des dates de naissance, des prénoms et des mains dans une crue totale et ravageuse. L'histoire est essentielle pour relever un mourant mais, pour sauver le village de la futilité, il lui faut un récit herculéen. Il s'agit d'une vaste entreprise : une description méticuleuse de l'endroit, du panneau annonçant Aboukir sur la route qui mène à la ville jusqu'aux premiers figuiers de Barbarie, au sud. Le monde ne doit sa perpétuité qu'à la nécessité de sa description par quelqu'un, quelque part – c'est une certitude. J'ai parfois le ventre noué à l'idée d'oublier un détail et donc de participer à une disparition, ou de l'accélérer. Quand moi j'oublie, la mort se souvient. Cette lourde mission a changé mon corps, a courbé mes épaules, m'a poussé à la discipline. Oui, l'absence de bibliothèque à Aboukir m'a obligé à transformer tous les cahiers possibles en livres fermes et pleins. À qui l'expliquer ? À Hadjer ? À l'imam du village, à mon ancien maître d'école que je croise encore, vieux mais toujours vif et sautillant ? À qui raconter mon Zabor ? Cet ancien soupir de mes ancêtres devenu proverbe qui signifie "Qui va te croire quand tu parles en prophète ?" et que les jeunes connaissent peu. Me revient l'histoire de Daoud, David de l'autre Livre, le prophète à qui Dieu donna une voix unique et la possibilité d'élever un chant auquel les montagnes faisaient chœur. Pourquoi les montagnes y répondaient-elles et pas les hommes, les chanteurs et les croyants ? Dieu avait-il choisi cette métaphore par souci d'élégance gratuite ? Non. C'était pour dire que la langue est un ordre transcendant. Quand elle est parfaite et précise, elle provoque la réponse des montagnes, du muet. Le* Zabor, *les psaumes comme disent les autres, est un chant et un livre, une écriture de tous les règnes à la fois, et c'est pourquoi même la pierre y avait langue.*

Je crie : "Oui, je fais vite !" Dieu a eu six jours et moi je n'ai que trois heures. Je ne sais ce que raconte Hadjer, assise devant la porte de la chambre, pour tenir à distance la tribu, mais elle y réussit comme une conteuse. "Elle repousse ta décapitation", me dit mon chien, par ses Mille et Une Nuits *improvisées, sa verve et sa ruse.)* Il y manquait le rêve, le mystère du conte, comme je le compris plus tard. Nous étions un pays récemment libéré de la colonisation et les mots se faisaient soldats, mimant l'uniforme par leur rigueur et s'appliquant à chanter la terre, le sang des martyrs, la guerre. Dans la cour, on psalmodiait des hymnes à la révolution ; pendant les heures de dessin, on dessinait le drapeau ou le visage sévère de notre président. Je retrouvais les mêmes mots sur les banderoles des fêtes nationales, sur les pièces de monnaie, sur le tableau vert de la classe, dans les prières répétitives. Prodige, j'aboutis à l'ennui en épuisant l'une des plus belles langues du monde qui m'avait été offerte sans son sexe troublant et touffu.

Vers l'âge de huit ans, je désespérais, sans compagnons de jeu ni possibilité de nommer les choses avec rigueur. Plus étrangement encore, je perdais les derniers traits du visage de ma mère que le récit de Hadjer m'avait pourtant aidé à recomposer patiemment. Il n'en restait rien. Ni douleur, ni précision. J'observais, durant les siestes du week-end, le corps brun de ma tante, dont à l'époque elle prenait grand soin pour le montrer dans les bains, ses aisselles qui anticipaient sur les seins, je humais le bois dans le feu de l'âtre, je posais ma joue contre le carrelage froid de notre maison, mais tout cela échappait à la langue de l'école. Couchée sur le papier, elle y restait sans bouger, impuissante, quand je rentrais chez nous, à revivre avec les objets de la maison ou à désigner les choses, paralysée comme mon grand-père Hbib. Elle mourait comme un poisson hors de l'eau quand elle était hors des livres et de l'école parce que, chez nous, personne ne l'utilisait pour domestiquer l'éparpillement et l'invisible. Je découvris bien plus tard qu'elle était éminemment riche, capable de désigner des nuances d'eau et de sable impossibles à retrouver ailleurs, mais je crois que son malheur, à mes yeux, vint de son incapacité à provoquer le mystère et le plaisir. Jamais je ne parvins à en faire un rite ; ce n'est ni sa faute ni la mienne mais celle de ceux qui me la présentèrent comme un bâton et pas comme un voyage, comme un langage de Dieu à peine permis aux hommes, et cela me rebuta dès mon enfance. La vérité est qu'elle était mal enseignée, par des gens frustes aux regards durs. Rien qui puisse ouvrir la voie au désir.

J'aimais la calligraphie, qui se pliait autour des objets pour les envelopper d'ascendance, les entourait comme un serpent sage et vieux puis s'écoulait comme une robe, des cheveux de femme, des lierres ou des sentiers. J'adorais écrire en arabe, mais mes mots avaient parfois le poids de l'hérésie aux yeux de Monsieur Safi qui ne comprenait pas ces extravagances dans mon cahier, à côté d'une écriture bien appliquée et obéissante.

Aujourd'hui *(Des pas raclent le sol. Une chaise. Un enfant pleurniche avant d'obtenir ce qu'il réclame. Au loin, un eucalyptus qu'on scie ?)*, je résume ainsi ce mal de mon enfance mais je crois que je l'ai vécu dans le désordre et la confusion. Comme un enfant peut vivre le divorce de ses parents. L'apprentissage de l'écriture à l'école me fit cependant entrevoir la faille existant entre l'objet et le son. Avant les films indiens. La texture de mon univers n'était pas encore l'encre de mon écriture, elle n'y correspondait pas, et restait rétive, lointaine, comme posée sur l'autre bord d'une rivière que je ne pouvais traverser, ne sachant pas nager. D'un coup, parce que passibles d'être désignés par deux langues *(dont l'une est celle de Hadjer, qui continue à dérouler sa parole derrière la porte)*, les arbres de la maison, les murs, la vigne, les cuillères et même le feu prirent un visage étranger.

C'est de là que datent ma maladie et mes premiers hurlements.

17

J'aime descendre la colline en me hâtant. J'ai l'impression – qui vient de mon enfance – de faire des pas de géant, des sauts de sept lieues. Le village en bas étale ses toitures, ses antennes de télévision et va s'épuiser, au sud, dès les premiers champs. Là où je tombe évanoui, toujours, quand je veux m'éloigner d'Aboukir. Je distingue des eucalyptus géants, en bas, qui tournent le dos au village et s'en vont par deux, en bordure de la route. Toute la vallée est verte et jaune à cause des récoltes et des sécheresses acceptées de l'été. Hadjer me suit, parlant encore à des foules imaginaires. *(À partir de quand me suis-je mis à me raconter une histoire qui me mènera à la fin du monde ? D'où vient ce verbiage dans ma tête que rien n'arrête ? Colère et dents serrées. Derrière le don bavard, une sobre certitude, parfois masquée, parfois tenace, qui me répète ce que me dit mon père depuis toujours : je suis un tordu.)* C'est un peu la fuite du fils et de sa mère dans le désert. J'ai mes cahiers dans mon sac et je marche vite. Il faut éviter les fils de Hadj Brahim mais aussi la déception qui pèse dans mon ventre. Ai-je sauvé le vieux ou l'ai-je condamné ? Je ne sais pas. Hadjer a tenu tête à tous pendant plusieurs heures et j'ai écrit sans m'arrêter. À la fin, elle a ouvert la porte et m'a demandé de déguerpir – "Les chiens arrivent !" Le verbe dur, comme toujours. Le récit s'est terminé par une retraite stratégique. Le sien a été un long délire sur notre histoire, les dettes, l'argent, le nombre de moutons. Ma tante a déployé les talents d'une avocate ou d'une conteuse, ou les deux à la fois. Une sorte d'extrait des *Mille et Une Nuits* pour tenir à distance les habitants du palais de Schéhérazade, les immobiliser avant qu'ils n'aillent avertir le mauvais roi. Quant à mon histoire, elle a été longue, elle aussi, torrentielle.

Le vieillard y a été sensible et son histoire a repris dans sa tête, je crois. Il ne s'est pas totalement réveillé mais son corps a changé de couleur, le bruit autour de lui était celui du sommeil, pas des insectes. Je ne sais pas ce qui m'a pris, j'ai failli enfreindre ma règle d'or qui consiste à ne jamais toucher le mourant. J'ai un peu arrangé le drap qui le couvrait et j'ai voulu lui parler. Avec cette voix froide que je prends depuis toujours pour m'adresser à lui. La raison ? Je ne sais pas. Comme si son agonie était une trêve. J'ai été frappé d'une sorte de lucidité, au-delà de mon écriture, et j'ai pensé effleurer son visage, éprouver son corps *("Le corps d'un père n'existe pas, on n'en éprouve que le poids et le creux, en cadence", me dit mon chien, attentif à mes gestes inédits)*. Nous n'avons jamais eu de contact physique, une main qui caresse ou serre, une étreinte de protection et de tendresse. J'ai compris que j'avais toujours gardé la même distance avec lui, un mètre cinquante, et ce depuis mes quatre ans. D'ailleurs je ne l'ai jamais vu toucher personne, sauf ses moutons, qu'il palpait à l'achat comme au moment de les égorger – les yeux fermés, concentré sur son art, éprouvant le tendon ou la graisse pour en déduire le prix ou l'origine, pour imaginer le goût de la viande. J'ai approché ma main de son front et je suis resté là, comme un idiot, sans langue propice à décrire mon impression. J'avais peur qu'il ne se réveille et ne me sourie, vainqueur. Alors je me suis rassis. Encore deux ou trois heures d'écriture vigoureuse et il pourrait rouvrir les yeux et se remettre à compter ses troupeaux.

J'avais un titre pour le cahier de son salut : *La Promenade au phare*. J'y ai plongé et ce fut le début du miracle. Le sang était noir d'encre, le corps était un trait que je pouvais lier et délier pour imposer un rythme selon l'art mystérieux de la correspondance : chaque fois que je trouvais une belle formule, sa bénédiction s'étalait jusqu'à l'agonisant et restaurait en lui une cadence, la respiration d'un lent éveil. Mon père revenait à la vie, je le savais sans même lever la tête, par ma force, par ce mystère qui est en moi et qui vient de loin : quand on raconte une histoire autour d'un feu, la nuit recule et se fait attentive. Pourquoi écrit-on et lit-on des livres ? Pour s'amuser, répond la foule, sans discernement. Erreur : la nécessité est plus ancienne, plus vitale. Parce qu'il y a la mort, il y a une fin, et donc un début qu'il nous appartient de restaurer en nous, une explication première et dernière. Écrire ou raconter est le seul moyen pour remonter le temps, le contrer, le restaurer ou le contrôler. Il y a un lien entre la conjugaison et la métaphysique, j'en suis sûr. C'est la première loi à déchiffrer. Dès que je lève la tête, je souffre d'éparpillement, une culpabilité me noue le cœur quand je m'arrête et tout me fuit comme du sable entre les doigts. Alors j'y reviens et je me sens proche de découvrir, au bout de chaque belle phrase, une sorte d'explication ultime. Cela me donne du courage, de la grandeur, de la confiance en moi. C'est alors que le souffle revient dans le corps d'autrui, comme si j'étais parvenu à colmater une fuite invisible. Voilà. Ma vie aurait été d'une beauté simple si le vieux m'avait gardé au lieu de me troquer contre des moutons tombés du ciel de ses superstitions. Il était là, mourant, et moi à son chevet, appliqué. Encore deux ou trois heures et il aurait émergé à force de précisions dans mon cahier. Mais Hadjer a ouvert la porte pour me crier de partir. Ses palabres ne pouvaient plus retenir le temps, déjà la belle-mère se frappait les cuisses en criant que j'étais un démon qu'il fallait chasser. "Avant qu'il ne tue son père comme il a tenté de tuer son frère!" hurlait-elle, forçant son indignation.

Le soleil décline et le ciel se penche vers l'ouest. La gravitation, peut-être, ou la clarté affaiblie vont soulever des étoiles à l'est. La fin du jour est toujours odorante à cause des nombreux buissons. L'île de la désolation ne l'est plus. J'en connais le tracé, j'y ai érigé des élevages de mots, une langue d'ordre et d'inventaire, j'ai repoussé le monde sauvage à force de travail et de labours, en quelque sorte. Un titre : *Le Sommeil du juste*. À cause de l'image d'un géant dormant sous un arbre si grand qu'il faut la course folle d'un cheval lancé au galop depuis cent jours pour le traverser. J'aime ce titre comme l'expression du droit au repos, la possibilité de dormir profondément après l'acquittement, un possible retour à l'innocence. Je baisse les yeux pour ne pas croiser des gens. J'ai déjà assez de vies à sauver. Nous nous hâtons de rentrer, comme des étrangers *(mais mon écriture ralentit, ma main se lève et je cherche. La maison semble être une île calme, le moment entre le jour et la nuit durant lequel tous les règnes se taisent. Je m'octroie alors un moment de paresse. Je m'allonge sur le dos de la baleine).*

18

Je suis allongé. Et je palpe le vieux livre aux pages écornées. Le même depuis des années, chaque fois qu'il me semble nécessaire de reprendre mon histoire sous un autre angle. On y voit sur la couverture un homme habillé comme un buisson, tenant un long fusil, s'adressant à un perroquet traversé par toutes les couleurs du monde. La rareté des livres depuis toujours dans le village m'a poussé à cultiver une habitude : relire. Sans m'épuiser. Je peux ainsi lire différemment : je commence par le premier mot ou je soupèse le livre comme une boîte fermée, pour m'obliger à le rêver, à l'imaginer dans son enfermement, ou je m'arrête juste à son titre pour le transformer en cerf-volant. Ou j'en lis une partie pour provoquer en moi la fascinante digression du chien qui parle. Relire n'épuise en rien le mystère car le livre est un corps, pas une ligne droite entre un début et une fin. Je le retourne ou l'enlace ou le caresse ou m'y enfonce, mot à mot. J'ai découvert un jour que le mot page est né du mot pays. De fait, quand on ouvre un livre, on pénètre un monde. Mais mon lien avec le verbe est charnel, et mon déchiffrement vise l'assouvissement, le dénudement d'un corps.

Robinson Crusoé est le plus fascinant de mes livres trouvés. J'ai aimé cette histoire il y a longtemps et, depuis, il a pris pour moi la valeur d'un livre sacré. Ah, que d'heures passées à suivre les pas de cet homme qui cherchait les pas d'un autre ! J'y ai fait le tour des sentiers qui bifurquent mais aussi celui des combinaisons. Je me rappelle la rencontre avec Vendredi, la découverte de ses traces sur le sable, l'émotion des premières récoltes et cette attitude, cérémonieuse et guindée, de Robinson quand il s'adresse à son vis-à-vis agenouillé. La belle réponse de Vendredi sur sa religion et le prénom de son dieu : *"le pays d'Ô"*, qu'il prononce solennellement en désignant la vastitude. Indiquant par son exaltation que les dieux naissent de notre interpellation sans réponse, leurs prénoms viendront plus tard, avec les livres ou les prêches et les guerres. C'est dire si je me trompais quand j'ai cru épuiser ce livre.

De longues années d'adolescence m'ont conduit à m'intéresser au troisième personnage que l'on n'évoque presque jamais : le perroquet, symbole du sens caché que l'on ne découvre qu'avec le temps ou la méditation dans ce roman mystérieux comme une grotte. Robinson lui-même raconte que, faute d'humanité à partager, il apprivoisa un perroquet. Et je jure que je fus disciple de cet oiseau que je considère comme la perle de cet espace insulaire : voilà un être que l'on a sommé, dans une île sans issue, de réinventer la langue entière avec cinq mots : "Pauvre Robinson, où es-tu ?" C'était la seule phrase du volatile, son dictionnaire entier, tenant sur une seule main. À l'époque de ma maladie, l'oiseau m'était si proche que j'ai rêvé de raconter au monde son martyre et sa crucifixion sur un palmier. Narcissique secret, Robinson lui apprit d'abord à prononcer le nom qu'il lui avait donné, Poll, comme pour conjurer l'oubli menaçant et raviver son propre prénom de naufragé que l'île avait menacé d'engloutir faute de conversation possible avec autrui. Si le perroquet avait un nom, avait dû se dire Robinson, le naufragé ne pouvait pas oublier le sien propre !

Ce fut, à l'époque de ma maladie, ma première découverte. La deuxième fut celle des limites du langage. Le volatile incarna bientôt mon sort terrible et celui de tout le village. Devoir raconter, fixer, échanger, perpétuer et annoncer avec seulement quelques mots, seraient-ils des millions ! Oui, ils étaient des milliers dans la langue de Hadjer ou des centaines de milliers dans la langue de l'école, mais cela ne changeait en rien cette vérité que ces langues avaient une fin, une frontière d'impuissance ; tôt ou tard, on atteignait la limite des cinq mots ou des cinq millions de mots. Derrière la dernière plage *(page)*, s'étendait le vide.

Des années longues à méditer ce sort mais aussi ce fabuleux récit écrit par quelqu'un que je n'ai jamais connu. Et, à chaque heure libre et indécise, je me retrouvais à relire ce conte. Avec délice. Comme une Bible qui vous impose sa loi là où vous manquez même de vêtements. Et aujourd'hui *(Je me souviens, je ne sais pourquoi, que le vieux a remué quand je suis sorti à la hâte de sa chambre. Sa main a esquissé un geste, qui n'était peut-être qu'un tressautement nerveux. Le dernier)*, j'y reviens, fasciné par un autre mystère que j'ai un peu effleuré il y a des années : le sort de l'île après le salut, c'est-à-dire le sort du perroquet après le sauvetage de Robinson. *(Hadjer m'appelle pour prendre le thé de la fin du jour. Il est accompagné de galettes. C'est le dernier sucre de la journée et, depuis mon enfance, il se confond dans l'ordre des goûts avec le crépuscule.)* Je crois que c'est le passage le plus énigmatique, le plus métaphysique dans la confession du naufragé devenu éducateur. Je le relis sans cesse et m'y abîme à en imaginer la suite bruyante, le brouhaha cosmique autour d'un dieu qui aurait quitté les lieux définitivement. Oh, le grand mystère ! L'homme éleva un perroquet et vécut avec lui pas moins de vingt-six ans. "Combien vécut-il ensuite ? Je l'ignore", raconte-t-il. Il aurait entendu dire qu'au Brésil ces animaux pouvaient vivre jusqu'à cent ans. Adolescent, je relisais le même passage : "Peut-être quelques-uns de mes perroquets existent-ils encore et appellent-ils encore en ce moment le pauvre Robinson Crusoé." Je me perdais alors à imaginer cette île peuplée de centaines de perroquets répétant la même phrase, assourdissant les autres règnes, jacassant sans répit et heurtant, dans l'enfermement insulaire, les limites vitrées et irréductibles de leur sort. Peut-être que dans le village nous n'étions pas plus que ces volatiles ? Peut-être que nos langues n'avaient, aux yeux du dieu déserteur, que le sens d'une seule phrase, réitérée sans cesse depuis des millénaires, recomposée à l'infini ? Peut-être que le village où je vivais n'était qu'une île renfermée et sourde que j'étais chargé de libérer par de longs récits et l'apprentissage d'une langue plus vaste, plus vigoureuse, plus proche de celle du naufragé que de ses perroquets qui tournaient en rond, obligés d'inventer une grammaire, des religions, des livres, des plats et des fruits, des prénoms et des passions avec seulement cinq mots et un prénom mystérieux et déserté ?

J'étais Poll. Et face à l'un des rares miroirs de notre maison du bas, je ne voyais pas un jeune homme chétif, épuisé par la masturbation et l'écriture, veuf déjà et maudit par une voix de chevreau, mais un oiseau, incapable de voler longuement, certes, mais exercé à l'inventaire, à l'étiquetage, à la langue, à l'écriture et au duel avec la mort. J'étais l'oiseau qui perpétue une phrase, la reproduit jusqu'à l'avènement du langage riche. Gardien de l'île qui aurait sombré dans le silence de la tombe s'il ne l'avait pas maintenue, à force de conjugaisons, au-dessus des flots. Voilà. Couleurs vives dans le miroir, roux, vert ou jaune, flamboiement du feu emplumé, sang volubile et gestes saccadés du cou qui cherche l'origine d'un bruit. L'œil gardait sa dureté malgré les fantaisies de l'apparat et le nez donnait une noblesse au profil. Je n'avais plus rien du mouton que mon père avait sacrifié pour sauver sa fortune. Écrire me donnait des ailes, des îles à renommer et des prestiges que je n'atteindrais pas en marchant dans les rues d'Aboukir. Je revenais alors toujours à cet extrait qui me laissait rêveur des heures et des heures : "PAUVRE ROBINSON CRUSOÉ. Je ne souhaite pas qu'un Anglais ait le malheur d'aborder mon île et de les y entendre jaser ; mais si cela advenait, assurément il croirait que c'est le diable." Ou Dieu.

19

Le reste de la journée a été calme. Je n'ai vu personne sauf ma tante. Reclus dans l'univers de Hadjer et ses brefs monologues. Je ne suis presque pas sorti de ma chambre. J'ai examiné l'assiette que m'avait servie Hadjer, au cas où elle y aurait oublié un morceau de viande. Notre maison est encore préservée, lieu clos hors des faux chagrins de la colline. Ma tante m'avait obtenu une seconde occasion de grâce au chevet de mon père. Est-ce parce qu'elle croit à mon don ? Vieille question. Je l'entends s'affairer derrière la porte. Elle est mon horloge vivante, heure éternelle, cheveux sans fin. Maintenant, tout ce que je saurai sur le vieillard va dépendre d'elle et de ses informateurs. Même à elle je ne peux jurer qu'avec trois autres heures je saurais ramener Brahim du ciel vers ses chaussures. La moitié de ce que l'on vit parfois ne peut être racontée par une langue et, pour l'autre moitié, il faut des millions de livres. *(Ou un corps contre le sien. Une femme que l'on sauve par la main. Mon affaire avec Djemila est donc suspendue au souffle de mon père. L'idée même que je puisse épouser une répudiée avec deux enfants l'a scandalisé. Même Hadjer n'a pas su être de mon côté quand il l'a appris.)* Je me réveille avec cette idée obsédante : comment est le monde de Brahim, frappé par l'imminence de sa disparition ? Un bruit de livre feuilleté trop rapidement par le vent ? Une feuille sèche qui se dissout ? Un brouhaha sous la voix d'un crieur cosmique ? À quoi a-t-il songé, comprenant soudain que le vide allait le traverser ? Quand j'ai commencé à exercer, je me posais souvent cette question sans réponse : pourquoi telle personne devait mourir et pas telle autre ? Et, s'il n'y avait pas de raisons ni d'ordre dans la mort, pourquoi devrions-nous en chercher dans la vie ? La vérité est que j'avais une sorte de chagrin, un doute sur mon don, un soupçon quant à son illusion, que j'ai toujours tenu à distance de mes cahiers. Mais les livres étaient là, autour de moi, graves et légers, en désordre, conquérants dans ma chambre. Ils sont la preuve d'une perpétuation, d'un salut possible. Adossés les uns aux autres, sur les étagères, secrètement attentifs les uns aux autres dans leur univers. Ils m'entouraient, me préservaient, je le savais. Je n'avais aucune raison de douter. Personne dans notre tribu ne savait lire ni écrire, et donc si ce don m'était échu, c'était pour donner du sens, c'est-à-dire perpétuer, consacrer les miens et les sauver de la disparition complète et idiote. Hadj Brahim pouvait se moquer de moi, j'avais sauvé des dizaines et des dizaines de mourants depuis des années. Sans parler des vies que je maintenais sur le fil, dont j'étais responsable pour l'unique raison que mes yeux avaient croisé les leurs, toutes liées, unies par mes soins, protégées du loup et des ravins intimes. Il pouvait douter, mais il n'avait jamais été responsable que de ses moutons.

J'ai beaucoup écrit aujourd'hui : des lettres impossibles pour Djemila qui ne sait ni lire, ni écrire, ni revivre (extraits d'une poésie sur les pierres, propositions de rencontres imaginaires à la sortie du bain ou dans un cimetière) ; la fabuleuse description, minutieuse, en un cahier et demi, d'une fenêtre ; ou le compte rendu – en multiples synonymes – des bruits du village derrière le rideau et le mur d'enceinte. Poll y exploite une langue inédite, rapace, qui réduit les distances en utilisant la métaphore ou l'allusion à d'autres livres. “Dans toute métaphore, il y a une page pliée”, dit l'oiseau, perché sur le cocotier, qui expérimente sa singulière vocation de sauveur après le départ de son instructeur hirsute. Le cahier et demi s'ajoutera à la collection de ce livre gigantesque que j'écris depuis des années, *Zabor*. Récit salvateur, glissé sous l'aisselle du monde, portant la mission sacrée de maintenir en vie le plus de gens rencontrés. À quel moment est né ce torrent ? Pour être exact, il faut inverser l'image : parler non pas de crue, mais d'arche. La crue, c'est celle des débris du monde emportés, ces planches et animaux effilochés dans les livres d'enfants, ces arbres déracinés par les pluies, poussés du dos vers la mer, ces incroyants à la bouche hurlante, trottoirs désossés, poteaux tordus, bidons d'huile vides, chaussures dépareillées et buissons. Et l'arche est justement mon écriture, cet ordre qui tient tête au déluge. Oui, mon Dieu, je repousse quotidiennement la fin du monde. Quand a débuté cette histoire ? Quand ai-je commencé à élever mon arche ? J'ai mis des années à retrouver la trace du premier cri. Il remonte au jour exact de l'Aïd, date où mon père égorgea un mouton sous mes yeux, heureux et fier, comme debout sur la cime d'une montagne sacrée. Il y avait du sang en gouttelettes sur mes chaussures et une rivière rouge dans la cour, et tous riaient grossièrement comme des ogres. Oui, oui, la création est un livre, et c'est le mien. Toujours à contresens : le livre est le monde, entièrement, il est ce qui restera quand le soleil se lèvera à l'ouest, au Jugement dernier. Oh oui, l'éternité est un livre "à paraître" et le mien est la seule possibilité avant la fin. Je l'écris. Je l'écris.

Bien que la date glisse de douze jours chaque année, la fin du monde a une heure exacte et une voix misérable. En réalité, son bêlement se généralise dans le village dès la veille au soir, en écho, comme un grondement de terres déplacées. Il monte alors que j'essaie de me boucher les oreilles. La nuit est d'abord un sourd piétinement de bêtes, une colère de moteurs de camion, des halètements d'hommes dans l'effort, puis elle s'installe, atteint la lune d'été, repousse les chiens dans les champs, fait oublier les frottements des branches d'arbres ou le tintement de la vaisselle. Ce n'est pas le soleil qui se lève à l'ouest ou le cri de l'Ange aux gigantesques poumons, muni d'instruments assourdissants, mais des bêtes qui bêlent, enfermées dans des enclos, et qui se parlent par-dessus les cloisons avant l'heure de leur égorgement, juste après la prière de l'Aïd.

Mon grand-père était encore vivant mais s'était déjà confondu avec nos objets et ne parlait à personne, faute de mots. Hadjer s'en occupait comme elle pouvait et parfois je restais assis près de lui, avec mes cahiers, pour assurer une veille. Au début, je lui montrais mon alphabet, puis je compris que son monde se réduisait pour ainsi dire à une seule syllabe infinie. Brahim mon père jouait déjà, à cette époque, l'équilibriste entre la surveillance de sa femme, ma belle-mère, qui lui apportait autant d'enfants qu'il avait de moutons, et la culpabilité à l'égard de sa sœur vieille fille, son père devenu arbre et moi, le fils ramené dans un passe-montagne rouge, accusé de tentative de meurtre sur mon demi-frère. Deux fois par semaine, il apportait ou envoyait un panier plein de légumes, de viande et de pain. Et, à chaque fête de l'Aïd el-Kébir, il se chargeait de déposer un mouton chez nous. C'est ce peuple de moutons capturés, promis au sacrifice, que j'entendais bêler dans chaque demeure toute la nuit, la veille de la fête de l'égorgement. Cela excitait follement mon père, transformait sa démarche en hâte, en une quasi-frénésie : il devait être partout à la même heure pour assurer la tuerie sacrificielle. Caché sous ma couverture, j'essayais toute la nuit de déchiffrer ce langage désespéré des sacrifiés ligotés ou entravés dans chaque maison. Ce chœur qui me paraissait ancien, magnifique dans sa douleur, et qui continuait, en sourdine, entre la bête et le Dieu. Que se lançaient-ils comme encouragements ou souvenirs, ces moutons ? Pourquoi devaient-ils être sacrifiés pour sauver ceux-là mêmes qui allaient les manger ? C'est dire si la fête de l'Aïd el-Kébir était la fin du monde rejouée en grand dans notre village, en une sorte de répétition rédemptrice. Chaque famille avait acheté son mouton la veille et, après la prière du matin, chaque mouton allait être égorgé pour sauver l'homme, l'enfant, je ne sais qui d'entre nous. Cette extermination avait le don de rendre hilares les enfants et vaniteux les plus âgés. Une odeur de foin, de fumier et de couteaux aiguisés prenait la place des menthes et des eucalyptus. Aboukir se salissait dans une grossière fête de dévoration.

Ce jour-là, par peur de mon père ou de ses moqueries assassines, j'avais assisté à la terrible agonie dans notre cour. Brahim avait décidé d'égorger lui-même le mouton offert à sa sœur. La bête, arrivée le matin même, à jeun "pour ne pas altérer le goût de sa viande", comme dit mon père, tirait des cornes dans l'autre sens, se débattait comme un enfant. L'assistant de mon père finit par la renverser au sol et entrava l'une de ses pattes arrière à celle de l'avant. Sur le dos, la bête offrit alors son cou nu et blanc, mon père récita une prière, tourna le sacrifié vers l'est, direction de toutes nos prières, et examina son couteau préféré une dernière fois. La mort dit un mot rauque et écumeux, mais inconnu. Le sang s'éparpilla sur le sol de ciment, en caillots, et atteignit mon pantalon et mes chaussures alors que je me trouvais à plusieurs mètres de là, assis, paralysé au seuil de notre cuisine qui donnait sur la cour du citronnier. Dans chaque maison retentit le même bêlement éraillé, s'agita la bête sur le sol, salissant sa laine de rose, tentant de se relever le cou tordu, l'œil perdu sous le soleil. Tout le village était devenu fou, dans mon imagination, reprenant les cris des agonisants, élevant déjà les charbons et les braises, alors que les enfants se précipitaient sur la bête tombée pour la suspendre aux arbres et la dépouiller au-dessus de bassines qui recueillaient le sang, les abats. Dans la mare rouge, je vis les bottes mouillées de mon père et compris qu'il me parlait, barricadé derrière sa vanité et son savoir-faire d'égorgeur. On explique aux plus jeunes comment ne pas gâcher la viande en coupant net la vésicule biliaire. Le soleil donne aux odeurs la force et l'ampleur d'une saison. Je n'étais pas triste, j'étais malheureux, tout mon corps aux aguets. Le sang devint une sécheresse dans ma bouche et je vis la grande cour balancer doucement comme un plateau. Comme si on voulait jeter le citronnier et les murs d'enceinte par-dessus bord. Les bêlements parvenaient de toutes parts, désordonnés, hauts, parfois étouffés par des mains, dissonants mais unanimes dans leurs appels, et la fin du monde était un beau jour, avec une lumière bleue, vive comme une révélation. L'indifférence universelle me frappa comme une traîtrise méprisable. Je compris qu'aucune langue dans mon village, ni celle du Livre sacré, ni celle de Hadjer, ni d'autres à venir, ne traduisait l'essentiel. Tout restait interdit en deçà de la limite tracée par le couteau et le sang. La jubilation autour de l'animal sacrifié ne cachait pas le plus important à mes yeux : c'était un sursis pour nous tous, une façon de faire oublier la mort à notre procession. Je voyais un abîme, à peine dissimulé par ce rite. Tous se jetèrent alors sur la bête à dépecer, se partageant la tâche comme au temps des tribus anciennes.

Même Hadjer retrouva le sourire et le plaisir de la compagnie. Elle servit du café pour l'égorgeur et son aide. Mon grand-père avait été amené au soleil mais il nous contemplait toujours comme si nous étions une nuée d'oiseaux à l'horizon. Personne ne me prêtait attention. Sauf un œil fixe, globuleux, vitré. Teintée de henné, posée dans une bassine, sur les pattes en désordre, la tête du mouton grimaçait, et ses cornes géantes s'enroulaient en ombres tordues vers le ciel, en une majuscule parfaite. L'animal égorgé semblait le gardien d'un nouveau secret. Il nous considérait tous avec compassion. Il m'aimait d'une affection qui me fit presque pleurer sur mon sort et sur le sort de tous les miens à Aboukir. Je pris conscience du silence du village, soudain déserté comme un autel, sans les bêlements de la veille et les prières du matin. La tête du mouton, de guingois dans la bassine verte, devint le déguisement souriant et périlleux d'une autre présence, si tendre, qui narguait les couteaux, les cordes, l'étalage de sang et les gestes barbares des dépeceurs. Elle était comme posée au seuil de quelque chose. Je me levai trop brusquement et perdis connaissance. Mais pas seulement.

20

Je commençais à hurler au réveil, vers l'aube. L'œil révulsé par la vue d'un monstre qui avait pris la forme de tous les objets de la pénombre autour de moi devenus durs, cornus, me perçant la peau, hurlant leur étrangeté. Serré contre les seins de Hadjer, je suais en tremblant, habité par un esprit saccageur. "Frappé par le mauvais œil !", conclut d'abord Hadjer avant de désespérer de toutes les explications quand mes crises prirent de l'ampleur et m'empêchèrent même de poursuivre ma scolarité. Je devais lui offrir le spectacle de la possession, salivant avec ma voix de mouton détestable, désignant les choses avec un index tremblant, tordant les mots, entremêlant la langue de l'école à la sienne déformée. Ah, le beau spectacle ! Elle devait pleurer de dépit et de rage sur les on-dit qui n'allaient pas manquer de se répandre et qui rappelleraient le sort de son père Hbib.

Monsieur Safi, mon maître d'école, vint me voir au bout d'une semaine mais déclara que cela le dépassait. Il conseilla à mon père, qui l'accompagnait, d'aller consulter l'imam, plus indiqué pour ce genre de trouble. On me lava, on me couvrit, et on invita courtoisement El Hadj Senoussi à venir me voir chez nous. Jeune à cette époque mais déjà amusé par le spectacle du monde, il répondit avec gentillesse à la sollicitation et vint prendre un thé dans la chambre même où j'étais allongé. Il me caressa les cheveux, récita des versets entiers, pour conclure, sans le dire, que je souffrais d'être abandonné plutôt que d'être habité. Mon histoire familiale était connue comme un film dans le village. Il m'examina avec complicité et intelligence, me sourit, puis me chuchota que le Prophète, avant de recevoir la révélation, avait vécu presque la même chose que moi et que c'était donc Dieu qui m'avait choisi. Avec un clin d'œil et des bonbons qu'il glissa sous mon oreiller. Cela me rassura, à vrai dire, et aurait pu me pousser à reprendre le dessus sur mes peurs, mais d'instinct je compris à mon tour que mes crises m'assuraient un public et de l'affection. Sournois comme peuvent l'être les enfants intelligents, je résolus d'en travailler le spectacle et les cycles. Soudain, cette fragilité qui vidait mes bras et me donnait une démarche désordonnée dans la rue venait à avoir du sens, et un sens redouté.

J'avais sept ans à l'époque, j'étais en troisième année à l'école et mon enfance particulière, mes tares et mes désordres étaient devenus une mauvaise légende qui m'avait mis en quarantaine, heureuse parfois. D'un coup, je me retrouvais au centre de mon monde, et il suffisait d'un gémissement pour réordonner toutes les attentions des voisines, proches de ma tribu, lointaines tantes venues à la fois par compassion et pour savourer des vengeances à peine dissimulées. La maison fut remplie pour un temps d'encens, d'œufs offerts, de miel, de noms de marabouts, et sous mon oreiller on empila des pièces de monnaie. Bien sûr, j'aimais cette sorte de fausse convalescence, même si j'en éprouvais de la honte, comme lorsque je trouvais au matin mon lit mouillé. Sauf que, la nuit venue, je m'endormais pour me réveiller toujours face au ricanement des choses anguleuses et innommables. Je parlais peu, depuis toujours, et seule Hadjer saisit ma souffrance quand je me mis à mêler les mots, retombant dans le bafouillage ancien.

Oh, bien sûr que je mentais sur mon sort, un peu, mais mes crises de panique étaient réelles même si j'en exagérais souvent l'ampleur ! Au fond, je ne voulais plus retourner à l'école, je préférais reculer ici, à l'ombre du corps brun de ma tante, et ne plus jamais bouger, emmitouflé sous mon bonnet rouge de cosmonaute qui était devenu trop petit pour mon crâne mais que je gardais. Je ne pouvais plus supporter ni l'ordre des lettres dans l'alphabet, ni celui des rangées de tables dans notre classe, ni les batailles dans la cour de récréation et les longues moqueries, ni la loi de notre village. Les enfants ne jouaient pas avec moi et se contentaient de hurler mon nom, "Zabor !", en mimant des convulsions, allongés sur le trottoir, encouragés par les rires énormes des autres écoliers. Je vécus cette période de mon enfance comme une sorte de gaspillage qui me ralentissait alors que, peut-être, je devinais déjà mon don obscur. J'espérais sourdement punir mon père, le pousser dans ses retranchements et l'obliger à se départir de ses poses, phrases toutes faites et vantardises gaillardes. À mon tour, je le répudiais en quelque sorte, et par mon corps entier.

De quoi souffrais-je, sincèrement ? D'inquiétude – les objets devenaient menaçants –, de peur – l'ombre s'étendait et creusait ma chambre au point d'en faire un terrain vague et nocturne. Je n'avais plus confiance en moi ni en la vie quotidienne. J'avais des vertiges, des maux de tête et des hallucinations : j'entendais des mots inconnus mais, surtout, les choses avaient pris cette habitude de susurrer des noms, comme pour se faire les complices d'une menace, postée derrières elles, à la fois mère et ogresse. J'essayai de décrire cette peur mais personne n'accorda d'attention à mon cahier, à cet âge. Des gribouillis s'y entassaient à côté de lettres calligraphiées comme des mâchoires. Je me sentais isolé et sans lien avec les miens, même dans leur sollicitude. Cela affecta ma solidité, l'effritement devint une sensation permanente. J'avais cette impression d'égarer jusqu'à mes os dans une sorte d'apesanteur. Je perdis l'appétit, bien sûr, mais aussi la volonté de quitter le lit, de couper mes cheveux ou de parler à mes cousins qu'on amenait pour m'occuper et qui restaient là, partagés entre la peur d'être contaminés et le fou rire contenu. Mon occupation secrète était de chercher des rimes à mon prénom, Zabor, et d'en faire le maigre rébus de mes journées. Voilà. *(Je me perds un peu dans la description, mais la peur n'a pas d'image, dans mon souvenir elle est surtout oppression, manque de souffle et panique comme au-dessus d'un puits. Dans ma chronologie, c'est le temps de mes reptations sur le sable, juste après le naufrage, au moment où l'île est encore sans nom. Des hirondelles traversent le ciel de la fenêtre. Elles sont le signe que le crépuscule a été parfait et que la nuit est désormais possible.)*

Le chemin du don est vieux comme le monde et emprunte toujours le désordre pour manifester sa fleur. Cela explique mieux ma première crise. Que de fois on a confondu autrefois les tremblements extatiques du Prophète avec ces fièvres qui, d'après la Tradition, l'auraient contaminé durant ses commerces en Syrie. Pour moi, étonnamment, la peur ne vint pas avec un ange m'intimant l'ordre de lire dans une grotte, mais à cause de cette incapacité à supporter la vue des choses indécentes, la peinture écaillée sur les murs, la pierre tordue par l'invisible, sans la médiation sereine et ordonnée d'une langue riche, capable d'en préciser les contours et de garder la distance entre moi et les surfaces. Toute langue est mère, et la mienne était morte avant l'éveil de ma mémoire, faisant de moi un orphelin paniqué. Oh oui ! C'est cela, ma première maladie : la mort d'une mère et la désertion d'un Ange avec un livre. *(Je bêlais donc chaque matin comme un mouton mal égorgé, à la vue du sang invisible de mon univers.)* Cela dura des mois.

À un moment, lassé, Hadj Brahim se contenta d'envoyer de l'argent et de s'enquérir de moi auprès de Hadjer, maladroitement, sur le seuil de la maison qu'il ne franchissait plus. Toute la tribu et mes cousins conclurent au mauvais œil ou, plus discrètement, à la vengeance de Dieu sur mon père, coupable d'avoir abandonné ma mère dans un désert. Je me souviens de sa voix morne et éteinte, devant la porte (ma belle-mère lui interdisait d'entrer chez nous désormais), demandant de mes nouvelles, alors que j'avais les oreilles bourdonnantes et la tête ceinte d'un foulard imbibé d'eau de fleur d'oranger. J'avais une envie irrépressible de gémir, de pleurer ou de lui jeter des pierres. Il m'était impossible d'expliquer mes peurs, voilà. Les mots étaient par terre, impuissants comme des gants vides. La langue de

Hadjer, ma tante qui n'était jamais allée à l'école, était vieille et à moitié aveugle, appauvrie depuis des siècles, elle n'avait de nuances que pour la faim, la jalousie ou les tissus des couturières d'Aboukir.

Mon entourage ne céda pas tout de suite, bien qu'il prît ses distances. La seconde phase se traduisit par un flot de conseils et d'adresses de lieux occultes et puissants. La "maladie du cri" me valut de longs périples avec ma tante, parfois accompagnée d'une parente vieillie et oisive, pour chercher la guérison : je fis le tour des mausolées vert et blanc des saints de notre région, je fus asphyxié d'eau de Cologne, tatoué au front de dessins à l'huile de cade censés conjurer le mauvais œil, emmitouflé dans des voiles et entouré des murmures consternés de femmes curieuses mais sans compassion. Cela dura longtemps. Je me souviens aussi qu'on me fit manger un jour, à mon insu, du pain imbibé du sang de viandes cuites dans des herbes amères, on me fit boire des breuvages sans goût et on chercha le sens de ma maladie en interrogeant certaines femmes ridées ainsi que le plomb jeté sur des braises. Cela ne révéla rien de plus que les routines de mon univers : jalousies, mauvais œil ou sorts jetés par des voisins imaginaires. Diagnostics inutiles à mon mal du verbe.

Subitement rendue volubile par l'inquiétude, Hadjer montra des signes de fièvre intime. Elle se mit à parler sans s'arrêter, comme pour combler le vide ou éloigner la bête qui avait mangé l'esprit de son père, à tomber dans le bavardage, elle qui tenait à distance les femmes du village, à me serrer sans raison dix mille fois dans ses bras et à cesser de regarder la télévision. Sa voix basse trébuchait sur les raisons de ma maladie et, pour cette fois, elle ne trouva pas de belle histoire à me raconter et se révéla incapable d'interpréter l'univers en ma faveur comme elle le faisait depuis toujours. Si je hurlais le soir, c'était parce que j'étais un enfant unique et jalousé de tous, envié depuis ma naissance, disait-elle, peu convaincue. Elle me rappela que j'étais né avec une tache sur le bras, comme un prophète, qu'elle avait vu notre maison inondée de plumes blanches tombant du ciel alors que j'étais assis au milieu, souriant. Elle pleura. Moi, je savais que je souffrais de ne pas posséder une langue vive, puissante et riche.

À huit ans exactement, je découvris l'horreur de l'indicible. Dieu avait quatre-vingt-dix-neuf noms mais mon monde n'en avait aucun. Le nom est un talisman, une clause, c'est-à-dire une clôture au sens ancien. Quelque chose qui sépare la propriété de la forêt sauvage. Tous en ont besoin pour ne pas devenir fous, se confondre les uns les autres et mourir dans la bousculade. Mes crises d'enfant relevaient d'une affaire sérieuse et ancienne : la langue. Je me devais d'en découvrir une tranchante comme un jugement, ayant la précision d'une griffe mais aussi la patience d'une condensation. Intelligente, et qui aurait l'ambition de s'étendre d'est en ouest et d'investir le moindre creux, la moindre aspérité, les moindres fissures et autres crevasses invisibles à l'œil nu dans mon village. Une langue qui serait mon troupeau se multipliant avec la bénédiction d'un dieu, et que je surveillerais avec tendresse, vigilance et amour en cherchant des rythmes comme un berger d'autrefois. J'en rêvais, avec panique et sans comprendre, bien sûr, mais cela inaugurait en moi une quête qui me mènerait à mon don. Voilà, mais le chemin ne fut pas facile car je n'avais pas de guide.

J'avais été placé dans une école publique mais je m'y ennuyais profondément. Non pas que je veuille me retirer ou que j'aie peur des autres, mais à cause de la lenteur de leurs esprits et de leurs mémoires de souris que les maîtres tentaient d'équarrir à coups de bâton sur les paumes et les fesses. C'est ce qui m'étonna en premier chez mes compagnons, leur incapacité à se souvenir. Comment le pouvaient-ils, alors que leur univers n'était que trépidations ? Je pouvais mémoriser un texte en le lisant une seule fois, une sourate entière rien qu'en la parcourant des yeux. Je ne parle même pas des noms du Prophète, de ceux de ses compagnons, enfants mâles décédés, épouses et adversaires. De tout j'avais souvenir, comme pris dans une toile d'araignée, et il suffisait que je bouge un peu pour que mon mouvement ébranle tout le reste. En classe, je récitais mes cours avec désintérêt, brillant mais éteint, en somnambule. Je ne ressentais pas ma mémoire comme une exception ; c'était leur amnésie enfantine qui, selon moi, était une infirmité. Comment pouvaient-ils oublier ? Je m'étonnais de les voir hésiter sur les noms des compagnons du Prophète, qu'on nous imposait comme constellations, les noms des rivières ou le total d'additions hautes comme des minarets. Qu'était-ce qu'oublier, alors que tout ce que j'entendais, comprenais ou déchiffrais en français ou en arabe était si étonnant et nouveau que je ne pouvais pas envisager de m'en débarrasser ?

D'ailleurs, il n'était pas question d'effort pour se souvenir, j'étais en fait en présence immédiate de toutes les choses apprises, au moment même de leur éclosion, et l'écriture était comme un essaim d'abeilles qui vigoureusement se multipliaient et se déposaient en fourrures vibrantes sur les apparences. Aujourd'hui ma mémoire, piétinée par mes allers-retours et les falsifications, n'a pas la même loyauté. Ma langue présente est riche et me vient de la mer, entretenue par un chien mental et un dictionnaire sauvage, mais je subis un peu le contrecoup des bonnes récoltes : mes mots sont plus nombreux que les objets, la métaphore est devenue un lierre, une dévoration, et je me retrouve à tresser mille récits rien qu'en regardant le dossier d'une chaise, par exemple. Cela accentue mon mutisme aux yeux des autres, alors que je vis dans un brouhaha intérieur strident qui jamais ne cessera, et ne s'interrompt qu'à mes heures de réveil.

Ce furent des années troubles et étouffantes. Je reprenais parfois l'école, un peu guéri, moqué par les autres, affublé de nouveaux surnoms railleurs. L'heure de la sortie était un enfer. Je courais vers la maison en humant avec délice et angoisse les parfums du café chez les torréfacteurs de la grand-rue. L'odeur était le signe que l'école était finie mais aussi le souvenir que des écoliers m'attendaient dehors pour me moquer et me pourchasser en hurlant. Je me vois encore cavaler à perdre haleine pour échapper aux autres, rêvant d'ailes ou d'invisibilité magique. Chaque jour ou presque, j'avais le ventre tordu quand la fin de la journée approchait, troublant les lettres des alphabets, les chiffres, et me plongeant dans la détresse de l'orphelin sans frère aîné géant et fort. Le seul bonheur était l'ombre de la maison où vieillissait mon grand-père et où

Hadjer à la peau brune m'attendait avec une explication du monde dont j'étais la perle. Là, la férocité de ma tante et sa voix forte pouvaient éloigner les agresseurs, les cafards, la nuit et les objets sans nom. Hadjer ne lisait pas l'avenir, elle l'écrivait : elle me parlait d'un don dont elle voyait les présages partout, me détaillant l'un de ses rêves préférés où elle voyait toute la maison envahie de porteurs de drapeaux me cherchant pour me porter sur leurs épaules. J'aimais particulièrement ce songe qui ressemblait à une bénédiction anonyme. J'étais un enfant malade, étouffé comme vivant dans un œuf, amoureux des seins de Hadjer que je devinais en m'appuyant dessus, le corps enduit de substances guérisseuses et parfumées, barbouillé d'huile de cade. J'étais entouré par un territoire de signes et de rites nombreux : on m'interdisait d'approcher les eaux stagnantes, les bougies mortes, le sel retrouvé sur le seuil des portes, les clefs et les ciseaux, et d'aller seul aux toilettes ou de me mettre nu, pour les bains, sans avoir au préalable récité les noms de Dieu ou quelques prières. Hadjer m'expliquait que le corps est la fenêtre de Dieu, mais aussi la porte du diable. Le mien était examiné par ses soins, chaque soir, comme un cahier qui devait rester blanc. Si j'étais aussi maigre, ce n'était pas parce que j'étais malade ou mal nourri, mais parce que je n'étais pas encore tout à fait descendu du ciel, prétendait-elle. L'enjeu était immense, et je me sentais coupable quand je m'écorchais les genoux comme si j'avais déchiré un pantalon qui coûtait des mois d'épargne. J'étais traité comme un écrin et c'était Hadjer qui officiait dans mon temple, confondant sa rancune contre les mâles hésitants du village et mon sort d'enfant rejeté par son père et lâché dans la nature avec un nom de mouton. Après Ismaël, mon premier prénom, je choisis Zabor, puis il y en eut un troisième, Sidna Daoud, que me donna mon maître à l'école coranique, en référence au prophète d'Israël.

À cette époque, je vécus en compagnie d'une série de livres miniatures, troublants, puissants, inviolables : suspendus à mon cou, ils fascinaient les écoliers et les voisines qui les palpaient avec respect. J'en avais sept, accrochés par des fils et des nœuds à mon cou, répartis sous mes aisselles, dans mon cartable, dans la pochette de mon tablier noir et sous mon oreiller. Je crois que c'est d'eux que me vient cette certitude que l'écriture n'est pas seulement une transcription, mais l'inauguration d'une puissance. Dans le village, il était notoire que l'écriture était capable de jeter des sorts, de stopper des mariages ou de guérir des maladies. Une loi implicite, dans les croyances religieuses dégradées des miens, considérait que si le monde était un livre, le corps était son encre. Et cette idée eut un étrange écho en moi, elle rendait possible la réparation de mon histoire puis, plus tard, la salvation de tous. Si l'écriture me traversait, elle pouvait vaincre la fièvre, la stérilité, le mauvais œil et la fuite du temps. *("Et pourquoi donc pas la mort elle-même, ultime bataille ? me dit un jour mon chien. Rappelle-toi le hadith du Prophète qui dit que la vie est l'écriture d'un crayon sur un cahier, sauf pour les enfants, les dormeurs et les fous.")*

Selon les récitateurs du Livre sacré dans notre village, la composition même de l'encre entrait dans la fabrication du sens, ainsi que la pâte à papier, la façon d'écrire, le choix des mots et l'état d'esprit du taleb qui en possédait la maîtrise. Le Livre sacré parlait de lui-même comme d'un texte écrit sur une planche céleste, protégée par le ciel, résumant la version parfaite vers laquelle tendaient les pèlerins et les écritures. *(Où suis-je ? Bruit d'un moteur de camion. Mon poignet est devenu rigide dans la torsion de l'écrivant. J'ai une pensée pour Djemila. Je me sens coupable, comme si j'avais oublié d'accomplir quelque chose d'essentiel, chaque fois qu'elle me revient en mémoire. À quoi se résument les journées d'une femme décapitée ? Je ne peux l'imaginer. Une sorte d'obscurité, sans langue ni écriture. Quelque chose m'échappe dans ce que j'éprouve pour elle. Depuis des mois, je lui envoie des lettres qu'elle garde et je lui en écris d'autres que je n'envoie pas, destinées à la préserver, à la sauver de la vieillesse, de l'usure ou du suicide. Sa fille Nebbia se charge du courrier avec une discrétion et une gravité qui détonnent avec son âge espiègle. Je crois deviner entre elles la solidarité d'une femme avec une égale, pas celle d'une fille avec sa mère. Je m'adresse à Djemila comme à travers une vitre. "L'amour aux fenêtres n'aboutit pas aux rencontres", dit-on chez nous. Je lui parle comme si ma tête était une ruelle vide dans laquelle je peux la croiser, en plein jour d'été, sans inquiétude ni médisances. Habillée d'une robe à fleurs, épaules nues pour faire briller le ciel, cheveux au vent comme une mémoire. Dans cette ruelle, il y a un chien bienveillant, des arbres qui veillent à calculer doucement le temps et les ombres, et des signes partout sur les murs, des tatouages destinés à préserver ce monde de l'effondrement quand je me réveille. Le seul moyen de sauver les femmes décapitées des* Mille et Une Nuits, *c'est de leur rendre leur propre corps.)*

21

La première fois que Hadjer m'emmena chez un taleb, ce fut après un voyage matinal en bus, entre les eucalyptus et les champs, qui nous conduisit vers un petit hameau à la frontière sud, près de la forêt de figuiers de Barbarie. "Le village de ta mère se trouve après les épines", expliqua Hadjer avant de replonger dans le silence. J'avais regardé un peu le paysage avant de somnoler, la tête sur les cuisses de ma tante, le visage recouvert par un pan de son haïk. Un ciel de printemps, lumineux et frais, haussait vers lui les récoltes et les feuillages. De temps à autre, je cherchais les yeux de ma tante, à peine visibles, le regard vaillamment dur et fixe, comme pour ignorer la curiosité et tenir à distance les hommes. C'était son moyen d'imposer le respect par le masque d'une fausse colère, sciemment fabriquée par ses traits. Personne n'osa donc lui parler. La vérité est que cela ne se faisait pas, chez nous. Elle avait calculé avec soin la durée de notre attente sur le trottoir de la grand-route, à la sortie du village, en demandant à quelle heure passait le bus. Et lorsque la porte du vieil autocar s'ouvrit devant nous en se désarticulant, elle me traîna comme un sac, tirant mon bras fermement, le long du couloir entre les sièges, puis s'assit et ne bougea plus. C'était une épreuve pour une femme, une vieille fille, que de sortir seule dans les rues et de prendre le bus vers le reste du monde, je le comprenais déjà à cette époque. Hadjer était vieille fille mais pas vieille. Elle pouvait être convoitée ou calomniée facilement et elle le savait. Mais nous voyageâmes rapidement vers les Sept Mausolées, sans incident ni murmures quand nous descendîmes en silence.

Nous marchâmes entre les buissons sur des fleurs jaunes et odorantes pendant que je surveillais des chiens au loin. Il y avait des maisons pauvres, des toits de tuiles, des restes de vieilles fermes derrière des figuiers. J'eus cette impression merveilleuse que j'étais au bout du monde car il n'y avait plus de route, seulement un sentier de terre inconnu. Le mausolée vert et blanc était étonnamment petit, modeste, avec un drapeau immaculé hissé sur son toit, une courette et des murs bas repeints à la chaux. L'entrée était encombrée par d'autres haïks blancs de femmes qui attendaient, assises en groupe ou déjà à l'intérieur d'une sorte d'antichambre. Elles avaient enlevé leurs chaussures qui s'entassaient en désordre, comme pour la prière à l'entrée d'une mosquée. C'est là qu'on nous fit patienter, habités chacun par son mal. Le contraste entre la lumière du jour et la pénombre m'aveugla comme une perte de connaissance. Peu à peu, je distinguai des ombres et des bougies géantes qui donnaient vie aux tapis et aux peintures vert sombre des murs. Il régnait une odeur de renfermé et d'encens ; personne ne parlait. Ce qui m'inquiéta car, dehors, à quelques mètres seulement, les conversations étaient animées et les buissons des champs bruissaient sous le vent doux. Les femmes se taisaient ici, apeurées ou respectueuses, alors que dehors la joute était à la hiérarchie des douleurs ou du “mauvais œil”, et l’occasion de longs récits sur des concurrentes jalouses. On racontait des périples désespérés avant que quelqu’un n’indique le bon chemin vers le mausolée, et certaines évoquaient des miracles.

Je posai de nouveau ma tête broyée par les migraines sur les cuisses de Hadjer et l’obscurité recula dans la pièce, se transforma en nuances grises puis en visages et robes tristes. Il y avait des femmes de tous âges mais pas d’enfants, j’étais le seul. Je restais interdit, cherchant à quoi accrocher ma curiosité, pendant que ma tante hochait la tête, en réponse à un soliloque intime. Au fond d’une sorte d’alcôve, un visage de vieille femme flottait dans le halo d’un voile blanc. Ses yeux me fixaient depuis longtemps quand je m’en aperçus avec malaise. Minuscules et durs, à travers l’entrelacs de tatouages serrés qui la dévoraient comme un livre ou un gribouillage. Soudain, elle se mit à mastiquer, exagérant le mouvement de ses lèvres sèches, me scrutant avec avidité. Cela m’effraya et je me mis à gémir en serrant les genoux de ma tante qui s’en aperçut et me cacha sous son voile. Je suivis le duel, paupières serrées, entre les invocations de ma tante, les noms de Dieu récités en boucle, et le bruit de mastication de la vieille. Ce n’était pas la première fois que je voyais des tatouages mais là, dans la pénombre, ils me semblaient vivants, nourris de la chair de leurs otages, puissants comme des branches d’arbres et capables de s’étendre sur les autres corps, de les saisir dans une étreinte pour imposer l’indéchiffrable. C’était à la fois monstrueux et tentateur. Soudain, la vieille femme hurla comme si on lui avait dérobé un bien et on l'éloigna vite tandis qu'elle tentait, de ses maigres jambes dévoilées, de repousser ceux qui lui prêtaient assistance. J'entendis le bruit d'une lutte puis le silence revint, presque convenu pour effacer l'incident. Je faillis pleurer de peur dans l'étouffante odeur, sous les tapis noirs et éteints de mes paupières serrées. L'attente se prolongea encore par le silence strict de Hadjer, qui me semblait pressée de quitter ce lieu, mais on finit par venir nous chercher avant la fin du jour.

22

Une vieille femme un peu hautaine nous introduisit dans une chambre obscure, sentant fortement de vieux parfums morts d'enfermement et l'odeur particulière des macérations d'argile, et resta là, plantée et immobile comme un outil abandonné. Je vis alors un homme jeune, assis en tailleur, souriant dans la pénombre – séducteur par excès de bienveillance. J'avais grandi dans une maison où les visages étaient durs, les sourires de bonté ne pouvaient être que le masque de la ruse. Je m'en méfiais, du coup. Le taleb, coiffé d'un turban propre et comme doré et vêtu d'une djellaba blanche, trônait dans son royaume à l'ombre de Dieu. Il ne me regarda même pas, mais s'intéressa vivement à ma tante dont il détailla les courbes rapidement. Hadjer avait dans les yeux une étrange lueur de respect, mais aussi une vigilance de marchande redoutant d'être trompée. La consultation coûtait de l'argent, et Hadj Brahim nous en donnait peu, du moins en espèces.

Ma tante n'attendit pas d'être invitée à parler, elle se jeta sur le récitateur, embrassa sa main et débita d'une voix basse la liste de mes maux et les signes attestant que j'étais possédé. Je ne l'avais jamais vue aussi volubile, détaillant l'histoire de mes cris et tout ce qui, selon elle, prouvait l'adversité du sort, le mauvais œil ou les harcèlements des mauvais esprits qui habitaient les eaux usées, selon les croyances des miens. Son récit qui s'allongeait bifurqua sur ma naissance et la mort de ma mère, remonta vers l'époque des colons, puis se tarit dans la vaste mer des maux de la création entière. Pendant ce temps-là, je me permis de scruter la pièce sombre aux couleurs vertes, tapissée d'entrelacs de versets cousus sur des tissus divers. À côté du taleb, je vis un bol d'encre, les planches servant aux récitations des disciples et de l'argile mouillée, ainsi que des roseaux affûtés pour tracer le verbe. C'est l'odeur de poil brûlé peut-être, ou de laine de mouton réduite en cendres pour fabriquer les encres, qui m'inquiéta un moment. Hadjer chuchotait toujours, narrant mes caprices de végétarien strict, les égorgements de moutons auxquels j'avais assisté et la vue du sang qui toujours provoquait mes évanouissements. La beauté des tissus qui tapissaient les murs, illustrés de versets incompréhensibles malgré ma maîtrise de l'alphabet, m'absorba ; je les touchai du bout des doigts et les suivis longuement jusqu'au bout de la pièce où je me heurtai presque à la vieille femme qui nous avait fait entrer. L'homme écouta avec le soin nécessaire pour justifier ses honoraires, m'enjoignit de me rapprocher, puis se courba vers moi et son visage me mit encore plus mal à l'aise.

Un visage hésitant entre les genres, doux et imberbe comme celui d'une femme mais avec ce rictus de mâle dissimulant la lubricité derrière un faux enjouement. Il avait la fine moustache de son âge, mais des joues roses d'une sensualité gênante. Aujourd'hui, je peux déchiffrer, à travers le souvenir, les pleins et déliés sensuels de son encre sur son corps potelé et la dureté du stylet dans cette virilité qu'il escamotait derrière son don. Son regard sur ma tante n'était pas innocent, mais il avait compris que toute démarche dans ce sens serait vaine. Je me recroquevillai à côté d'elle qui attendait, silencieuse maintenant et comme paralysée. Une main me toucha les cheveux – je fermai les yeux par lâcheté –, puis la voix lente et basse du taleb me recouvra, récitant le Livre sacré à une vitesse folle, monotone, répétant les versets en les animant avec des effets de voix ensorcelants. Tout l'art du récitateur tel que, dès l'enfance, je l'avais aimé lors des enterrements ou des grands rites chez nous. Je décidai d'entrouvrir les yeux et ce fut pour apercevoir celui qui n'était ni femme ni homme, mielleux et rusé, se saisir de quelques feuilles de papier et d'un calame. Il griffonna longuement, dans le clair-obscur où brillaient ses yeux rieurs, avant de plier plusieurs petits talismans, des "livres" hermétiques et interdits à la lecture, qu'il faudrait utiliser selon des explications strictes fournies à ma tante. Je devais garder sept livres sur le corps, collés à ma peau, dans mon sac et sous mon oreiller. Les trois autres devaient tremper dans un mélange d'huile, de miel et de thym, afin que l'encre se dissolve dans une mixture qu'on me ferait boire à jeun, le vendredi matin, assis face à l'est. "Il a été frappé par le mauvais œil et mordu par l'esprit d'un chien nocturne!", conclut-il. Son sourire me fit encore plus peur quand il me fixa pour la dernière fois, comme s'il avait deviné l'origine de mes terreurs d'éveil au monde. Aujourd'hui encore, je garde le souvenir de son étrange regard complice et m'abîme à en interpréter le sens. Avait-il deviné l'origine de mon mal ? Cette forme asexuée, qui était comme une jonglerie habile entre deux règnes ou deux genres, m'obséda comme une clef dérobée. Ma tante prit les "livres" dans une main et son neveu aux genoux tremblants par l'autre et jamais plus nous ne revînmes en ces lieux troublants pour elle comme pour moi. *(Je tourne une autre page du cahier bleu et je reprends. Quand je lève les yeux, je mets quelques secondes à retrouver mes sens et le nom du lieu où je me trouve. Comme lorsqu'on se réveille dans une maison étrangère. Il fait déjà nuit. C'est mon tour de garde. J'hésite entre sortir marcher pour enterrer des cahiers, ou fumer dans la cour. Cette indécision même est un bonheur en soi. Je décide de monter vers la colline, me promener parmi les eucalyptus.)*

23

Les livres-talismans m'ont fasciné, pendant à mon cou comme des clochettes silencieuses, veillant sous mon oreiller pour conjurer les cauchemars et les animaux imaginaires, cachés dans mon cartable ou les poches de ma chemise, semblables à des espions. Je ne devais jamais les ôter sauf pour prendre des bains, rarement, ou pour aller aux toilettes car il est interdit de faire entrer la parole de Dieu dans ce lieu. Hadjer m'en fit boire trois, suivant les instructions du taleb – une clef brisée avait également été glissée sous la plante de mon pied pendant que j'avalais le liquide, comme il l'avait conseillé. Mon grand-père, allongé sur sa peau de mouton préférée dans la cuisine, la regardait faire. Il avait perdu l'appétit depuis des semaines et occupait son temps à défaire les coutures de son matelas ou à essayer de se blesser le visage. Les gestes de Hadjer l'intéressèrent un moment avant qu'il ne lui tourne le dos. Le breuvage était sucré et lourd. Après avoir avalé cette mixture, je me laissai aller à une longue rêverie. J'essayais de comprendre le lien entre l'écriture du taleb et la puissance qu'il invoquait, cette façon d'aller dans les profondeurs du corps jusqu'à influer sur le sang obscur.

Comment l'écriture pouvait-elle commander aux esprits ? Cette croyance était profondément installée dans le village, où la calligraphie n'était pas seulement considérée comme un jeu de courbures et d'inflexion de forme, elle dépendait aussi d'un choix de senteurs, de goûts, de toucher. L'écriture était lisible mais pas seulement : elle avait une odeur, une matière, un son sous le calame. On le croyait avec certitude, décomposant et recomposant le Livre sacré fini, avec ses versets au nombre de 6 236 et ses lettres décomptées à 323 670 pour lui permettre de répondre aux cas singuliers, à la vie quotidienne et à toutes les époques. Une sorte d'art combinatoire qui désamorçait la finitude du livre par un art de la recomposition de chaque lettre, mot ou verset, selon les besoins. Les récitateurs, les sorciers ou les hérétiques étaient un peu ces jongleurs de l'invisible, spécialistes de l'interprétation qui prolongeait le livre au-delà de sa dernière page impossible.

Seul dans ma chambre, le jour suivant, j'entrepris d'écrire des lettres dans un faux désordre, les collant absurdement pour les regarder avec attention comme des cris d'animaux inconnus. Je cherchai un exemplaire du Livre sacré dans la maison mais je n'en trouvai pas, et Dieu me préserva du blasphème. Mon idée était de comparer ses versets aux miens. L'enfant que j'étais comprenait parfaitement que le désordre des lettres qu'il créait pouvait déboucher sur un sens qu'il serait incapable de dégager. Les "livres" accrochés à ma vie ont-ils changé quelque chose à mes affolements et fait fuir les menaces nocturnes ? Je ne suis pas sûr. Peut-être seulement qu'en provoquant ma curiosité, ils déplacèrent mon attention. Je me réveillais sans terreur nocturne mais avec la sensation de porter un collier de pierres que je palpais avec attention chaque matin. Les livres n'échappèrent pas à la vigilance méchante des autres écoliers, ils m'épargnèrent les jets de pierres et les insultes habituelles. Au village, les enfants connaissaient les légendes évoquant la puissance des récitateurs et le châtiment réservé aux sceptiques ou aux insolents.

L'idée germa alors dans ma tête, fantastique et dangereuse, comme une rêverie : je me voyais franchir la frontière de l'interdit, déplier les petits "livres" accrochés à mon corps, et être aussitôt incendié par Dieu ou l'un de ses anges, dévoré par de vieilles femmes tatouées ou jeté dans le monde avec un hurlement qui ne cesserait jamais. Je décidai de m'abstenir, mais les mauvaises idées ont cette puissance qu'elles restent là, assises dans votre tête à vous suivre des yeux, jusqu'au moment où vous vous retrouvez seul dans une pièce, un vendredi, à l'heure de la sieste. Alors je pris l'un des "livres", cousu dans un petit sachet en tissu vert, un peu sale à cause de la poussière et de ma sueur et, les mains tremblantes, je l'ouvris pour essayer de le lire et de voir comment de petits mots écrits avec un roseau taillé trempé dans un mélange d'eau, de gomme arabique et de charbon de bois pilé ou de laine calcinée, pouvaient guérir. "Noun ! Et le calame et ce qu'ils écrivent", dit le Livre sacré. Le roseau taillé comme un stylet, plongé dans l'encre du plus vieil océan, Noun. L'image me fascina quand j'appris la sourate du stylet des années plus tard, mais à cette époque je ne la connaissais pas. Je voulais juste déplier ce premier livre d'une seule page, cet in-quarto qui, selon la Tradition, contenait tout le Livre. Comprendre le lien entre la puissance, la souveraineté et le délié. Ce nœud précis où le sang obéissait au sens. Découvrir comment Dieu avait comblé le vide entre les choses et moi et pourquoi la peur avait disparu, devenue ombre puis vague soupir gris. Et tout ce que je pus y lire, ce fut une écriture folle, désordonnée, dense comme une toison secrète, emmêlée de signes, de chiffres et d'exclamations, ponctuée d'astres et d'étoiles sommaires, incompréhensible comme un ciel constellé. Une décevante arnaque ? Des années plus tard, j'aboutirais à la même graphie, lorsque je comprendrais que, pour dire l'essentiel, une écriture ne pouvait se contenter d'un alphabet fini et devait accepter les blancs entre les mots et aux marges des pages.

24

Brahim a-t-il entrouvert les yeux ? A-t-il gémi, faute de mots dans le puits ? Cela m'obsède. La nuit de ma fuite – c'était avant-hier seulement – est encore désordonnée et douloureuse dans mon souvenir. Je suis sûr d'avoir raté le détail d'un rite, désobéi à une règle ancienne. Mais laquelle ? Certes, j'ai hésité, mon écriture était trébuchante, tournait en rond et cherchait, le museau au sol, la trace d'un sentier. Mais cela n'explique pas mon impuissance. Là, près de la télé éteinte, je me souviens brusquement que, sur le seuil de la maison de Hadj Brahim, dans ma fuite éperdue la première nuit, quelqu'un m'a jeté une poignée de pièces de monnaie dans le dos en me criant de les ramasser et de ne plus jamais revenir car c'était ma part d'héritage. Après, j'ai marché vite, tête baissée, calme cependant, sur le sentier qui descend vers le village, j'ai croisé des prieurs hâtant le pas vers la mosquée, qui m'ont évité du regard comme si j'étais un chrétien attardé sur leur terre. Personne ne m'a salué et j'ai empli mes poumons d'air. La nuit avait pénétré sous forme d'eau froide ma poitrine et je me suis senti lavé. “Par l'étoile lorsqu'elle décline”, jure le Livre sacré dans ma tête. J'adore les descriptions du Livre, quand il parle des étoiles comme d'un calendrier de l'éternité. C'est toujours un magnifique tête-à-tête entre l'incroyance et l'infini. Un dieu réclame ses droits et un homme tente de dormir dans le désert. *("Imagine un nom pour chaque mois et chaque mois représenté par une étoile, ce qui donnerait un décompte sans fin et un temps sans interruption", voilà ce que me souffle mon chien pour tenter de me divertir.)* L'aube est parfois lacérée par des étoiles filantes lapidant les esprits qui écoutent aux portes de Dieu. C'est ainsi, dit la Tradition, que s'explique la divination. Je le connais presque par cœur, le Livre, mais ces versets sur le ciel nocturne sont mes préférés. Les moments intimes d'un dieu, peut-être.

La netteté des astres et leur constance m'ont consolé des coups reçus et de l'humiliation devant mes cousins – nuit catastrophique et sans gloire. Mais rien n'explique l'hésitation de mon don cette fois. J'aime être précis. Je l'ai été durant mes longues années d'enquête sur la mort. J'adoptais le point de vue de l'horloger pour étudier la mort comme une mécanique, un ensemble de rouages dont je cherchais le ressort initial. Car, adolescent, les routines funéraires suscitaient ma curiosité. À partir des funérailles de mon grand-père mort sous mes yeux, un vendredi, alors qu'il avait failli retrouver la parole. Quand cela arrive, quand quelqu'un meurt, le deuil prend deux visages. D'un côté les femmes se frappent les cuisses, se jettent dans les bras les unes des autres, s'égosillent à rappeler les vertus du mort et ses largesses, interrogent le Ciel sur qui va pouvoir le remplacer ; de l'autre, les hommes s'emploient, graves et têtes baissées sous la volonté de Dieu, à organiser le repas, à dresser la tente, à décider du nombre de moutons à égorger et à convoquer les récitateurs du Livre sacré. Curieux renversement : les femmes deviennent visibles, audibles dans les ruelles, exubérantes comme face à une concurrente *("La mort est féminine, comme la naissance", conclut le chien)*, alors que les hommes se font discrets, démentis dans leur force virile, leur prétention à assurer la sécurité.

Fasciné par cette question à la puberté, et un peu désorienté – car j'avais peu de lectures sur le sujet –, je pris l'habitude de visiter les douars des environs, d'un pas pressé, pour regarder les morts s'en aller et étudier leurs derniers gestes, assister au long rituel des funérailles ou suivre les processions vers le cimetière de Bounouila. On s'habitua à ma présence. Myopes à cause du souvenir des saints locaux et des grands prêches de l'imam Senoussi, des villageois voulurent y voir le début d'une foi profonde avant de s'apercevoir qu'il s'agissait d'une curiosité inhumaine, même si j'avais dans le regard et les gestes des traces indubitables de compassion. Pour moi, le trépas n'était pas une affaire de religion mais de lois que je devais déchiffrer, l'esprit clair et l'âme froide, et les habitants du village finirent par le comprendre. Je me dis aujourd'hui que je n'étais pas convaincant. Je ne récitais pas les bons versets, je n'avais pas cette gestuelle grave et convenue que l'on adopte face à la volonté divine et je parlais peu de Dieu aux proches du défunt, me contentant de poser des questions sur les détails concrets de sa dernière heure, la couleur de sa peau et la température de ses pieds et de ses mains. Au cimetière, je ne priais pas avec les autres, debout autour du trou, je jouais des coudes pour assister de près à l'ensevelissement définitif et scruter les visages. Les paysans n'étaient pas lettrés mais ils avaient l'instinct sûr et perspicace. On finit donc par me chasser des enterrements et par me refuser l'accès aux familles endeuillées.

Je notais tout dans mes premiers cahiers, raffinant le détail et les questions encore sans réponses. Je ne sais comment, par intuition peut-être, à cause du bourdonnement dans ma tête et de ma discipline alimentaire, je savais que je touchais du doigt des nœuds et que ma patience pouvait aboutir à résoudre l'énigme de la mort ou à repousser la fin du monde annoncée comme imminente par le Livre sacré. Les gens m'acceptèrent un temps, puis les plus vieux finirent par protester auprès de mon père qui expliqua qu'il n'avait aucune autorité sur un fou qu'il n'élevait pas lui-même. Une nuit, après la prière, on vint frapper chez nous, et Hadjer résolut le problème en hurlant, en se lacérant les joues et en se frappant les cuisses pour me culpabiliser. C'était la première manifestation du diable. Ou de l'ange. Ou de la mort, qui avait des complices. Que dire ? J'avais déjà, à l'époque de cette adolescence magique et tourmentée, découvert que le rite est une ligne de protection que les gens tracent entre eux et l'abîme. Faute de langue puissante et conquérante, ils multiplient les coutumes pour se protéger, les tatouages, les talismans et creusent profond dans la terre pour y cacher la preuve de la fin. Le rite est l'antécédent de la langue, une cadence contre l'angoisse. Et les gens du village, paisibles de coutume, ne voulaient pas détruire l'équilibre des choses et s'attirer des colères redoutées. Le pays était nouveau, enfin libre depuis plus d'une vingtaine d'années, mais arc-bouté sur ses nouvelles certitudes, méfiant et paranoïaque. On regardait d'un mauvais œil les dissidences.

On négocia longuement mon statut avec mon père qui réussit, je dois l'admettre, à calmer les pratiquants et à faire taire les hystéries. On conclut que je ne devrais plus sortir de jour dans le village, que je n'assisterais plus à aucun enterrement et que, si je voulais continuer à décrire le village, ses murs, ses morts et ses arbres, je devrais le faire seul, chez moi, sans y mêler personne. On parlementa pendant des jours avant de parvenir à cette sorte de pacte qui laisserait une issue pour mon don : on ne devait plus évoquer mes folies, et simplement m'ignorer. Ce jugement me valut une sorte d'aura et m'autorisa à vivre sans école, sans travail et sans comptes à rendre. Reclus chez ma tante, dormant le jour et visible la nuit dans les rues, j'obtins un statut inédit : ni homme (car je ne travaillais pas, je ne priais pas, je ne fréquentais pas les miens), ni femme (à l'évidence). Mon corps était invisible comme celui des femmes, je n'occupais pas la rue, je ne fréquentais pas les cafés, je ne quittais la maison et ses murs que pour rendre visite à des malades ; toutes mes informations sur le monde venaient de Hadjer et de ses fréquentations – médisances, murmures, métaphores sur le sexe, bruits de noces et de sorcelleries, conversations sur les tissus et les bains. Mais, contrairement aux femmes, je pouvais sortir la nuit, aller dans les cimetières, élever la voix, me promener sans me cacher sous un haïk, mener des prières solitaires ou m'asseoir en face du café, à l'est, près de la route principale, à côté de la pompe à essence vers l'aube. Avant la découverte de mon don, en ces années d'apprentissage, je me sentais comme un troisième sexe, une errance, un effleurement précautionneux des choses. Je refusais mon corps et cela se voyait à ma façon de m'habiller, d'un mauvais goût scandaleux, mais, en attente de la langue parfaite, je ne pouvais que vivre dans le désordre.

25

Ma chambre est comme une grotte. On me l'imposa à l'adolescence, quand il devint inconvenant de me blottir contre les seins bruns de ma tante. J'y entasse des livres en désordre, parfois lus à moitié, suspendus comme des conversations, visages tournés vers le mur. Certains n'avaient même pas de couvertures, comme des tombes trop anciennes ou des voyageurs aux langues impossibles. Ma bibliothèque n'était pas grande mais invraisemblable et incohérente, ce qui lui conférait finalement une richesse à mes yeux. Elle se composait de vieux livres que l'on me donnait, de ce que je pouvais moi-même récolter en frappant aux portes et d'ouvrages que des parents m'avaient rapportés en rentrant de voyage. Il y a quelques années, après mon passage par l'école coranique, j'en ai accentué le désordre, en décollant les couvertures de certains pour les coller sur d'autres, créant ainsi un brouhaha insonore, un amalgame qui augmente la combinaison possible des textes et donc leur sens. Une sorte d'autodafé inédit, démiurge. Comme si je jetais les romans en l'air et qu'ils retombaient riches de nouvelles pistes, par le hasard de rencontres et de collusions entre titres vierges et récits orphelins. Le conte devenait mille contes et la nuit mille et une nuits. Ce fut folie, je le sais, mais que faire contre la finitude d'une maigre bibliothèque et contre la double menace de l'ennui et de la dernière page ? Heureusement, je possédais aussi des centaines de cahiers. De toutes sortes : ceux fabriqués sans art par des usines du pays ou d'autres plus fins, plus robustes, que des émigrés en France ou leurs familles m'offraient pour me remercier de mes séances clandestines. J'en avais beaucoup aussi ailleurs, dans les champs, sous les caroubiers et les vieux arbres géants aux racines énormes que l'on craignait parce qu'ils abritent des esprits disait-on, et des serpents. C'est là que je les enterrais. Voilà, la chose est dite. Car lorsqu'on ambitionne de sauver un village entier, le décrivant de l'aspérité de la pierre jusqu'à la généalogie des noms et prénoms, cela crée une forêt entre les murs.

L'archivage de tous ces cahiers devint problématique vers mes vingt ans, m'obligeant à trouver une solution. J'aurais pu simplement les détruire, les déchirer ou les brûler, mais il s'avéra imprudent d'allumer des feux dans la maison, tant on craignait mes crises. J'aurais pu les jeter à la poubelle, mais nos voisins et leurs enfants étaient trop curieux, et je ne voulais pas retrouver mes œuvres éparpillées en pages livrées aux vents, auscultées par tous, utilisées pour nettoyer les vitres ou les fesses. Oh que non ! Plus tard, je trouvai une solution qui me permit de camoufler mon don et d'éviter les inquisitions montantes. Car j'étais surveillé (le diable avait quatre-vingt-dix-neuf formes et Dieu quatre-vingt-dix-neuf noms), et ces cahiers pouvaient être retenus contre moi : on m'accuserait de folie ou d'hérésie, on mettrait le feu à notre maison ou on m'entraînerait chez les gendarmes que l'oisiveté rend sensibles aux détails futiles.

C'est que le métier de sorcier, guérisseur ou faiseur de miracles était risqué, il faut le dire. On arrêtait de temps en temps un charlatan ou un sorcier, accusés d'avoir manipulé les versets saints, d'avoir écrit le Livre sacré dans le sens inverse ou de pratiquer des alliances néfastes avec les esprits. L'orthodoxie avait des crises de jalousie et s'accaparait l'invisible comme un bien propre. Je trouvais fascinants ces faits divers, non pas à cause du courage des charlatans, souvent hommes rusés, perspicaces et manipulateurs, mais à cause de la loi qui permettait de les arrêter. Comment pouvait-on arrêter un homme au nom d'un dieu et d'un livre ? Je m'abîmais à méditer sur le destin de ce livre que je connaissais presque par cœur, qui mangeait les siens, la terre, pouvait tuer des hommes ou les guérir, parlait à leur place ou prétendait connaître le poids des étoiles et le décompte de la fin du monde. Un Livre unique qui avait lentement éclos dans le désert, avait dévoré les autres livres, leur avait interdit des pans entiers de l'univers, puis avait fini par s'étendre comme le sommaire fabuleux de toute chose. Ces charlatans m'apparaissaient comme des héros qui ne devinaient pas la profonde portée de leur geste et dont la cupidité occultait l'admirable rébellion. Je me disais que la frontière entre l'hérésie et le don était fine et fragile, et que je devais être prudent, me faire oublier après la réussite d'une résurrection. *(Je change de position car mon dos me fait mal. Mon corps a toujours été douloureux et maladroit, comme si j'étais né dans une pente : le visage tourné, désespéré, vers le ciel, et les jambes agitées par la peur et le désordre de qui s'accroche pour ne pas tomber. Hadjer n'est plus là et son absence a deux effets sur moi : l'inquiétude, mais aussi l'espoir. Peut-être est-elle chez nos voisins ? Parle-t-elle à Djemila ? Est-elle partie négocier maintenant que la voie peut être ouverte par la mort ? J'espère sauver cette femme enterrée vivante, cette fois par ma chair entière et pas seulement par mes cahiers. Djemila n'a pas besoin d'un conte mais d'un homme qui puisse retrouver son corps.)* Oh oui ! il fallait me faire discret avec le chien de ma tête, me faire humble, ne pas bouger quand il parlait et que j'écrivais, laisser l'animal constellé s'approcher, poser sa tête dans mes mains et se mettre à raconter les plus vieilles histoires du monde, celles qui guérissent et font voyager, celles qui vous donnent plusieurs vies et font remonter votre âge vers le début, celles qui guérissent les maladies, le chagrin, aident à comprendre les mauvaises récoltes et permettent de décrypter les rêves. Les belles histoires qui vivent comme des eucalyptus. *(Ce soir, je sors enterrer un lot de cahiers. La nuit sera claire et indiquera le chemin des meilleurs arbres. C'est une décision.)*

26

La nuit, je suis libre, il n'y a pas de corps ni d'ombre qui me traque. En général il n'y a personne dans les rues du village. Les lampadaires veillent, muets et absorbés. J'aime faire le tour du propriétaire. À droite, en sortant de chez nous, on aboutit à la rue principale. Elle mène vers la sortie est, côté cimetière des Français, et à l'ouest, vers Bounouila, le cimetière arabe. Elle est bordée d'arbres dont je ne connais pas le nom. Au centre, il y a la mosquée, comme un nombril. Lieu de repos des cigognes, autrefois église mais personne ne veut le savoir. C'est là que les vieillards que j'ai sauvés viennent s'asseoir et parler de leurs os ou de La Mecque. La mairie a installé des bancs, mais la plupart aiment s'asseoir sur les marches. Certains me reconnaissent, mais ne me parlent jamais en public. Gênés, ils me sourient, baissent la tête ou se détournent. La nuit, l'endroit paraît plus vaste, creux. C'est mon tour de m'y asseoir, le menton dans les mains, face à la rue qui mène vers le sud, jusqu'à la forêt de figuiers.

Parfois, quand la saison est bonne, je croise le retour des amateurs de vin qui vont boire dans les champs, discrets, un peu honteux, titubants mais stricts dans leur effort pour paraître sobres. J'ai de la tendresse pour leur sort : il n'est plus facile de boire dans ce pays sans se faire lapider par les yeux ou même les pierres. Alors on se cache. Le bar des champs est une trouvaille amusante : pour éviter les rafles des gendarmes, les revendeurs enterrent leurs marchandises sous les arbres, circulent parmi les groupes de clients éparpillés dans la campagne, et reviennent avec les commandes pour les déterrer. Je suis précis dans mon inventaire, quand je me promène en ces heures. Le temps l'est aussi dans sa cadence : la nuit est souvent inaugurée par les chiens, en bandes, amateurs de poubelles et d'affolement sexuel, elle s'installe avec la venue de la lune en été ou le poids des nuages sombres en hiver, devient infinie quand des voitures passent au loin et la creusent, puis se résorbe en bruits. D'abord des toussotements derrière certaines fenêtres, les premiers réveillés qui prennent le car vers la ville, les prieurs puis les ouvriers des boulangeries et les propriétaires des cafés du village, automates des mêmes gestes nettoyant les terrasses, réarrangeant les chaises, tirant les rideaux. Les éboueurs viennent alors les derniers pour clôturer la nuit et annoncer le jour à investir.

J'ai donc marché au hasard, serein, calmé, confiant. Marcher dans la nuit est exaltant car on y est absous de son corps, indistinct et donc libéré. La gravité vient du soleil, de la lumière crue. Mon sac sous l'aisselle, lourd, secret. À l'aube, je me suis dirigé vers l'est. Cette fois, j'ai choisi un caroubier plus grand que les autres, éloigné, tordu vers le sol comme une main voulant saisir une grosse poignée de terre. J'ai progressé à travers champs, heureux comme si je caressais un corps désiré. J'étais fou mais j'aimais procéder ainsi comme un pèlerin, léger comme si je venais d'accomplir un devoir. C'est que je le vis ainsi. Enterrer des cahiers signifie que j'ai sauvé des mourants, maintenu l'équilibre du village et repoussé la fin de notre monde. Les cahiers le prouvent et ils étaient là, dans mon sac, et ce secret splendide allait non pas être caché mais confié à sa source, le sol meuble, là où les racines trouvent leurs raisons. Au début, je craignais les chiens ou les serpents mais j'ai fini par prendre confiance. La nuit est une illusion, le mirage abrité par le désert de notre tête. Quand on l'affronte, elle s'inverse et devient clarté, luminescence, laiteuse et odorante. C'est une Voie lactée pour piétons, une brume où je nage. Je suis arrivé au pied de l'arbre noir et je me suis assis, un peu essoufflé mais plein d'un rare bonheur, comme si je retrouvais un parent ou un socle.

J'ai inventé ce rituel il y a des années, quand Hadjer m'a sommé de trouver une solution pour ma paperasse envahissante. Et aujourd'hui, cette nuit encore, je mesure tout le sens de mon geste, son amplitude, comme si je confiais ma descendance à mes ancêtres. Oh oui ! je progresse lentement. Évacuant en silence la terre avec une pelle minuscule, marmonnant, surveillant les aboiements des chiens qui pourraient s'approcher, le bruit des voitures ou les pas des paysans surveillant leurs récoltes car ils sont méfiants, ces insomniaques, mais aussi lâches face aux rumeurs des djinns. J'arrache les mauvaises herbes, je tâte le passage des racines, puis je creuse encore jusqu'à atteindre la bonne profondeur et là, je dépose mon inventaire, mes cahiers. Je ne ressens aucune peine à les enterrer car je sais intimement que je n'étouffe pas un secret : je lui donne de l'ampleur. Je restitue un don à sa source. Je me préserve des inquisitions en me confiant à la terre, qui est muette. Ces champs qui s'étalent vers l'est sont peu intéressants, avec leurs rares amandiers, leurs herbes hautes et leurs caroubiers autour du tronc desquels les femmes stériles nouaient autrefois des rubans et déposaient du sucre pour s'attirer les faveurs des esprits. C'est là que j'ai commencé à creuser mes premiers trous pour y enfouir mes cahiers. Et c'est là que je reviens. J'opère de nuit, seul bien sûr, une fois tous les mois. Cela désencombre mes rayonnages et le sol de ma chambre. Je garde secrète la carte des ensevelissements, mais cela n'empêche pas des songes monstrueux de me visiter dans mon sommeil : sols imbibés de mots, racines mêlées d'écritures, fruits mauvais amalgamés aux alphabets. Je rêve d'une forêt où chaque arbre – le caroubier, l'olivier ou même ces figuiers noués aux temps anciens et les eucalyptus taiseux sans les vents – me servirait de témoin et de gardien. C'est assez amusant, de restituer le papier à l'arbre, qu'il se dissolve pour nourrir le vaste projet de lutte contre la fin de notre monde. Les champs de l'Est sont devenus des marges gigantesques, une sorte d'extension de mon propre corps ou de l'image que je m'en faisais. Étendre ainsi le déchiffrage à des êtres immobiles, m'aventurant de plus en plus loin à l'Est, vers l'apparition du soleil lui-même. Le lieu exact de son éclosion. Folie de mes grandeurs.

La vérité est que ces ensevelissements m'ont préservé. Mes cahiers ne remettaient pas en cause la cosmogonie simple des miens et la hiérarchie de leurs croyances grossières : Dieu, son Prophète envoyé pour le monde, nous, puis le reste du monde qui n'y croyait pas. La hiérarchie est strictement établie depuis des siècles : tout en haut Allah, puis son Prophète préféré et les compagnons du Prophète, puis les grands religieux, les imams et les récitateurs, et enfin nous, les mortels. Il y a des siècles, Dieu a dicté un livre vingt ans durant à Mohammed son Prophète. Le livre a le poids d'un dernier mot, d'une pierre tombale ou d'un verdict. Tout y est dit, selon la Tradition.

Les plus croyants au village ne m'appréciaient pas mais hésitaient sur le sens à donner à mon étrange compassion : elle aidait à vivre, signe qu'elle était accordée par un dieu, je ne gagnais pas ma vie avec, ou si peu, indice de mon innocence, et enfin, je ne murmurais aucune prière interdite, preuve que le diable n'était pour rien dans l'affaire. L'imam, à qui on avait demandé un avis, avait préféré citer un verset : "À Daoud nous avons donné les psaumes." Habile, le bonhomme : il savait que je pouvais un jour me rendre utile, et avait trop côtoyé les hommes pour croire aux certitudes. L'imam Senoussi avait un beau sourire, il m'appelait le "soldat de Dieu", je ne sais pour quelle raison, et connaissait mon père, sa dureté et peut-être plus que moi ma véritable histoire. De là sans doute son affection distante et enjouée. Hadj Senoussi était malin, espiègle presque, bon vivant mais prudent : il soignait ses harangues en mosquée. Je crois qu'au fond il m'aimait bien, car j'incarnais la preuve que le mystère de la vie était plus complexe que les récitations, les prières et les versets dont il vivait. Sa ruse paysanne avait tenu à distance les métaphysiques trop jalouses.

J'étais entre deux mondes : d'un côté les dévots qui me soupçonnaient de diableries, de l'autre les gens du village qui finirent par comprendre que je pouvais allonger des vies. On m'approchait, mais sur la pointe des pieds, de nuit, en douce, ne sachant pas si cela était licite du point de vue de la religion ou magie noire. Je bénéficiais peut-être du souvenir lointain des nombreux saints de la région, qui accordaient leurs bienfaits aux femmes stériles, aux récoltes et aux fêtes. Plus modestement, les mausolées vert et blanc servaient de lieux de rencontres pour les femmes qui, selon une formule épuisée, ne devaient, de toute leur vie, sortir du foyer que pour le bain, leur mariage et leur propre enterrement. Les visites aux mausolées font partie du catalogue des parfums de mon enfance. J'en aimais l'ombre, le clair-obscur – je me souviens du murmure, des brusques sanglots ou des rires étranglés des visiteuses angoissées par leur ventre ou par l'avenir. Il y en avait un en haut du village, pas très loin de la maison de Hadj Brahim, et un autre exactement à l'entrée du village par la route de la ville, Sidi Bend'hiba, gardien voilé de nos maisons, dôme blanc vers lequel les automobilistes de passage jetaient des pièces de monnaie en baissant la musique de leur voiture, par crainte respectueuse. Ils étaient donc nombreux, ces saints, ils donnaient encore leurs prénoms aux nouveau nés et parsemaient la région de leurs tombes décorées. Lointain effet de leur bénédiction, on tolérait mon don dans le village mais on le préférait discret : il n'était convoqué que quand tout autre recours avait été épuisé.

Je rêvais de vivre moi aussi sous une sorte de dôme, plutôt que dans ma chambre avec son plafond haut à la peinture écaillée. Notre maison avait déjà les apparences d'un mausolée incongru, à cause de l'odeur de tabac froid, des bougies et des piles de cahiers qui s'entassaient en escaliers effondrés. Hadjer m'en achetait souvent, ainsi que des stylos noirs, lorsqu'elle me sentait agité ou me surprenait en train de me balancer, assis, comme un récitateur, le regard triste sous notre citronnier. Le bruit des autres – écoliers libérés des classes s'éparpillant en criant, vendeurs, adolescents commentant un match – m'était parfois pénible. Une tristesse insondable me tenaillait le ventre, me tordait, et je suffoquais sous le poids de mon destin, coincé entre l'envie d'écrire jusqu'à épuiser l'inventaire de la création, cette voix de chèvre qui me ridiculisait et la compassion profonde que j'avais pour les nôtres, un par un, malgré leur petitesse. Parfois je refusais les cahiers, rêvant d'être guéri ou débarrassé de ma mission pour retomber, comme mes cousins, dans cette absurde mollesse du corps, me contenter d'une belle armoire pour mes noces, de siroter un café au crépuscule et d'aller voir des films indiens à la grande ville chaque vendredi.

La nuit résiste encore mais déjà une brise en annonce le reflux. Je reviens vers le village le sac vide, léger, heureux comme si j'avais rendu visite à un ami qui m'aurait débarrassé d'un secret. Personne ne m'a vu (j'ai été surpris une ou deux fois, il y a longtemps, par des noctambules qui ont préféré ne rien voir ni conclure). Le village d'abord lointain, réduit à des ombres, se dessine, rassemble ses maisons derrière les arbres noirs et j'y aboutis, par des détours, pour le retrouver entier et bien planté dans notre sol. C'est presque l'aube, le ciel se concentre pour le feu. L'appel à la prière s'élève, lent, éteint et ensommeillé. De vieux voisins me croisent mais se contentent de hocher la tête. Je fais de même. En rentrant, je tente de faire le moins de bruit possible mais ma tante est déjà là. Elle sort de sa chambre, sa longue chevelure défaite, examine mon visage avec attention pour chercher des traces de coups (ou de baisers volés et clandestins ?). "Va dormir", me lance-t-elle, péremptoire. C'est l'heure inversée de ma pause. Quand je dors, Dieu veille. 5 436 cahiers en tout. Voilà mon décompte depuis le début. Cela fait des dizaines, des centaines d'arbres, figuiers, caroubiers, eucalyptus et vignes géantes.

27

L'affaire de Hamza fut un épisode étrange, comme une fièvre. Il se déclara alors que je ne l'attendais pas. J'avais l'attention détournée par mon combat contre le rire persifleur de mon père, les moqueries de mes cousins du même âge, le début des médisances sur mon célibat. Mon don était mûr à cette époque, je le défendais et l'imposais à la mort. J'étais à ce moment de force où je pouvais écrire des choses fabuleuses à propos d'une vigne ou d'un carrefour, un trait du visage. Le récit avait atteint sa plénitude et me possédait. Dans mon esprit s'annonçait cette jonction qui aurait pu être absolue et définitive entre ma compassion, mes croyances, la métaphysique et la grammaire d'une langue que je maîtrisais comme un souffle. Je sauvais des vies avec aisance et le ridicule de mon corps était presque occulté par une sorte d'aura nimbant ma voix de chèvre d'une langue sublime. Oh oui ! Tout allait bien, et vers le bonheur. C'est là que le diable (ou l'ange jaloux) revint sur mon chemin sous la forme d'un jeune homme au corps épais, à la barbe hirsute et rouge et à l'œil ardent. Hamza. Je l'avais connu, enfant, comme auteur de larcins, chasseur d'oiseaux, élevé par ses grands-parents après la mort de son père sourcier. Contrairement à moi, cette liberté de l'orphelin le lança dans les rues, sans peur ni hésitation. Il se fit chef, meneur, imposa ses règles et sa façon de s'habiller.

Je l'avais croisé un peu partout, à l'école avant qu'il ne la quitte et dans les parages de notre douar, sur la colline. Sauf qu'alors il ne s'appelait pas Hamza, mais Aïssa. C'est à l'âge de dix-huit ans qu'il changea brusquement de prénom, refusa de se retourner quand on l'interpellait par l'ancien, devint silencieux et s'occupa de vendre des sardines pour gagner sa vie. Cela trancha avec sa verve habituelle et sa joie de vivre. Personne ne comprit son reniement : Aïssa était pourtant le prénom du prophète Jésus, cité dans le Coran, respecté et vénéré mais mort différemment selon le Livre sacré qui explique qu'il ne fut pas crucifié mais occulté, ravi vivant vers le ciel, et qu'on tua à sa place un sosie. Il en fit une véritable croisade et partit en guerre contre le souvenir de son ancien prénom dans la mémoire des autres, à coups d'explications faibles et de faits historiques douteux. Ce fut sa première guerre, et il la gagna. Ce qui lui donna l'idée de conquérir le monde, c'est-à-dire notre village, en procédant de la même manière : par l'effacement des traces. Je connaissais sa vie, bien sûr, son amertume secrète et aussi les détails de son visage et je lui avais sauvé la vie, plusieurs fois, en écrivant *Les chemins qui montent*, *Lumière d'août*, *Villes de sel*. Carnets pensifs sur le sort des étés.

Cela ne changea pas quand, plus récemment, il revint dans mon périmètre avec des versets et des hadiths qui lui servaient à crier, à menacer et à parler de Dieu comme s'il avait été envoyé par Lui.

L'époque était un peu étrange et je le ressentais : le village sentait le renfermé mais aussi l'épuisement. À la télévision, les chants et les hymnes sonnaient un peu faux et ce genre de prédicateur venait proposer une histoire nouvelle qui commençait par le feu et l'incendie ; ou le sable du désert devenu soudain un allié. Oui. Avec les ans, Hamza eut des disciples, porta un jugement sur tout et finit un jour par parler de moi et de mon don. Rusé, il évita d'évoquer la politique et la loi de Dieu dans le village, car il savait l'État aux aguets, mais il assura des prêches virulents en me dénonçant comme le pire ennemi de notre religion : non pas l'impie des terres obscures, mais le traître, l'hypocrite, cette vieille obsession des religieux, le croyant ambigu. J'étais le portrait de l'homme qui porte à la fois le masque du dieu et le corps du diable, se promène sous le soleil en claudiquant et en récitant des versets, proclamant la souveraineté de Dieu mais sensible aux chuchotis d'Iblis, le diable. Maniant la langue arabe avec art, il me désigna comme le pire ennemi de cette religion du Livre et du verbe. C'était donc moi, Zabor des nuits, faux Ismaël de notre religion né d'un infanticide. Le malin joua sur une ancienne concurrence entre le vers et le verset, adversaires d'une parole indépassable. Dans le Livre, les poètes sont en effet moqués, soupçonnés de rivalité et d'errance. "Tandis que les poètes sont suivis par les égarés / Ne les vois-tu pas errer dans chaque vallée… / … et disent ce qu'ils ne font pas ?" Adolescent terne et renfermé, je récitais moi-même autrefois ces versets pour essayer de trouver une excuse à cette charge, autre que celle de la jalousie. Je trouvais cette hargne divine injuste alors que je devais apprendre par cœur le Livre et lui donner ma voix, mon corps, mon intimité et mes pas. C'était l'époque où je me destinais à en faire mon pain et ma dignité. Mon adversaire à la barbe teintée de henné et à la voix magnifique savait user de ces versets et voyait en moi un ennemi à dénoncer mais aussi une concurrence à l'empire naissant de son verbe. Hamza s'attela, avec quelques jeunes fervents, à distribuer des livres d'exégèses, des recueils de hadiths, des in-quarto fiévreux sur les prières et les ablutions, et les imposa partout. Il ne savait pas bien lire ni écrire, mais il savait parler de son livre unique

Hamza me cherchait, voulut me provoquer en duel absurde, mais je réussis toujours à me dérober. Comment en vins-je à le vaincre ? Pour être honnête, c'est son excès qui le mena à sa propre perte, non ma ruse. Les habitants du village furent un temps fascinés par lui, prêtant l'oreille à sa version du monde, mais il les excéda le jour où il tenta d'incendier le mausolée de Sidi Bend'hiba. Il commit là une erreur fatale. On le retrouva ensuite caché dans la maigre forêt à l'entrée d'Aboukir, entouré de quelques compagnons, hirsute, sale comme aux premiers temps de ses croyances. Il fut arrêté et emprisonné pendant deux ans. Je dois avouer que sa figure m'obséda pendant un moment. Comme celle d'une sorte de jumeau monstrueux et égaré, une version maléfique du don.

28

Au matin, Hadjer avait droit à mes vêtements salis par mes errements (et enfouissements) nocturnes mais me posait rarement des questions. Elle vérifiait seulement mon visage, pour être sûre que je n'étais pas tombé entre les mains de mon demi-frère berger et maraudeur dans les champs alentour. Les rares autres fois où je recevais des coups, c'était à cause des jets de pierres des enfants qui me surprenaient sous les vignes et me poursuivaient en hurlant. *"Zabor eddah el babor!"*, criaient-ils avant de s'éparpiller comme des guêpes. "Zabor a été emporté par un bateau!" J'en éprouvais de la colère, mais souvent me traversait une onde de pitié et de compassion sincère pour l'univers miniature et ensommeillé du village et de ses hameaux, inconscient de son sort d'enfant muet et sourd au monde, sans livres qui puissent le sauver de l'oubli, sans langue autre que la mienne, échafaudant ses illusions et ses vies dans une petite crevasse entre la mer lointaine et la colline qui fermait l'horizon comme une pierre tombale. Ces gens-là avaient-ils conscience que je les sauvais non seulement de la mort mais aussi de la futilité et de l'oubli ? Pouvaient-ils comprendre que mes cahiers étaient l'unique rempart contre l'effacement et que si un jour je pouvais atteindre la description absolue, je pourrais les rendre éternels ou les préserver de la fin du monde ? Deux livres se concurrençaient pour leur trouver un salut, celui qui descend du ciel et celui que j'écris sans cesse. Sauf que le mien n'imposait pas un Jugement dernier ou le trépas et conservait la terre et ses cailloux et ses ombres.

PSAUME

… Les grands récits gouvernent imperceptiblement le monde comme des montagnes. Ils se partagent la terre dès qu'ils la débusquent. Parfois ils se font la guerre et c'est horrible et sanguinaire comme le prouvent les journaux et les historiens. La raison est qu'aucun Récit, aucune histoire de la création ne veut accepter un autre comme parent ou proche ou né du même ventre autour du même feu ancien. Rien, sauf une jalousie féroce et une envie irréductible de raconter les choses en premier, avec une seule version, et sans jamais s'interrompre pour donner la parole aux autres et laisser les gens se divertir de la différence. Rien. Dans mes livres, je les respectais, ces Récits, et j'en avais peur et ils pouvaient me dévorer comme des baleines. À un moment, je me suis demandé qui pouvait être le plus sincère ou avoir raison sur l'origine et l'utilité du soleil, les pas de l'homme dormant, la cause inquiétante de la peau des animaux et les sentiments et surtout la mort et sa façon de marcher en zigzaguant. Affalées sur la terre qu'elles écrasent, ces Histoires premières me terrifiaient et me séduisaient par leur puissance – tels des enfants renfrognés ou gâtés et qui ne veulent entendre que leur propre prénom et posséder tout ce que la maison contient d'objets dorés. Des enfants de Gargantua comme ils étaient dessinés dans l'un de mes livres, avec des hommes cachés sous des feuilles de laitue géante et des brebis réduites à des olives ou des grains de semoule. Je pense que c'est à cause de ce côté enfantin que les histoires tuent et s'égosillent les unes contre les autres pour s'arracher les prophètes, les poètes et les contes des tribus. C'est une assemblée de divinités jalouses mais avec la mentalité d'enfants qui ne veulent pas grandir et accepter que le monde puisse se contenter du silence et de la lumière.

De temps à autre, ces récits reviennent en force et provoquent des guerres en commençant par les lecteurs, les copistes puis les interprétations et enfin les prêches et les récits de fins de monde. Parfois, lasses et somnolentes, ces histoires du monde se calment, elles deviennent alors des livres, des romans ou des explications amusantes sur le ciel nocturne et la naissance des constellations.

C'est ainsi que je m'expliquais, doucement, avec le temps, la puissance des livres sacrés et la remontrance des miens quand je me mettais à parler des dieux grecs ou autres divinités dans notre petit village inconnu et tenace. Le Récit méfiant de notre terre à nous levait lentement sa paupière et se mettait sûrement à chercher qui, dans ses écuries, commençait à douter de sa version, de sa souveraineté ou introduisait subrepticement le doute dans le tronc d'arbre des grandes vérités. La voix dissonante est toujours perceptible au cœur des ovations, je pense. Mais qui raconte ces histoires en premier et leur donne naissance ? Les dieux ou les aveugles ? Non, je ne le pense pas, car les dieux eux-mêmes sont des personnages trimbalés et instables. Je pense que le Récit est antérieur, plus ancien, c'est notre don à nous comme j'ai fini par le comprendre avec l'âge. On peut trouver le profil brut d'un dieu dans une pierre et du lichen et expliquer le monde avec un arbre et un animal qui veut l'escalader et retombe. C'est en nous, et nous sommes dans le récit. Plongés en nous-mêmes chaque fois que nous tentons de regarder hors de notre univers, piégés dans notre sommeil. Je crois que ce fut, en ces années, ma plus profonde intuition, le parage le plus lointain où je me sois aventuré en pensant aux livres que j'ai lus, innombrables dans mon imagination, et aux livres qui restent à écrire et qui sans cesse renaissent et se reproduisent même quand nous sommes des morts. Le soir, je m'imaginais des visages géants, et je me posais la question sur ce qui était le plus grand poids des choses. Je rêvais de mon père aussi.

Cette immense vision me fit pleurer de compassion car je compris que j'étais vraiment seul à cette altitude parmi les miens.

29

Le soleil se lève. La lumière revient comme pour confirmer l'ordre des choses, leur nombre. D'abord douce et dorée, elle se mêle aux peintures des murs, puis devient dure et atteint les recoins, les livres, les cahiers et mon lit. Un frisson me parcourt. Pour moi, le monde est une sorte d'incandescence indirecte, occultée par l'horizon. Un livre que l'on brûle mais qui ne se réduit jamais en cendres, s'éclaire longuement avec toute une histoire dedans puis, lentement, s'assombrit quand le soleil, œil du lecteur universel, se ferme. À la nuit tombée, le roman est éparpillé en pointes lumineuses et Voie lactée, et devient infini et désordre avant d'être réuni au matin suivant. Il passe du sommaire étoilé à l'œil unique. Je vais dormir dans ce feu, recroquevillé jusqu'à ce que Hadjer vienne me secouer pour manger les sardines dont je raffole. Que serai-je si un jour je me marie ? L'autre rive d'un même fleuve pour une femme allongée près de moi. Cela m'intrigue, ce besoin soudain. Comment pourrais-je songer à écrire, veiller jusqu'à l'aube, raconter le monde pour qu'il ne se désagrège pas à une femme qui ne sait ni lire ni écrire ? Ultime défi du don : aller plus loin que la langue, la faire aboutir à son impossibilité. *("Défi inverse, me lance le chien dans ma tête : c'est l'homme qui raconte, nuit après nuit, une histoire à une femme morte et, peu à peu, elle retrouve sa vie, ses sens, le palais se relève de sa ruine comme l'âne du Prophète qui a demandé à Dieu de lui prouver la résurrection.")* C'est que je tourne en rond : l'agonie de Brahim a un curieux versant jubilatoire. J'en ai honte.

30

Les hurlements reprirent de plus belle vers dix ans. Rien n'y faisait alors : ni les onctions, ni la venue de l'imam sollicité par mon père ni même les moutons égorgés dans les mausolées. Je devenais malingre comme un tibia et mon père avait le cœur écrasé de honte quand il me croisait avec ses amis. Même caché chez ma tante Hadjer, je restais une infamie pour lui et son prestige.

Mon corps, la ressemblance avec ma mère, mon choix alimentaire et ma voix bêlante, tout incarnait le revers de sa fortune qui enflait comme une colline en haut du village. Même seulement aperçu au sol, bu par la terre après un égorgement, le sang provoquait toujours un goût tiède et ferreux dans ma bouche, faisant descendre un voile noir sous mes paupières. Quant à la nourriture, je ne pouvais approcher que les légumes, les poissons froids que personne n'avait égorgés. Le reste était vomissements et tristesses pour mon estomac. Un bras d'honneur mou lancé à Hadj Brahim et sa vocation de sacrificateur. Il se sentait profondément insulté : pourquoi Dieu, qui lui accordait fils et moutons, se moquait-il ainsi de lui ? Je pense qu'il a longuement fouillé dans son passé pour trouver une explication à mon infamie, mais cela ne parut jamais le satisfaire. Il croyait fermement en Dieu, par tradition, par défaut, mais sa foi permettait une sorte d'agacement secret face aux volontés célestes. Il se rappelait coupable d'infanticide chaque fois qu'il me croisait et savait que j'avais bonne souvenance de ce premier geste de père : nous abandonner dans un lieu de vent de sable et de ruines avec quelques moutons et de la monnaie. Tout était ordonné chez lui en cercles pour dissimuler ce premier meurtre et sa lâcheté face à sa femme : son burnous, sa fortune, ses prières, ses prodigalités avec les pauvres, ses grandes phrases et les histoires de son enfance miséreuse. Faute de courage, il avait opté pour l'épopée imaginaire.

Il déclara un jour que, peut-être, Dieu m'avait destiné à Le servir par ma voix dont le trémolo chagrin, le ton plaintif et agaçant et la culpabilité qu'elle provoquait seyaient on ne peut mieux à la récitation du Livre saint. C'est ainsi qu'à dix ans, un lundi de juin, vers l'heure de la sieste qui vidait le village des hommes et permettait aux femmes d'oser quelques pas dehors, je fus conduit à la maison des récitateurs, derrière la mosquée du centre, et remis aux bons soins du maître de la vieille école coranique où s'entassaient des enfants bruyants. On avait décidé que l'école moderne ne suffisait plus à me préserver des possessions du diable et que l'apprentissage du Livre sacré ne pouvait que me guérir à la longue. Absent de l'école publique depuis des mois à cause de mes crises de panique et de migraine, j'en avais été exclu doucement, poliment, et à mon bénéfice même. Ne pouvant me destiner au prestige de la médecine ou de l'enseignement, il était envisageable que je gagne ma vie et du respect en récitant le Livre sacré sur les tombes, durant les mariages ou les enterrements, et pour adoucir les cœurs et consacrer les noces.

Enfant mou et docile, je suivis ma tante jusqu'à la porte de la médersa avant de réaliser que l'on me jetait dans la gueule d'une baleine qui agitait le village entier par ses voix discordantes. Le maître me caressa les cheveux devant ma tante qui lui avait glissé un billet dans la main, me regarda dans les yeux avec la fausse tendresse de son métier, puis déclara que je devais être envoyé par Dieu pour perpétuer le Livre, m'en faire le gardien jusqu'au Jugement dernier. "Les porteurs du Livre sacré ne peuvent être touchés par le feu de l'enfer, a dit le Prophète", conclut-il, sentencieux. La foi soupçonneuse de Hadjer et sa colère contre le destin la laissaient toujours sceptique à propos de ceux qui parlaient au nom du ciel et de sa justice, mais elle fit semblant d'accepter le sermon. Hésitante un temps, elle finit par lâcher ma main et je partis rejoindre les enfants curieux, assis en cercle sur un tapis d'alfa posé à même le sol. La pièce était grande, fraîche et sombre, et exhalait une odeur curieuse et discrète. Celle des argiles fermentées, comme je l'appris plus tard. Le maître ne me regarda même pas quand ma tante quitta la pièce en lui rappelant que j'étais le fils de Hadj Brahim. Il chargea le plus âgé des disciples de me remettre une planche avec la plus courte des sourates maladroitement tracée dessus. L'objet, lourd, barbouillé d'encre brune et ténue, me fascina immédiatement. Comme une pierre qui parle. Je plongeai dans sa contemplation, alors qu'autour de moi les voix enfantines reprenaient les mots de Dieu pour les incruster dans les mémoires. Le maître somnolait tout le temps, faussement endormi, et ne semblait se réveiller que lorsque la cadence retombait discrètement, indiquant des défaillances d'attention, des absences ou trahissant des tricheurs qui récitaient mal. Sa vigilance était celle d'une oreille sensible au moindre écart dans le ton ou la syllabe. Le Livre était si sacré qu'il ne pouvait souffrir la moindre rature ou fêlure dans les voix sans risquer l'atteinte au miracle. Ai-je détesté ces étés au village, enfermé dans l'arrière-cour de la mosquée ? Parfois, oui. Surtout quand je devais retenir mes urines et mes flatulences pour ne pas polluer mes ablutions, quand je devais accomplir des prières sans pouffer de rire ou me gratter. J'ai détesté cette contrainte imposée aux lois du corps, et cette conviction de l'imam et de notre maître qui officiait comme appeleur aux cinq prières que le corps était une saleté, un obstacle pour rencontrer Dieu, comprendre le Livre et en pénétrer les sens. Le Livre, on ne devait le réciter ou le toucher que purifié par l'eau et les lavages intenses.

Par contre, j'y connus des amitiés rieuses ; comme celle de Noureddine, qui m'initia aux premiers mégots, et celle de Hadji, enfant sournois, déjà à l'âge des premiers attouchements, qui nous montrait son sexe et parlait de sperme et de méthodes d'ensorcellement des filles. Mais, au-delà de ces souvenirs négligeables, cette période m'introduisit aux mystères décevants du Livre. Enfant inquiété par les silences et les réveils au matin, je plongeai dans l'apprentissage avec la force que donne parfois la peur. Cela étonna mon maître : je mémorisais les sourates à une vitesse inquiétante qui ravit Hadjer et mon père, surpris par ma guérison si rapide. Je dormais mieux, toujours collé à ma tante, mais mes crises de panique étaient de plus en plus rares, les objets ayant un peu reculé dans l'ombre, vaincus par mon attention captée par mon apprentissage. Les cycles de récitations étaient rythmés par des rites : nous devions effacer notre planche chaque fin de mois, en récitant la sourate apprise devant le maître qui soit reconnaissait notre maîtrise, et donc le droit d'effacer la planche et d'y tracer une nouvelle sourate, soit décidait de recaler l'apprenti pour un autre mois de récitation. Le Livre n'était jamais expliqué, commenté ou raconté, nous devions juste nous en faire les gardiens, les porteurs jusqu'à la génération suivante. La séance d'examen se soldait soit par des coups de bâton à la plante des pieds, les mains retenues par deux zélés du groupe qui pouffaient de rire aux cris du torturé, soit par le droit rare et cérémonieux de remplacer le maître durant ses absences. Je le faisais très souvent, prolongeant le délice de voir les mots d'un dieu céder sous l'éponge imbibée d'eau, replongeant dans le silence initial comme des poissons.

J'adorais humer l'odeur de l'argile qui nous servait à enduire le bois pour le blanchir et accueillir les nouveaux versets. Et, surtout, j'aimais observer les aînés fabriquer l'encre en brûlant la laine des moutons avant de mélanger le dépôt avec de l'eau et d'en remplir avec précaution la *douaya* pour fabriquer le *smagh*, l'encre sacrée. L'office était le privilège des aînés mais je fus très vite autorisé à le célébrer seul. L'odeur moisie du *sansal*, l'argile, celle des laines brûlées sont restées pour moi comme le parfum d'un mystère. Et si le Livre sacré était parfois ennuyeux pour l'enfant que j'étais, avec des mots impossibles à comprendre, des hurlements et des récits trop épars pour accrocher l'imagination, j'aimais méditer longuement sur les premiers mystères. L'homme avait été créé avec de l'argile, proclamait la sourate de la génisse, la plus longue du Livre, tout comme l'écriture sous mes yeux et cela devait avoir un sens.

Peu à peu, sous l'œil intrigué du maître, je finis par dépasser mes collègues, mémorisant à une vitesse folle les chapitres, découvrant le rythme qui gravait les versets dans ma tête, transformant ma voix de mouton plaintif en une douce mélodie, agréable à l'oreille de l'imam de la mosquée. On apprenait le Livre en commençant par le dernier chapitre, les sourates les plus courtes, et en remontant vers celles qui nous attendaient comme des montagnes hautes et muettes, indiquées par des noms de chapitres au mystère toujours entier : La caverne, La génisse, Les poètes, etc. Étrangement, les intitulés des sourates étaient de véritables images pour moi et je me perdais à en imaginer les formes, comme lorsqu'on tente de deviner le tracé d'animaux fabuleux dans l'éparpillement des étoiles. J'aimais dans le Livre ses descriptions du ciel nocturne, ses fascinations pour les astres et les étoiles filantes ou ses cadences fortes comme des empoignades autour de points d'eau. Et j'y détestais les longues lois, les menaces de mater par le feu les désobéissances et les rébellions. Mais j'ai surtout aimé les têtes de chapitres obscurs qui parfois inauguraient la récitation par d'étranges onomatopées. Alif/Lâm/Mîm. ALM. Ou cet autre Noun dont le tracé en arabe suggérait un encrier, une lune au-dessus d'une vallée ou d'une mer noire avec un pêcheur rentrant de l'horizon. Je trouvais fabuleuse cette habitude qu'avait Dieu de sélectionner uniquement certains objets dans le sac du monde pour en faire les fétiches de ses serments : lune brisée, étoile filante ou immobile, sandales du pèlerin, grappes, bracelets, paupières et razzia, buisson en feu et tunique. Je trouvais dans les titres des sourates un premier alphabet apaisant.

Je rentrais le soir un peu rassuré, paré de nouveaux versets capables de stopper le déferlement de l'indicible et de maintenir les respirations étrangères derrière la muraille des paroles de Dieu lui-même. Je n'avais pas vraiment de conscience religieuse, à vrai dire, et le rite des prières autant que les invocations diverses sur la générosité de Dieu, sa magnanimité et ses colères m'irritaient comme des flagorneries, mais j'appréciais cet univers de rituels et de routines, les prières de l'aube, le pendule des rites. Au bout de la deuxième année, je crois que le maître de la médersa soupçonnait déjà mon impiété, sinon ma tiédeur, mais il s'abstint d'y faire allusion auprès de Hadj Brahim qui l'inondait de ses générosités. Je garde de ces saisons fabuleuses de récitations un bon souvenir sain, avec le bruit des cyprès dans la cour de la mosquée, l'odeur des tapis moisis dans lesquels j'enfouissais le nez lors des prosternations, les stridences des insectes ou les tendres pluies, pendant qu'on s'égosillait, enfants espiègles ou jeunes hommes soucieux de se faire pousser une barbe, pour perpétuer ce Livre sonore qui tentait de résumer le monde.

À la maison, le changement fut très visible pour ma tante Hadjer, qui me souriait plus souvent comme si j'étais enfin guéri. Les nuits, je restais éveillé à penser à Dieu et au mystère de son Livre, je répétais des versets en changeant les tons pour voir ce que cela donnait puis je finissais par m'endormir en songeant au paradis et à ses verdures oisives en attendant la fin du monde. Cette période dura environ trois ans : j'y appris presque la totalité du Livre sacré et déjà les vieux récitateurs m'exhibaient dans les douars environnants comme un miracle malgré ma voix bêlante. Je lisais avec eux le Livre sacré autour d'un mort ou d'un couscous, pendant une circoncision ou pour célébrer le retour d'un pèlerin épuisé mais ravi d'avoir été au centre du monde et d'en faire partie pour les siens désormais au village. Souvenirs de chaleurs et de figuiers tenant tête aux canicules, sombres et noueux, de viandes lourdes de graisse que j'évitais discrètement et de longues discussions lassantes sur Dieu, ses noms et ses largesses envers l'homme. Cela aurait pu me mener à la vertu durable et à la gloire d'une vie religieuse consacrée au Livre de Dieu. Sauf que tout prit fin un jour, de la manière la plus comique. D'une inexplicable banalité.

31

Un mercredi (je suis né un mercredi), je me réveillai tard, Hadjer ayant pris la route du hammam, rite mensuel après ses règles je crois. Le brusque et parfait silence de la maison me mit mal à l'aise. Mon grand-père dormait et je pris soin de m'en assurer et de vérifier les feux, les robinets, les portes et fenêtres fermées avant de m'habiller avec hâte. En sortant, je saisis une grosse grappe de raisin blanc en guise de petit-déjeuner. C'est sur le chemin de la médersa que mon monde se brisa en deux : butant sur un caillou, je m'étalai sur le sol poussiéreux et j'arrivai à l'école les genoux écorchés, la grappe réduite à un souvenir. Le maître de l'école, sidi Khloufi, m'examina, légèrement surpris, et me demanda ce qui m'arrivait. Je ne sais pas ce qui me prit mais je désignai sans hésiter le dernier retardataire qui arrivait discrètement derrière moi et l'accusai de m'avoir poussé dans le dos. Il fut alors saisi, flagellé et mis au ban, dans le coin de la salle. Pour toute protestation, il me suivit du regard avec ses grands yeux larmoyants, sans comprendre pourquoi moi, l'écolier le plus respecté et le plus inoffensif, j'avais pu commettre une telle infamie. Le soir, à la fin des récitations, il se contenta de me cracher dessus et s'enfuit en courant. Qu'est-ce qui m'avait poussé à mentir ? Peut-être la peur du ridicule. Ou l'envie de briser ma propre image aux yeux des autres. Ou un mal plus profond. Aujourd'hui, je crois que cette voie, celle de l'apprentissage coranique sourd et muet au sens, aurait été la mort de mon don et que celui-ci, piégé dans le sous-sol, a simplement usé de la férocité pour me pousser vers la honte et donc vers la fuite. La vérité est que je m'étais lassé, sans le savoir, de ces récitations qui certes retenaient les diables derrière le mur des versets et me permettaient de croire en quelque chose de plus puissant que la terreur, mais ne suffisaient pas à nourrir mon désir qui déjà cherchait un autre corps, des brèches et des mystères plus grands que l'étalage des descriptions de l'enfer, du paradis et du dieu qui me semblait plus bavard que le monde qu'il avait créé.

Une semaine auparavant, j'étais allé suivre mes aînés pour clore de nos voix une cérémonie d'enterrement. Nous avions été invités à nous asseoir au fond d'une immense tente. La nuit était obscure, poussiéreuse à cause des sentiers qui menaient vers ce douar et salie par des lampions à gaz que l'on avait dispersés un peu partout. On sentait l'odeur lourde du couscous avant même d'arriver. Des voitures étaient garées n'importe comment et des enfants à moitié nus couraient sous des arbres patients. Une sorte de conversation sourde meublait le silence et j'avais peiné à trouver un coin, sous le tapis, pour cacher mes chaussures, car je risquais de les perdre dans la bousculade du départ après le repas. Le mort était un vieillard rapatrié de France le soir même, on allait attendre le lever du jour pour l'enfouir dans la terre. Je somnolais un peu quand l'un de mes voisins me pinça la cuisse pour me réveiller.

Immédiatement, nous entamâmes la longue sourate du Miséricordieux, Ar-Rahman, favorite aux oreilles des gens pour son rythme et ses savantes descriptions du paradis et de ses parures. Distrait et un peu fatigué, je fixais le cercueil couvert d'une sorte de draperie verte sur laquelle flamboyaient des versets tissés en or, noués comme des grillages. Le mort était dedans, inutile, oublié presque. Je ne connaissais pas son nom, seulement celui de sa tribu. Soudain, au milieu même des récitations qui commençaient à chauffer les esprits, je tombai dans une sorte de trou d'air, un silence lent. Je me voyais comme à travers une vitre, la bouche ouverte sur des syllabes, de concert avec les miens pendant que le mort était là, lourd, futile et insensible, dans l'obtuse gravité du cadavre. Nous n'étions qu'une bande de crieurs publics, invités pour agiter nos casseroles et éloigner la mort et combler le silence qu'elle provoque par les rumeurs d'un dieu. Les versets n'y faisaient rien et le trépassé y était aussi sourd qu'une pierre face à la prière. Je me sentis un peu ridicule : il manquait quelque chose pour que les mots deviennent puissants et parviennent à faire frémir le cadavre ou, au moins, à le parer de sens. Un invité avait osé cacher ses chaussures sous le cercueil et des enfants s'en approchaient, curieux et insolents. L'inutilité de la boîte, bientôt fermée à double tour pour que l'otage ne s'en échappe pas, me frappa. J'eus soudain envie de vomir, prenant conscience de la duperie. Avais-je les idées aussi claires ? Je ne le pense pas, mais je me souviens encore de cette émotion inédite à treize ans et de ce sentiment d'être floué qui me mirent en colère. La mort avait les mêmes gestes et les mêmes ruses que Brahim. Elle usait de grossiers artifices pour cacher l'essentiel. Étions-nous les rabatteurs de la foi ? Le soir, tard dans la nuit, on me ramena vers notre maison, les bras chargés de couscous et de viande que je jetai et dispersai avant d'entrer. Hadjer avait somnolé en m'attendant mais ne dit mot quand elle me vit revenir avec ma tête sinistre. La maladie était de retour, comme une fumée, et elle l'avait deviné. J'ai appelé cette nuit "la nuit du destin" dans mon calendrier : derrière le Livre sacré, j'avais débouché sur ce territoire nu.

La vérité est que je sentais déjà pousser, sur ma lèvre et entre mes cuisses, mes premiers poils ; quelque chose de sourd et d'aveugle était en reptation dans mon corps, provoquant de délicieux frottements et d'inquiétantes insomnies. Son revers était ce cadavre, la mort adoucie et mon angoisse jamais dissoute. J'expliquai alors, simplement, que je n'allais pas retourner à l'école coranique, inaugurant ainsi ma réputation de renégat et plongeant dans une honte plus grande encore mon père qui, un moment, avait cru au pardon de son dieu. On usa de tous les subterfuges pour me faire revenir sur ma décision, mais en vain. J'avais perdu cette première foi, et plus jamais je ne réussis à la restaurer en moi. Je n'étais pas devenu incroyant, mais je regardais ma religion comme un manuel épuisé. Le mystère était plus honnête quand il n'était pas expliqué par des ablutions et des prières.

32

Je regardais souvent mon sexe, au matin. Dressé vers le ciel comme un index, long et maigre, indiquant les vierges du paradis, peut-être, ou la lactation de la nuit. J'étais différent, et seuls mon père et ma tante le savaient. Je n'avais pas été circoncis petit. D'abord à cause de mon périple d'enfant ballotté entre deux ou trois foyers, puis à cause de mes crises de démence face au sang. Tous mes demi-frères, cousins et autres parents avaient fini par être rattrapés, un vendredi matin, par un adulte qui les avait forcés à écarter les jambes devant un barbier pour leur couper le prépuce, sauf moi. Hadj Brahim avait lourdement insisté à un moment, mais ma tante l'en avait dissuadé, gagnant du temps année après année jusqu'au moment où le sujet devint indécent à évoquer en public. Mais je ne pouvais éloigner de moi l'idée que mon père y songeait chaque fois qu'il me croisait. Durant mon enfance et mon adolescence, la discussion sur ce sujet entre Hadj Brahim et Hadjer fut parfois houleuse, provoquant chez le premier des colères qui en appelaient à Dieu et à la tradition, sans pourtant jamais faire céder ma tante qui refusait ce sacrifice et argumentait avec d'inattendues raisons théologiques : rien dans le Livre sacré n'imposait cette mutilation, surtout pas à un enfant malade et sensible. Le bras de fer devint violent mais ma tante resta inflexible, y mettant toute la force de sa colère contre le sort, intraitable comme s'il s'agissait de mon égorgement. Je grandis donc avec cette sensation que ma verge était le lieu d'une lutte dont l'enjeu était la fierté de ma tante et le pernicieux désir de mon père de se venger de moi ou de ma mère. Bien sûr, avec les années, je compris qu'il était inutile pour moi de me dénuder devant les autres enfants, d'aller aux bains au-delà d'un certain âge ou de parler de mon anatomie.

Je n'ai songé à ce pacte de chair refusé que lorsque s'est posée la question de mon mariage. Qu'en pensera Djemila si un jour je lui donne mon corps pour lui restituer le sien ? Si on se marie et qu'elle découvre cet excès en moi, cette singularité pire que l'impiété ? Peut-être que cela la choquera. Ou pas. Quand j'ai croisé ses yeux la première fois, il y a six mois, j'y ai lu une sollicitation, de la surprise mais aussi une complicité ténue. Le corps d'une femme répudiée est la preuve de son impureté. Cela nous souderait peut-être. Elle sait, par la rumeur, que je suis un jeune homme craint et moqué. Peut-être se doute-t-elle que cela ne peut aller sans stigmates. Que dire à l'épouse et que dirait-elle de moi à sa mère, c'est-à-dire à toute la tribu et tout le village par la suite ? Le mystère annoncé de l'amour se heurte à une histoire de serrures et de clefs, en quelque sorte. Le sexe est la grande affaire des miens. On y a consacré les quatre-vingt-dix-neuf allusions de notre langue, de longues années de rumeurs et de médisances, et on en parle partout comme explication dernière de la création. C'est le vrai fruit de la chute et de l'ascension. Il sert à mesurer l'habit, la force de la voix, le nombre mais aussi l'honneur, la réputation et l'épargne pour les frais de mariage, mais il est invisible, contrairement à la mort : le sexe cache les corps, là où la fossoyeuse les exhibe en monticules, hanches, mamelons et courbes. Amusant, non ? Dans les noces ou les funérailles, on célèbre les deux avec la même fureur, les mêmes versets parfois. Je m'égare alors que l'heure est grave et que mon père risque de mourir, tué par mon conte maladroit et inachevé.

J'écrivais donc que, dans le village, mon refus de poursuivre l'apprentissage à l'école coranique fit scandale. D'autant que ma voix y avait trouvé une dignité prometteuse et mon père une réparation. Personne ne comprenait cette défection, et encore moins mes camarades de la médersa, trompés par mon sérieux, ignorants de ce qui se jouait en moi. Au-delà, c'était la désobéissance même à Dieu et l'inachevé de mon œuvre qui choquèrent : j'étais porteur de la moitié du Livre sacré. Ce qui était une anomalie en soi. Je n'en avais cure. Pour une fois, je me sentais libre d'une insolence qui était à la fois celles de ma puberté et de mon intelligence. Cela dura quelques semaines, mon esprit mobilisé à tenir tête, à argumenter ma dissidence ou à répondre aux menaces de Hadj Brahim. Mais soudain, une nuit, la crise abominable revint et je retombai dans le mystère en me désarticulant, évanoui, sur le carrelage de notre maison, me mordant la langue et bavant comme un possédé. Je décidai alors de cesser définitivement de prier, de faire mes ablutions et de me contraindre aux rites. L'oiseau n'était pas un ange, mais un perroquet. Voilà mon verdict. En gros, Zabor reprenait le dessus sur Ismaël, gémellité contraire.

Comment ai-je abouti à la découverte de la langue de mon don ? Comment me suis-je affranchi du sort des miens alors que j'abandonnais leur voie, leur recette de salut ? Par accident, par oisiveté peut-être. Sur l'île de la désolation, je trouvai une bouteille échouée et, dedans, une première phrase en français : "Elle s'avança vers moi nue." Mais avant de maîtriser cette langue, je dus la déchiffrer dans l'extase. Elle fut celle du sexe et du voyage, ces deux versants qui étendent le corps à autrui, l'obligent à la renaissance. *(Le vieux se porte mal, selon ma tante. Il ne respire presque plus. Malgré des années de haine, je ressens sa peine, un peu de panique à l'idée que sa mort et sa maladie puissent être réelles, irréversibles. Il m'a tellement menti que la vérité de ce qu'il subit est escamotée par sa vie d'artifices. Je me dis que même son cadavre ne sera pas authentique. Une peau de mouton va le remplacer à l'enterrement, comme dans une autre histoire fabuleuse et détestable pour remplacer celle de ses moutons tombés du ciel. Peut-il mourir alors que j'écris aussi longuement ? Pourquoi cette fois le miracle semble-t-il ne pas opérer et me démentir alors qu'il devait être le clou de mon spectacle ? Je ne sais pas quoi faire de ma journée, réduite à une attente. Écrire encore à Djemila ou en parler avec Hadjer, cette fois sans sous-entendus, sans détours ? Cela tombe mal, semble-t-il, mais l'histoire de cette femme est maladroitement liée à celle de mon père qui a refusé jusqu'à l'idée que j'en parle à mes voisins. "Pas de mon vivant !", a-t-il tranché devant une tasse de café. Hadjer ne pouvait, cette fois, le contredire. Cela m'a mis dans une colère terrible, ancienne, qui résumait comme une tempête toutes celles tues et souterraines. Je m'en suis voulu surtout d'être passé par lui, d'avoir attendu sa bénédiction et son geste comme le commandent les convenances. Il me tient par les lois et je le tiens par ma rébellion. Par réaction ou par contradiction, j'ai décidé de faire de mon histoire avec Djemila le lieu même de ma libération définitive. Car mis à part deux hasards, je n'ai jamais pu rencontrer cette femme ni lui parler. Dans notre village, cela est impossible à concevoir. La jeune femme proscrite ne peut multiplier les allées et venues au bain maure, me croiser dans un mariage ou dans la rue, ni m'écrire. Je ne sais pas comment font les amoureux, ni s'ils ont jamais existé avant le mariage. La hantise du sexe et l'obsession de l'honneur rendent impossibles ces rendez-vous. D'habitude, on a recours aux entremetteuses, vendeuses de tissus neufs et de bijoux, ou on se poste aux aguets sous les fenêtres. Dans notre cas, le seul moyen envisageable, qu'il faudrait bien organiser, serait de se voir au cimetière. Étrange lieu pour se promettre la vie à deux, scellant le baiser par la pierre tombale.*

J'ai décidé de sortir, de marcher vers les frontières du village, où je tombe toujours évanoui quand j'essaie de les traverser. Les murailles de mon monde sont dans ma tête et parfois j'y vais tenter ma vocation de sentinelle. Le livre commence là où je m'arrête.)

III

L'EXTASE

33

(Mon père va mourir ou est déjà mort à moitié. Cette nuit est piétinée par des bruits sur le toit, comme des semelles qui raclent. Parfois des cailloux chutent sur les tuiles, comme si la maison était une femme lapidée ou un chien que l'on tente d'éloigner.) En règle générale, j'ai les gestes lents. Comme si je ne voulais pas faire tomber des morceaux de mon univers, des porcelaines du haut du ciel. Je suis responsable des miens, du village, de sa fin possible, de ses cycles de naissance et de mort. Je le tiens en équilibre sur mes épaules. C'est ainsi que j'ai marché vers l'est, encore une fois, à travers les champs qui étaient encore chauds à cause de l'été. L'heure était celle, douce, qui précède le crépuscule. Le ciel était lointain, profond, avec des teintes de brûlures bienveillantes. "Si le Sahara était un ange, il aurait cette apparence", me soufflait mon animal. J'ai atteint le cimetière français – tombeaux ravagés, en désordre, comme si la résurrection pour cette religion avait déjà eu lieu et que ses morts étaient entre jugement et recasement – et je l'ai dépassé en me dirigeant vers les derniers caroubiers et les champs de vignobles. Puis ce sont les arbres les plus lointains, les derniers nommés sur ma carte, qui croissent à moitié dans

l'inconnu. Là, je me suis arrêté car si je les dépasse je m'évanouis. C'est ma loi. J'ai essayé tant de fois d'aller plus loin, dans toutes les directions, que j'ai fini par m'en convaincre. À l'adolescence, quand j'ai tenté une escapade vers la ville pour regarder un film ou acheter des chaussures, je me suis évanoui dans le bus alors qu'il entamait la descente au-delà de la colline. On m'a ramené chez moi après avoir appelé mon père. J'ai aussi perdu connaissance au sud, dès les premiers figuiers de Barbarie. Et à l'ouest, après la forêt, entre de hautes herbes où on m'a retrouvé le pantalon mouillé, bavant et agité de soubresauts. Il en a toujours été ainsi, comme une malédiction ou un signe d'attachement du village à mes pas. Je suis un peu Younès que Dieu a, cette fois, piégé pour lui éviter la fuite de Ninive, la baleine, la mer, le naufrage, et l'a plutôt noyé dans sa propre bave, dans son village. Je sens toujours la terre bouger comme un tapis que l'on retire sous mes chaussures, une nausée, puis une nuit véloce s'impose sous mes paupières et je tournoie. Je me réveille alors chez Hadjer, arrosé d'eau de fleur d'oranger, serré dans ses bras, ramené par un murmure qui me raconte que ma vie exceptionnelle provoque le mauvais œil, et que mon avenir sera grandiose car elle a vu dans ses rêves un déluge de plumes blanches et moi assis, heureux, au milieu de cette neige d'anges qui s'ébouriffent.

Mon mal devint notoire, à un certain âge, et on interpréta mon sort comme un signe, même s'il était indéchiffrable. Chez nous, la croyance est forte qu'il y a un équilibre entre le don et le sacrifice. Je savais que j'étais prisonnier de mon don et d'Aboukir, que je ne pouvais pas quitter, ni y rester immobile et inactif. Voyageur par l'imaginaire, je devais y demeurer pour maintenir en vie les miens, les façades des murs, les vieilles maisons, les arbres et les enfants malades et les poteaux et même les cigognes et les objets incongrus. Sans quoi, le temps qui se prend pour Dieu allait faire s'abattre un déluge de feu sur ses habitants, comme sur Ninive. J'étais le nombril de cette horloge, je marchais donc lentement pour ne rien laisser tomber, équilibriste invisible entre le poids de la langue et le poids des objets, et je scrutais chaque détail au cas où j'aurais besoin de longues descriptions pour remplir mes cahiers : la peinture était écaillée comme la peau d'un siècle, le poteau était solitaire comme l'index d'un croyant, la rue était goudronnée comme l'avenir du fils d'une famille riche, des sachets sales et noirs traînaient dans les vents comme des orphelins, l'air du crépuscule embaumait la tendresse invraisemblable d'une ombre d'arbre, un vieux voisin m'a lancé un regard rapide puis des saluts avec un sourire contrit, des enfants se sont arrêtés de jouer au ballon et m'ont regardé sans rien dire, hésitant entre le respect et l'effronterie, etc. Ce sentiment de responsabilité est pénible, je le refuse parfois avec colère puis je finis par m'y soumettre : c'est mon destin, je suis le sommaire nécessaire des miens, le seul endroit où ils peuvent se permettre la longévité, ou l'éternité dans le meilleur des cas. Je suis le gardien contre le vent qui pourrait les effacer, le raconteur qui alimente le feu dans le vide alors que la seule route possible est une étoile. *(Car les meilleures histoires sont celles qui captivent les auditeurs dans l'obscurité du voyage mais qui, à l'apothéose, nourrissent même le feu qui y prête toute son attention.)* Combien sont morts définitivement avant ma naissance ? Combien d'ancêtres perdus à cause de l'imperfection d'une écriture ou d'un écrivain ?

Je me suis assis sur l'herbe encore brûlante et j'ai tenté de résumer ma situation : mon père est mourant ou peut-être déjà mort. Et quand je me suis répété cela, j'ai été frappé par une sensation d'immensité, comme si mon univers devenait nouveau. Mon cœur a fait un saut, face à une falaise imaginaire. J'ai senti que j'avais droit à un nouveau prénom. La vérité, je la connais : quand le père se meurt, il n'y a plus rien entre vous et la mort. C'est votre tour. Je me dis que je n'ai pas d'enfants et que donc je n'ai pas à mourir. Mais cette idée est un gémissement. Et là, je le sais, il faut écrire encore plus vite, plus puissamment, sans interruption. Car je sauve les miens mais aussi ma propre peau *("Et celle d'une femme, peut-être", dis-je à mon chien étoilé. Et il reste hésitant).* N'est-il pas dit que le salut d'un prophète passe par le nombre des convertis ? C'est donc à la fin des temps, de tous les temps, qu'il peut savoir s'il va en enfer ou au paradis.

L'une des sœurs de Hadjer est venue nous rendre visite en fin de journée et elle a apporté des rumeurs. Hadj Brahim est entre la vie et la mort, et déjà ses enfants se préparent à le dépecer, à se partager son bétail et ses richesses. Elle a poussé du coude Hadjer et a tenté de la mobiliser pour la prochaine guerre sur l'héritage. La bataille s'annonce rude entre le clan de la belle-mère et ses fils nombreux, et les sœurs survivant au patriarche. Ses biens sont abondants mais ses descendants le sont aussi. On va d'abord s'arracher son prénom pour le donner à des nouveau-nés. Puis ses troupeaux, ses couteaux et ses terres. Chez nous, il n'y a pas de testament, un souvenir du nomadisme peut-être. Le legs n'est pas la terre mais la caravane. Hadjer n'a pas réagi mais je l'ai vue se crisper, chauffer les braises dormantes de sa colère ancienne. Les deux femmes m'ont regardé un moment puis ont conclu, silencieusement unanimes, que je n'allais pas être d'un grand secours dans cette histoire. Je suis le fils du mourant mais un fils malade, solitaire et frappé du mal de l'inconsistance que donnent les livres.

J'ai pris mon thé sous leur silence et je suis sorti. Pourquoi mon don s'est-il épuisé cette fois précisément en haut de la colline ? Pourquoi n'ai-je pas pu le sauver alors que son histoire était facile, claire et affûtée ? Des oiseaux traversaient le crépuscule et on aurait dit des brindilles, des étincelles noires dans le feu du ciel. Au loin, des voitures remontaient du village vers les douars. Des pères de famille rentraient à travers champs, les bras chargés de courses. Je peux tracer la carte du village si j'en refais le tour. L'île n'est pas géante, elle n'est pas mystérieuse. *("Et son trésor, c'est toi", dit la voix de Hadjer.)* Finalement, je n'ai jamais quitté Aboukir. Pas même pour retrouver la tombe de ma mère dont je n'avais aucun souvenir *(Ma mère est le bruit d'un corps qui tombe et heurte violemment un sol. Elle n'a pas de prénom mais une sorte de long gémissement. Elle a été remplacée, lors des funérailles, par des dizaines de bras de femmes qui se passaient mon corps d'enfant les unes aux autres pour mieux pleurer. Je me souviens que je me suis endormi et que, au réveil, je ne l'ai plus jamais revue).* J'ai regardé le ciel s'éteindre, s'ouvrir *(pourquoi tout est cycle alors que l'on veut croire que la vie d'un homme est la moitié d'un anneau ? Une moitié au soleil et une autre enfouie sous terre et qui rouille ?)*, puis je me suis levé pour marcher à travers des terres sèches, suivant la pente de la colline qui épuise ma poitrine.

Je suis descendu, une heure après, du côté du cimetière de Bounouila. La course m'a pris deux heures et je suis arrivé chez nous, à la maison du bas qui m'attendait. Je sais que la fratrie va me chasser encore plus loin, cette fois, et que la ruse va être féroce et méchante. Je suis un héritier légal et il leur faut peut-être trouver le plus sûr moyen de me bannir. Toute vie est un livre. La preuve ? Le hadith du Prophète qui explique que la plume (celle qui note nos actes et nos paroles et pensées) est suspendue, inactive, pour le fou, le dormeur et l'enfant jusqu'à la puberté. J'entre sûrement dans la première ou la seconde catégorie. Il y avait trop de sang dans le ciel à l'ouest. Signe d'un vent mauvais. L'horizon entier était un couteau affûté par le contraste avec la terre sombre. J'ai regardé vers la fenêtre de Djemila mais elle était fermée, aveugle. Quand je suis rentré chez nous, j'ai trouvé le double des clefs de Hadjer par terre. Elle les avait oubliées en sortant. La maison était vide, à l'abandon. Dans la cuisine, de la vaisselle sale attendait.

34

Sans m'arrêter, électrifié par une longue vague d'écriture, je déborde mes cahiers car il y a urgence. Le trait ne suffit plus, j'ai presque besoin de filets de pêcheur. Dans l'obscurité du sens, une chose énorme tire sur ma ligne et me blesse les mains. Il y a comme des vagues dans les phrases, des bruits d'encre lourde et houleuse. Je n'exagère rien, j'entends un souffle. J'ai écrit encore toute la nuit et Hadjer n'était pas là. J'ai retrouvé aussi des chaussures dépareillées près de l'entrée, un sac renversé et son lit défait. Elle a dû sortir à la hâte. Je distingue des jappements de chiens, un sombre bruit de choses cassées, des mugissements d'abattoir avec les tôles de zinc qui bougent comme des ailes empêchées. Le ciel noir et rougeâtre doit être mauvais et persifleur. Il y a eu une coupure d'électricité et un vent de sable a envahi le village et le ciel, sali les vitres et les sols pendant la journée. Je n'ai aucune nouvelle de mon père. Un silence suspend le village qui prend les apparences de mon grand-père *(immobile, la tête entre les genoux, entourée de ses bras, dans le coin à l'entrée de notre cuisine. Hadjer y garde encore la peau de mouton qui lui servait de tapis volant dans ses rêves).* Rien ne bouge, malgré le vent. Où est la mort à cette heure ? Parfois j'écris à toutes fins utiles, comme pour préserver une île, un arbre, une vie inconnue, les pas d'un homme qui arrive, ragaillardi par le souvenir d'un animal vaincu dans ses songes. Je tends la main au cœur de l'enfer qui a mille noms dans notre tradition, et j'essaie de retrouver une main carbonisée, de tirer un bras hurlant ou de soutenir un être qui veut fuir le puits du vide, le jugement hâtif d'un dieu. Il faut écrire car il y a toujours une vie à sauver, au bout de la ligne, un homme ou une femme, une répudiée ou un vieillard. J'ai une sorte de foi.

Je suis aussi traversé par des angoisses anciennes : si je sauve des vies en écrivant, qui est l'écrivant qui me maintient en vie, moi ? La voix cachée qui me préserve en racontant dans un autre palais une autre histoire à interrompre avant l'aube ? L'écriture est de la parole sans la respiration. Je retiens mon souffle et j'alimente mon trait. Durant mes séances, il y a donc deux respirations dépareillées : celle du mourant et celle de mon inspiration. Je dois les accorder. Mon don ne peut rien, par exemple, contre la mort par chute dans un puits, lors d'un accident de voiture ou autre. J'ai essayé mais en vain car l'accident déchire la page, le livre, et je n'ai plus rien pour écrire. L'écriture doit tenir tête à l'agonie, qui est son revers. L'histoire a besoin de pages, de cahiers, pas de feuilles déchirées.

La fin, voilà ce qu'il faut méditer. Car ce qu'il y a de commun dans toutes les histoires, c'est l'issue : elle est la même pour le héros et pour le monstre vaincu. L'un meurt, tué, l'autre mourra aussi, par la perpétuation, la paternité, l'évidement de son monde apaisé, sa chute dans le temps mort.

Comment meurt le vainqueur ? On ne le sait pas. Il se marie, va être heureux, rencontre l'amour, mais il n'a pas de tombe alors que le monstre a un autel, le souvenir perpétué par le conte ou les frayeurs qu'il suscite. Il faut alors faire remonter l'agonisant vers le moment de sa rencontre avec le monstre de sa propre vie (un père, une ogresse, un animal qui parle, une rage de dents, un fleuve, un souvenir de colon, la faim ou l'humiliation), puis lui faire faire, à rebours, le sentier de sa quête, jusqu'au moment où se pose à lui la question du départ ou de la soumission à son ordre. Les vies sauvées et revenues sont alors passibles de continuer longtemps à chercher, et donc à vivre, pour atteindre l'âge des cent ans en fourvoyant l'ordre ancien de la quête, s'asseoir au bord du sentier, sur l'escalier de notre mosquée, savourer une médisance ou l'ombre d'un arbre, se contenter de rejoindre les dieux sans disputes ni goût d'inachevé, sans prières ni rébellion. C'est par le dénouement qu'il faut commencer et recommencer. Toute histoire en a un. Dans *Les Mille et Une Nuits* il faut le repousser, y surseoir. Là, sous mes yeux, dans mes cahiers *(alors que des bruits inquiétants traversent les ruelles sans éclairage et que des voix d'hommes tentent de ranimer le village)*, il faut le désamorcer : je ne vais pas raconter une histoire qui sera interrompue à chaque aube, mais en raconter plusieurs en les recommençant chaque fois pour bousculer l'ordre de la mort et de la fausse victoire du héros.

Il faut écrire un grand roman à contre-courant du Livre sacré. Je rêve de ce cahier depuis que j'ai commencé à maîtriser cette langue sensuelle. *(J'ai toujours détesté le vent. C'est le premier souvenir de ma vie. Moi, assis dans la maison presque en ruine de mes grands-parents maternels. Je me souviens des pleurs d'adultes, des lamentations après la répudiation. Personne ne me prêtait attention, le vent était le dos de mon père qui repartait, la trace de son abandon, et rien n'avait de fin. J'eus froid, je me rappelle, mais il n'y avait pas de mur pour arrêter le souffle du vide. J'avais peut-être trois ans mais je m'en souviens, car le temps toujours commence par une image et finit sur une image.)* En résumé, pour sauver une personne en écrivant, il faut lui restituer son histoire, la lui faire boire comme une eau sacrée, doucement, en lui penchant la tête pour que le souvenir ne l'étouffe pas. *(Comme une voix de raison faible, une idée m'a traversé l'esprit : Hadjer n'est pas revenue, et il n'est pas dans ses habitudes de sortir en courant, ni de laisser la maison dans cet état. Ni de me laisser seul. Mais c'était le diable, ou sa ruse pour me distraire, car ce cahier est ultime, important.)*

Je reprends ma réflexion : L'écriture est le contraire du sable car c'est le contraire de la dispersion. À noter dans le manuel du salut. Mais je n'arrive pas à tenir le fil du récit. Il y a en moi l'envie furieuse à la fois de me lever et d'écrire. Le faire partout, sur toutes les surfaces. Parfaire le miracle du don par un tatouage universel. On est en été, mais soudain la température baisse, comme si la terre se rétractait, craintive, dans un terrier. Quelque chose se prépare. Sans moi. J'ai cette impression que la fin du monde a eu lieu et que je ne m'en suis pas aperçu. Assis, dans le monde de mes habitudes, alors que tout a été plié et rangé sous l'aisselle de l'Ange : le soleil, la lune, l'horizon, le temps et les tombes et les arbres, tous les monuments et routes et tous les gens nés et morts.

35

(Mon père est mourant. Je n'ai jamais fait ça avant : écrire à distance de l'agonisant. À travers la foule et les murs et les arbres. C'est la distance qui transforme l'écriture en prière. Elle en atténue l'effet.) Avant de prendre le visage de Hamza/Aïssa l'antagoniste, sa barbe teintée de henné, sa bouche hurlante, le diable avait adopté une autre forme. J'avais interrompu mon apprentissage du Livre sacré vers mes treize ans, malgré mon talent et la diminution de mes crises. Cela en surprit plus d'un et me valut des animosités et des cris d'indignation dans tout Aboukir. J'y perdis l'estime de mes cousins, celle de l'imam Senoussi (qui resta discret sur sa déception) et une sorte d'immunité. Ne plus prier était la pire des désobéissances et on pouvait me voir, désormais, déambulant comme une obscénité dans les rues à l'heure de l'Appel pendant que tous allaient se prosterner. J'étais indécent et il fallut que le sourire, la largesse et la fortune de Hadj Brahim deviennent plus éloquents pour que les regards se détournent. Ah, le pauvre père. J'étais son malheur, mais aussi une insulte vivante à l'ombre de son histoire de boucher béni par Dieu : à mes mille défauts de naissance s'ajoutait celui de l'impiété insolente. Seule

ma tante garda le même visage, grave, ferme face à l'adversité, avec des yeux pleins d'une fierté entêtée contre le sort. Je me suis posé des questions sur ses croyances religieuses, un moment, puis je suis arrivé à la conclusion qu'elle croyait en Dieu mais qu'elle croyait aussi qu'il était un mauvais intermédiaire entre elle et le bonheur. Elle le respectait mais ne lui pardonnait pas. Pourtant, c'est à cette période que commença la véritable aventure de ma vie qui se termine, maintenant, à cet instant, dans cette chambre, dans cette main qui tient le temps.

Je suis sorti de la mosquée avec la moitié d'un livre dans ma mémoire, qui étendait sa voix sur la moitié du monde, avec une langue à moitié vivante, et son écriture pouvait repousser la moitié de mes peurs. Je me sentais peut-être aussi nu et tremblant que le prophète Younès dont j'adorais l'histoire : "Et quand il partit irrité…" C'est le seul prophète sans communauté, sans tribu sur le dos. Le seul qui a tenu tête, a quitté les siens et a affronté Dieu qui s'est manifesté à lui sous la forme d'un navire ancien, d'une tempête haineuse, de marins, puis d'une baleine puis d'un arbre qui donne son ombre au corps nu du naufragé qu'il devient à la fin selon le Livre sacré. Pourtant, la véritable histoire n'est pas celle du prophète mais celle des apparences que prit son dieu.

Ce furent des moments de nudité pour moi, tremblant mais fier, insolent. Bien sûr, mes paniques étaient de retour, dures parfois, mais aussi mes réflexions désordonnées sur l'écriture. De l'école coranique, j'ai gardé le souci de la calligraphie, le goût de la matière (le *sansal*) dans le creux du mot, l'odeur des planches mouillées et la certitude qu'il y a un lien entre la prononciation et la santé ou, pour être précis, entre le rythme et la vie. Un secret de puissance et de dépendance. Je m'interrogeais, un peu perdu, sur le sens de l'écriture, les lettres toujours orientées de la droite vers la gauche, comme aimantées par une pente. Pourquoi fallait-il écrire dans ce sens et pas dans l'autre ? Pourquoi ne pas écrire comme le bœuf laboure, en faisant des allers-retours, ou comme l'oiseau, du bas vers le haut puis du haut vers le bas ? Ou dans le désordre des traces de caravanes sur le sable ?

J'avais l'âge des jeux, je sortais souvent pour tenter de me joindre aux autres enfants *(*"Zabor eddah el babor !" *"Zabor a été pris par un bateau !"),* mais je gardais l'œil sur mes angoisses et leur encre noire et brillante comme une étoile. C'était une belle époque, oisive, de vacance, libre de toutes contraintes. Hadjer y espérait des prétendants, les films hindous étaient riches en palabres et mon père Hadj Brahim n'avait pas encore totalement cédé aux pressions de ma belle-mère et à ses lâchetés. La seule ombre noire était mes peurs nocturnes revenues, mes cris, parfois le mauvais sommeil qui perturbait ma croissance. Avec les autres adolescents du quartier, je m'essayai au football avant de comprendre que j'étais l'objet de moqueries. J'avais ramassé des ballons perdus et testé les cigarettes avec Noureddine qui me garda son amitié, une amitié d'aîné, alors qu'il était plus jeune que moi, comme une protection, car il était musclé et craint.

Il y avait, et j'en étais vivement conscient, un hiatus entre ma quête solitaire et inconsciente d'une langue plus apte à apaiser le monde et à le restituer, et mon apparence d'enfant commun, chétif, tenté par les jeux de son âge et leurs méchancetés rituelles. À l'intérieur de ma tête, je n'avais pas d'âge ; à l'extérieur, j'avais celui qu'on exigeait de moi pour rejoindre les groupes dans le quartier de notre maison du bas. Ce fut une période durant laquelle je tentais de rattraper les autres, à coups de sourires et de soumissions, avant de conclure à l'impossibilité d'être admis *(Hadjer disait que ce qui m'empêchait de bien jouer au football, c'étaient mes ailes que personne ne voyait, pas mes jambes)*. Donc je me disais que toute la question était dans la possibilité d'une langue : si j'écrivais la mienne de droite à gauche, cela supposait l'existence d'une autre, invisible, qui s'écrivait dans le sens contraire, ou d'une autre encore qui faisait le tour de la Terre et revenait vers la première phrase écrite. Bien sûr, de ma période scolaire, je gardais le souvenir persistant et la maîtrise trébuchante d'un alphabet français, ses hampes et ses panses, élancements désaccordés, mais je n'avais en mémoire que quelques phrases, extraites de romans et de poèmes. L'écriture arabe me semblait encore fascinante mais elle s'épuisait en tournant en rond dans un seul livre, entre mon maître d'école, les versets et mes rêveries sur les histoires des prophètes et leurs épreuves ou déambulations. *(J'aimais le début des histoires de prophètes, la naissance de la vocation, mais le récit de leurs lois me fatiguait. J'y voyais aussi une imperfection : à la fin, ils mouraient. Un prophète parfait ne meurt pas, à cause de sa proximité avec son dieu mais aussi parce qu'il doit sauver l'humanité à naître. Pourquoi chaque prophète rêve-t-il d'être le dernier ? Pour faire croire à sa présence en tout temps à venir.)* Je désirais, pressentais, une autre solution à ma peur. Parfois, allongé dans la cour de notre maison, alors que le monde était éternité et été, je contemplais longuement un objet pris au hasard, un galet ou une orange précoce. Tel un livre que je pouvais lire dans les deux sens, les trois, le retourner, traversé non pas de lumière comme une feuille à contre-jour, mais par tous les mots possibles, nœud pesant de leur rencontre, le noyau aveugle et révélé des écritures. Je me perdais alors dans d'étranges représentations, des monstruosités calligraphiques, des nervures d'encre. L'oisiveté et la peur m'obligeaient à concevoir, déjà, la possibilité du glyphe absolu, une éventualité d'histoire entière dans un seul mot *("ou cinq", précise Poll ; "ou plus", préconise le chien)*. Rêverie sur une écriture sacrée : celle qui étreindrait l'objet, en constituerait l'écorce et l'essence escamotée, à demi révélée par la calligraphie, l'encre, l'odeur de l'encre, le support de l'encre. Quelque chose de presque vivant, une écriture dont émergerait une main tendue.

En ces années, la peur revenait la nuit, mais aussi après les siestes. Je me souviens que je me réveillais toujours tard, un peu vidé, avec la panique du voyageur qui ouvre les yeux dans un lieu inconnu, tâte ses poches, veut retrouver sa monture et son propre nom. Moi, je tâte mon monde, j'essaie de surmonter la brusque inquiétude que provoque l'étrangeté, je redonne très vite, comme dans un rite, les noms aux choses. Je dis le rideau, la fenêtre, la porte, le citronnier, mon nom unique (Zabor, pas Ismaël), des détails de mon corps, le grain de beauté sur mon bras ou le nom d'un médicament contre les maux de tête posé à côté de moi. Je dis Hadjer, Hadjer, Hadjer. L'inventaire est nécessaire pour mettre un peu d'ordre dans le chaos du monde. Je marmonne mes versets chaque fois que je me réveille, je récite mes mantras pour que les objets redescendent sur terre comme des brindilles de thé, se déposent et reprennent leur familiarité papillonnante. L'aspérité des objets, ce chuintement des feuillages dans la cour, les pas des invisibles, et surtout l'appréhension que provoquent les animaux domestiques avec leur sournoise lenteur, tout cela était le désordre qui m'atteignait dans ma chair.

À cette époque de mon adolescence, malgré le bonheur doux, mes réveils de sieste étaient presque toujours suivis de hurlements muets ou de gémissements de vaincu. Ma tante, qui me gardait son affection vigoureuse, me prenait dans ses bras, invoquait des noms de saints et me faisait renifler des encens ou des morceaux d'oignon. La vérité est que j'étais certes terrifié par cette horreur des choses sans nom, mais je cultivais aussi mes crises comme une vengeance contre mon père. Obscurément, je savais que c'était sa faute. *(Je le vois là, comme hier et pendant des années, les bras ballants, à un mètre du seuil de notre maison, incapable de faire un pas ou de s'enfuir. Pauvre homme, qui croyait courir plus vite que le temps et que le temps rattrape avec la conséquence de ses propres actes et peurs secrètes. "Ismaël va bien ?", criait-il. Personne ne répondait et alors, comme une routine, il se tournait vers la ruelle, cherchait un témoin, puis baissait la tête et s'en allait.)* Il faut un père pour donner des noms aux choses, sans cela elles s'éparpillent, refluent en débords agressifs, vous étouffent et vous font perdre du poids puis le sens de l'orientation. Je récitais des versets mais cela affectait de moins en moins ce visage du diable qui me tendait sa langue rouge à travers des tatouages. La vérité est que cette deuxième langue, celle du maître d'école et des versets, après celle de Hadjer et ses impuissances douloureuses, était elle aussi épuisée dans ma bouche. J'aurais pu l'apprendre encore plus, la revivifier ou lui donner de la force, mais il manquait une motivation : je ne la désirais plus. Elle avait le visage du maître, celui de l'imam, des adultes amis de mon père, de mon père quand il se pliait sous le ciel pour la prière et du vendredi qui hurlait les prêches. L'apprentissage du Livre sacré m'avait certes fait pressentir des possibilités, mais il n'y avait point d'autres livres pour nourrir ma curiosité.

C'est alors que le monde essaya de me parler autrement.

36

Ce fut la révélation, le déclic, l'ange tourbillonnant dont les ailes étaient une bourrasque de 250 à 400 pages, la possibilité ardente d'une solution. Cela a la banalité d'une trouvaille accidentelle mais je pense que, dans l'ordre secret de mon univers, on m'appela. J'avais treize ans passés, quand surgirent d'autres écrits, étrangers, aux pages écornées, numérotées et vieillies. Des romans en français que je découvris entassés dans la maison du bas, dans une pièce improbable de l'arrière-cour *("Quand ils ne sont pas lus, les livres voyagent peu à peu, d'une maison à l'autre, d'un sous-sol à l'autre, d'un carton à l'autre. Quand ils sont lus, c'est le lecteur qui voyage", prononce, grave, le chien)*. Un accident ? Un hasard ? Je ne le crois pas. Tout mon univers réclamait une langue nouvelle, un instrument pour la confidence essentielle des miens, pour moi. Le diable pouvait être récusé avec succès si j'arrivais à lui tenir tête mais il me manquait un livre, un instrument. Au-delà de mes peurs irrépressibles, il y avait vacance, cette sorte de vide où les choses, le balancement de la terre du village, les arbres, tout était en attente, au bout d'une autre langue, posé et fragile sans la consolidation d'une encre. Je sentais bruire mon corps, qui changeait avec la puberté, et tout autour un nouveau silence sensible comme une peau. Mon univers entier était une sorte de buisson électrifié par le mouvement d'un animal caché en son sein et qui le traversait, inconnu. Rien de précis dans la maison du bas, mais une mélodie à venir. Une jouissance inédite que promettait la troisième partie de ma vie : l'extase.

Ce fut toute une aventure que d'apprendre, seul, en cachette, la troisième langue de l'ange, la pièce manquante à la loi de la Nécessité qui allait sauver tant de vies, ajouter mille et un jours à chaque rencontre, dans le secret, humblement, et dans l'art de l'écriture. Non, les livres en cette langue ne me vinrent pas par hasard, ils étaient envoyés. Peut-être par mes ancêtres morts sans souvenirs, sans livres ni noms, et qui voulaient apprendre par mon biais, parler et reprendre leur histoire interrompue faute de langue et de feuilles. Chaque titre des livres que j'ai lus à partir de ce moment a en effet surgi à point nommé dans ma vie, comme un signe de la main. Une librairie immense conversait déjà à travers moi, à cette époque, et me prenait sous sa protection, comme je devrais, des années après, protéger les miens. *(Mon père va mourir et je reste de marbre. Comme incapable d'éprouver le moindre sentiment. Pernicieuse, ma vanité a déjà imaginé les condoléances des proches et des villageois. Car, oui, sa mort va me consacrer comme son fils, désormais! Je n'ai pas besoin d'héritage, mais d'une reconnaissance de tous, telle une vengeance, qui prouverait qu'il n'a pas gagné, qu'il ne m'a pas écrasé – c'est lui qui va l'être par toute la terre sur sa poitrine. L'île sera à moi, ma langue sera proclamée comme victorieuse et plus riche que ses troupeaux sur terre. Mais cela provoque aussi un vertige qui me tord le cœur comme un chiffon. Il m'a abandonné dans le désert, m'a égorgé avec ses yeux et sa longue histoire sur la colline de sa trahison, et c'est moi qui me sens coupable, désemparé. Hadjer n'est pas sortie en courant sans raison. Je pense que c'est pour aller le veiller ou pour imposer son mot dans l'ordre de la succession. La maison est vide et résiste aux assauts devenus insistants d'un vent encore bas. L'image d'un loup qui tambourine sur la porte. Cogne avec son museau en acier. C'est le cahier de la preuve, la grande sourate de ma vie. C'est août, je l'ai oublié, c'est un mois qui aime jouer avec le feu.)* Je ne pourrai jamais peut-être raconter avec précision et talent la curieuse nature de cette époque, le sens de cette attente qui brusquement prit fin avec les nouveaux verbes. L'émergence de douze livres exactement, avec une langue dont personne n'était gardien, a été l'événement essentiel de ma vie. Mille et un jours, chaque fois.

37

Cette langue, celle-ci, à cet instant, fut définitivement marquée par mon corps, mon sexe, la naissance de mon désir. Elle en porte la trace, le poids, les marques d'éveil et d'assoupissement, le pli honteux de l'entrejambe et l'érection de la lettrine inaugurale. Elle serait mon long apprentissage de la lucidité, comme un exercice d'acuité, de tâtonnement aussi. "Équarrissement" est le mot qui sied. À treize ans, je quittai l'univers fermé de l'apprentissage du Livre sacré pour aboutir à une sorte de terrain vague parsemé de nouvelles pierres. Cette phase de disponibilité se conclut par un vice majeur qui fit de moi le chroniqueur des miens. Voilà comment je résume cette époque désordonnée, honteuse et splendide comme l'étreinte nocturne de l'infidélité. Je ne sais comment cela arriva mais je me souviens du fait en lui-même, de l'anecdote.

Par un lundi pluvieux et doux, alors que Hadjer était encore au bain, j'errais dans la maison vide, mû secrètement par le besoin de toucher quelque chose de neuf, une curiosité tactile qui m'obsédait depuis des jours. Ma voix avait mué et aussi mon corps entier. Mon grand-père était là, assis, la tête entre les genoux, comme dans un hiver intime, il ne bougeait pas (jamais un cadavre ne fut laissé aussi longtemps au soleil) et j'étais lassé de lui parler de la pluie et des récoltes, comme le font les vieux. Je lui avais donné son repas à la cuillère, difficilement, le forçant presque à ouvrir les lèvres. Il finissait par avaler, mais toujours les yeux fixés sur un dernier mot qu'il avait peut-être au bout de la langue, un trou blanc, celui de sa mémoire qui lui tournait le dos. C'était ma part de soins à apporter à mon aïeul. L'hygiène de son corps dépendait de Hadjer qui le lavait, lui rasait le crâne avec amour, l'habillait et lui parlait de tout et de rien comme s'il répondait toujours. Quant à moi, je le veillais souvent quand elle n'était pas là, et lui donnais à manger et à boire (presque toujours du couscous au lait car il refusait toute autre nourriture).

Le village était sans bruits de moteur ou de cris car les enfants étaient à l'école. C'était l'heure la plus belle de l'automne, ce plus vieux livre du monde. Je traînais donc seul, ouvrant des portes de placards, tâtant des objets puis, d'un coup, je me souvins du débarras où on entassait les vieilleries, les literies d'hiver, les caisses vides et les provisions dans l'arrière-cour. J'y revins, presque avec la certitude que quelque chose m'y attendait (buisson ardent, pierres blanches, miettes), et je fouillai du regard l'obscurité de la petite pièce. C'est là que j'avais déjà vu un ensemble ficelé de quelques livres jaunis, écornés et ligotés comme des malfrats les mains derrière le dos. J'entrai, curieux, j'ouvris le lot, assis au sol, et me mis à feuilleter l'un des ouvrages, n'attendant pas grand-chose, juste curieux comme face à des visages d'inconnus qui nous auraient rendu visite. Une armée de caractères se déversa alors, fourmilière ordonnée et stricte, pattes maigres en procession, paragraphes en retrait et guillemets agités par des exclamations. Un papillon mort tomba, quand je soulevai un autre livre, ainsi qu'une petite tresse de cheveux que je pris pour une araignée, un instant de frayeur. Je déchiffrai, avec application, à peine quelques mots, dans le souvenir de mon alphabet persistant d'écolier, et m'apprêtais à refermer les pages.

Sauf que, dans la déception légère, les images des couvertures m'accrochèrent comme des fenêtres. Je m'y penchai et sombrai, m'abandonnant à la chaleur provoquée dans mon corps par ce que j'avais vu. Je ressentis soudainement une sorte de lien de cause à effet entre mon frisson inédit et l'image de la femme aux seins pointus, aigus sous un tee-shirt marin, souriant de tout son visage incliné vers le mien, si proche, à portée de l'haleine sèche du papier vieilli, heureuse car elle me fixait mais fixait aussi quelque chose au-delà de moi. Quelqu'un d'autre que je pouvais incarner ? Pour une fois, la prescience du désir avait un corps en face, un premier aboutissement, et l'adolescent que j'étais le saisit vivement, par intuition. Le temps s'arrêta et la femme ne bougeait pas, me permettait de rester auprès d'elle. Elle ne se résorbait pas dans un flux comme les images de la télévision mais persistait, constante, pleine, entière dans son don immobile, en attente d'un corps, d'un attouchement puisqu'offerte. J'en caressais la peau à la fois éternellement jeune et déjà craquelée à cause de l'âge du papier, lèvres en glace rouge mais entrouvertes sur un feu, yeux rieurs mais qui décidaient de la réalité de celui qu'ils provoquaient. Seins aux mamelons durs mais dont je ne savais pas la forme encore, sensible que j'étais à leur douleur acérée en moi, à leur dérobade précise sous le tissu du tee-shirt marin qu'elle portait derrière la vitre en papier. Je compris tout de suite, instantanément, que les milliers de caractères, dès la première page, étaient en quelque sorte le bruit de sa vie à elle, sa chair, l'explication de son sourire et la promesse de son secret, sa révélation, la possibilité affolante de sa nudité. Je fis le lien direct entre l'histoire et le corps offert et caché, jouant avec mon désir et mon ignorance. Le seul moyen d'arracher les vêtements de la femme n'était pas de déchirer les pages mais de les lire. Cela coïncida, honteusement, avec une chaleur dans mon bas-ventre, une accélération du pouls et l'envie de toucher mon sexe non circoncis.

Je sus, secrètement, que je m'approchais d'une frontière bouleversante qui allait établir un nouvel ordre, une hiérarchie dont le bas de l'échelle serait le caillou et le haut les lèvres de cette femme, l'obscurité d'une morsure. Hadjer ne parlait jamais de sexe et tous les films qu'on avait vus ensemble à la télévision s'arrêtaient au seuil de l'étreinte et du baiser. Je me souviens des deux corps des amants qui s'approchaient, se désiraient, s'accrochaient du regard, des lèvres qui se tendaient puis, brusquement, de la séparation désordonnée, d'une sorte de rejet mécanique qui soldait la passion. Le baiser censuré était en creux, supposé, à reconstituer, grossier par son absence. Un hiatus, un blanc qui rendait inexplicable à mon sens la suite de l'histoire, la naissance des enfants et le moteur de tant d'efforts pour les héros et les femmes. Le versant charnel du monde était un silence confus et une gêne entre moi et ma tante. Mais avec ce livre je pouvais rêver de la révélation dernière, touffue, exaltante et réservée à mon seul usage dans l'obscurité du débarras.

Je supposai, je crois, dès le premier coup d'œil, la solitude dans le sexe, mais il me faudrait des années pour le comprendre. Le désir ainsi promis était dès sa naissance clandestin, caché, honteux même, il était condamné à cette contradiction du corps froid objet d'un feu intime qui jamais ne me quitta. Je ne pouvais rencontrer que les yeux fermés, embrasser que par le biais invraisemblable de l'absence. Je déchiffrai alors le titre, laborieusement : *La Chair de l'orchidée*. C'était le prénom de la femme, ou celui d'une partie de son corps, ou une touffeur, une lèvre ou quelque chose de plus ténébreux. Pour toujours. À la fois tige et vulve, épine et tourbe. Évasion et évasement. Ces mots n'avaient pas de sens immédiat dans ma tête ou dans mon univers mais déjà brillaient comme des étoiles sous mon index. De mon apprentissage à l'école, je gardais l'essentiel, l'alphabet, la possibilité d'écrire, mais aussi des phrases, des compositions, des chants, des poèmes de fin de manuel scolaire et des extraits de livres. Mais c'était la première fois que je rencontrais un texte libre, sauvage, qui n'était pas destiné à expliquer une morale ou une leçon, mais était là, en infraction à l'ordre, gratuit et radical. Il y avait donc une voie, une sorte de sentier nouveau que personne n'avait vu chez nous. Mon corps pouvait avoir un versant caché, incarner le lieu d'une doublure qui m'éviterait d'être exposé aux questions ou aux moqueries. Zabor et Ismaël. On pouvait égorger l'un mais ne jamais atteindre l'autre car il était invisible, inconnu. J'avais deux corps, en attendant d'avoir des dizaines et des dizaines de vies. *La Chair de l'orchidée*, vers mes treize ans, était un objet en soi, une épaisseur charnelle à demi éclairée, un secret, l'ombre tatouée sur un corps. Ou l'inverse : un corps qui lentement émergeait à travers l'entrelacs d'un tatouage, comme s'il écartait les branches du premier arbre. Je l'effleurai, touchant le papier glacé, remontant vers la lèvre offerte, j'embrassai son goût de poussière, je tentai de remonter le tee-shirt pour comprendre pourquoi cet angle du mamelon m'affolait et, de l'autre main, je me caressai. Inhabile, violent envers ma chair intime, je regardais avec supplication, froissant cette couverture, le mot du titre qui refusait de me donner sa langue quand je l'embrassais, les yeux qui s'animaient d'une sorte de moquerie, puis il y eut le feu mouillé, une électricité qui me fit gémir, traversé par une délicieuse désarticulation. J'en ressentis de la saleté, de la honte, mais aussi le commencement d'un vice magnifique. Je savais que je pouvais, désormais, aller plus loin si les mots cédaient ou s'éclairaient, pour m'introduire dans le territoire occulte du baiser, cette dérobade constante de la rencontre.

Je contemplai pendant des jours la photo de la femme, soudain rassuré dans la panique du désir par la certitude du déchiffrement, et fabriquant déjà la ruse qui me permettrait de cacher aux miens (Hadj Brahim et ses yeux moqueurs) ce dévergondage annoncé en couvrant l'image de couverture par du papier. Surpris par ma tante, je tiendrais seulement un livre entre les mains, signe d'un don ou d'une vocation ou, au pire, d'un désir de revenir vers l'école que je refusais pourtant avec colère. J'ai pensé et ordonné, dès cet instant, mon infamie et ma liberté. La femme m'obséda. Le vieux livre était une robe, mais vide de contenu tant que je ne savais pas lire.

Que dire ? Je me mis à lire, donc, dès la première semaine. Difficilement, laborieusement, mais mû par le désir honteux et sublime de surprendre la nudité, la peau, le corps que les lettres écrites de gauche à droite, tendues et aimantées par une pente, désignaient unanimement et avec rigueur, dans la précision voilée du signe. Lignes droites de fourmis inclinées vers une source délicieuse, une révélation, un déshabillage. Souvenirs de désordre et d'emportement, car je n'y arrivais pas souvent. Les mots, parfois une moitié, s'illuminaient à l'intérieur de la ligne mais, très vite, retombaient dans la torsion de leur conjugaison que je ne maîtrisais pas. Le temps était un peu mon enfer, à cette époque, j'y glissais sans rampe, sans indication, déchiffreur d'un présent permanent, difforme et impossible car il empêchait le déroulement de l'histoire. Dans le Livre sacré, le temps était une illusion, le dieu parlait au présent même dans le futur du Jugement dernier ou avant la création. Il était prisonnier de son éternité et cela s'entendait à ses versets. Ici, le héros voyageait quand il parlait. Le temps des conjugaisons était ma première difficulté. Faute de grammaire, je tournais en rond, perdu dans un embouteillage, une simultanéité qui n'avait de sens que dans l'ordre du religieux. Le temps n'était pas le même en arabe et en français, il était découpé différemment selon la façon d'appréhender l'avenir et de posséder le présent.

Je décidai alors d'essayer autre chose pour connaître l'histoire de cette femme : je relus un chapitre en sautant les mots que je ne connaissais pas, pour ne lire que ceux que je déchiffrais. Les phases de mon excitation devinrent ma conjugaison. Ce fut un début de miracle et les paragraphes s'éclairaient doucement, habités d'ombres lourdes et de chuchotis, laissant entrevoir une brèche, une possibilité de sens, de seins. Je cherchai alors les phrases commençant par "elle", le prénom d'une femme, parcourant les pages pour la retrouver comme à travers une foule ou dans une gare, courant, m'arrêtant puis reprenant sans cesse quand je la confondais avec d'autres. Je tournais le dos au village et à tous les miens en ces moments. Je n'étais pas Ismaël l'abandonné à la voix de chèvre, frappé par le mal de l'évanouissement à la vue du sang ou quand il tentait de quitter le village, mais un Anglais (qu'était-ce que cette nationalité dont parlaient souvent les mers ?), une main qui touchait des cheveux pour calmer un cœur.

Hadjer, d'abord intriguée, décida qu'il s'agissait d'une manière singulière de compléter mon savoir ou d'occuper mon temps infini à cet âge. Il faut dire que le livre descendait encore du ciel dans notre monde, gardait le prestige d'une voix de Dieu ou d'un commentaire sur ses versets. Le destin était "écrit", l'encre avait pouvoir de guérison et se buvait à jeun (mélangée à de l'huile, du miel et du thym), tourné vers l'est, et l'écriture était encore un ordre souverain, ordonnateur. À me voir lire sans cesse, penché comme au-dessus d'un puits, calmé et sans hurlements, elle décida que c'était mieux comme remède que les films de la télévision, les caresses dans mes cheveux ou ses explications fragiles sur la mort de ma mère et l'abandon de mon père. Je suspendis le temps, mes jeux avec les autres enfants du quartier et mes déambulations oisives dans la maison du bas. Ma tante ne resta cependant pas dupe longtemps car, par une étrange intuition, elle devina qu'il s'agissait pour moi autant d'une fascination pour la langue des anciens colons que de troubles liés à ce corps qu'elle voyait prendre des angles et des os nouveaux, comme elle entendait changer ma voix de chevreau en celle d'un mouton aux yeux baissés. Sa féminité, exacerbée par l'attente, pressentait ma transformation mais décida de ne pas s'en préoccuper.

L'orchidée sauvage me résista longtemps puis, peu à peu, lassée de mes assiduités, elle céda, ouvrit sa bouche, ses lèvres sur sa langue. Je me souviendrai toujours de ce moment de mélodie imprévue quand je finis par constater que je maîtrisais cette langue, elle était devenue musique après avoir été pierre gravée, son dans ma tête, palmiers muets et cocotiers sans goût. Soudain le livre prit voix et me raconta son histoire comme un aveu après le crime. Bien sûr, je ne comprenais pas tous les mots, mais le verbe, qui était chair, devint muscle noueux et prit mouvement avec le temps conjugué. Toute découverte est musique, mélodie, vibration. Même aujourd'hui, quand j'écris pour maintenir le village hors du puits, l'inspiration me vient comme un son d'abeille. Et cette musique m'habita pendant des années, annonce d'érection mais aussi de voyages. Je mangeais peu, alors, lisant partout, relisant (faute d'ouvrages), sous la lumière de la télévision, à l'éclairage de la bougie dans la cour, assis près de mon grand-père encore vivant à cette époque comme un point de suspension. J'avais l'œil brillant de l'obsédé mais aussi les fatigues au dos du voyageur. Fabuleuse initiation – mes crises cessèrent et cette langue m'apparut dans sa splendeur et sa liberté avec mes douze premiers livres. Elle était bien sûr révélation du sexe mais aussi de territoires inexploités qui m'étaient inconnus ou presque : la mer, la vallée, les tropiques, la fièvre mortelle, le sable et le hauban, l'île surtout, se révélèrent à moi de l'intérieur, touchant les sens autres que celui de la vue, dans l'intimité foisonnante qu'éprouve tout lecteur face à un monde. Lire un roman était comme voyager dans un arbre géant, remontant sous son écorce vers ses fruits, à l'intérieur des branches.

L'apprentissage de la lecture introduisit la fabuleuse coïncidence de l'intime avec l'apparence, il donna du son au silence et me permit de mesurer l'exacte étendue du monde au-delà de mes évanouissements. Il commença ce jour-là, début octobre, et aboutit à mes étranges stigmates d'homme penché sur des cahiers pour maintenir le village sain et sauf face aux épidémies, aux maux et aux tristesses des deuils. Les livres, sans illustrations et sans images, étaient à mes yeux denses comme des tropiques, et je passais d'abord des heures à en regarder la couverture, rêvassant sur le sens du titre, son ombre, son contraste avec mes mains de chair, ses encres que je réchauffais. Le titre était un univers en soi, un monde. Même adulte, il ne se passe pas un jour de lecture sans que je ne m'enfonce avec délices dans l'univers du titre. Faute de livres, j'en fis ma bibliothèque infinie en quelque sorte. La fin d'un roman (combien redoutée à Aboukir où l'Ailleurs était un bus qui passait deux fois par la grand-route) était désamorcée par une liste de livres "à paraître", avec des titres offerts à ma rêverie. J'en imaginais le contenu, le peuplais de personnages, d'intrigues et de routes, et je pouvais ainsi passer des heures à lire, mais dans ma tête, gambadant dans les tracés des commencements. Peut-être mon grand-père en faisait-il autant dans son mutisme ? C'est ainsi que j'écrivis *Le Seigneur des anneaux*, *Le Marin rejeté par la mer*, *Confession d'un masque*, *2010 : Odyssée deux*, *La Peste*, *Au dieu inconnu*, *Le Livre de sable*, *Cristal qui songe* (ô beauté) et des dizaines d'autres.

Avant même de maîtriser totalement cette langue, j'avais écrit, dans ma tête, une dizaine de romans alors que je n'avais pas encore quatorze ans. Prémices de mon don, annonce de ma responsabilité et de ma mission.

38

(Ma tante n'est toujours pas revenue. Je suis seul avec cette langue, et mon père est peut-être déjà mort si je n'écris pas encore plus vite. Un hibou hulule, caricature du deuil annoncé. Le vent a ses propres animaux favoris : le hibou, le loup, qui est son essence, les criquets, dit-on, les insectes sans sang, les araignées sèches… Des grattements aux vitres des fenêtres, dans ma chambre, et toujours les grincements de toutes les portes du village que le vent fouille maison par maison. À ma recherche, sûrement. Djemila a les apparences d'une page volante qui cherche un livre pour s'y incruster, pour avoir une histoire et y participer.) Ma méthode était simple et ingénieuse comme la séduction : le recoupement. Je me rappelais l'alphabet et quelques mots, de cette période de scolarité déjà ancienne, et disposais de morceaux de textes déjà connus, évocateurs et en attente dans ma tête. C'est à partir de ce capital que je construisis cette langue, entièrement, seul avec mon propre dictionnaire sauvage. Glossaire fabriqué avec des restes de langue naufragée, des trouvailles dans l'île, des écorces de mots, des pièces de tissu rafistolées et des textes rongés par le sel et l'oubli, outillage du rescapé qui tente de reconstruire une civilisation avec quelques rabots et une

bible. Ou œuvre titanesque de son perroquet, Poll, se proposant de repeupler l'île avec les variations de son unique phrase apprise : “Pauvre Robinson, où es-tu ?” Les mots connus permettaient de deviner les mots inconnus, par recoupement, éclairages voisins, contamination de sens. Peu à peu *La Chair de l'orchidée* devint une histoire et je saisis maladroitement la logique du rythme, le sens pulmonaire des paragraphes.

Les mots ainsi solidaires me racontaient une histoire et la première phrase, pour moi épique, révélation du lien entre les sens et le sens, se multiplia à l'infini et me mena à l'orgasme universel des années plus tard. La femme s'avança vers moi, dans une nudité floue qui peu à peu se précisa, devint ébats, ruissellement, le corps prit chair et me laissa fébrile. Je lisais, comme effréné, les passages érotiques, les comptes rendus de baisers, d'étreintes, les approches des sexes et leurs humidités, le torride me galvanisa et mobilisa tous les efforts d'initiation. Je me masturbe encore aujourd'hui en lisant certains livres parce que l'intimité avec les corps y est grande, mais j'éprouve un vide que ne peut combler que la présence solidaire d'un autre corps d'après la chute. Adam n'est pas tombé seul avec un fruit à la main. L'écriture a toujours le grain d'une peau et le sombre mot est une toison, comme en ces années. Je le jure. Cette première phrase, déchiffrée laborieusement dans le premier roman policer que je lus, fut la révélation de cette époque, une robe déchirée.

Le sexe était un demi-mystère en ce temps d'adolescence car les enfants, entre eux, étaient violents et rusés : l'insulte, l'agression, la hiérarchie comme le mystère étaient toujours sexuels. L'oisiveté amenait très tôt les enfants à montrer leurs verges, à mesurer leur virilité à la longueur du jet d'urine dans le sable et à parler de sodomie ou à agresser les plus faibles en la mimant. Il n'y avait pas de filles à dénuder, ni de corps à entrevoir à la télévision ou dans les revues. D'un coup, parce que j'avais osé m'engager dans un chemin nouveau, je venais de découvrir que les livres pouvaient soulever le voile et me montrer le nu sans que personne ne le soupçonne. Cela me tétanisa. Cette phrase, unique et bouleversante, décida de la suite de mes lectures et me hanta par sa précision : je ne sais toujours pas comment est le sexe de la femme, mais la nudité était possible, palpable et évidente. Il suffisait de lire encore, d'aller plus loin dans la compréhension des mots pour toucher plus intimement le corps et en ressentir non seulement le dessin, mais aussi l'émotion !

Ce nouveau monde était dangereux de splendeur car il se déclinait comme un univers aux possibilités géographiques inédites. Je découvris ainsi d'autres ressorts d'intrigues, des climats et des habits, des noms et des histoires d'autres pays. Mais dans un désordre qui donna à ma langue, nouvellement apprise, des difformités. Comment raconter aujourd'hui cela ? Les romans marins étaient les plus difficiles, avec leurs descriptions de navires, de cordages et de nœuds, leurs mots pour les tempêtes. Qu'en faire et comment les traduire chez nous, en terre petite et ferme dans le village d'Aboukir ? "Tribord" résista longtemps. D'autres mystères furent contournés par des compromis d'images. Je donne l'exemple de ce "feu André" parlant d'un homme mort. À l'époque, je ne savais rien de la persistance de l'ancien rite de la chapelle ardente. Je décidai alors d'attribuer à l'expression la métaphore de la couronne bleue du feu de notre cuisine, entourant le prénom comme une bague, promenant une auréole en quelque sorte. Le *Zabor* comme glossaire devint un jeu de terres sauvages et de terres domestiquées, cueillettes et récoltes, définitions absurdes ou précises.

Cette langue eut trois effets sur ma vie : elle guérit mes crises, m'initia au sexe et au dévoilement du féminin, et m'offrit le moyen de contourner le village et son étroitesse. C'étaient là les prémices de mon don, qui en fut la conséquence. Cette langue étant née d'un déchiffrement personnel, elle acquit la force d'une souveraineté car elle était royale et avait besoin d'un roi. Elle était précise, avec des mots que je découvrais sans cesse, qui finirent par déborder mon univers et qui promettaient des milliers de livres pour consolider son ordre. Dernière vertu, elle était mienne dans le secret, intime, dérobée à la loi de mon père, à celle de l'école, au droit de regard de ma tante et à l'univers imbécile et redondant des adolescents de mon âge. C'est de là que date ma digression, ce honteux assouvissement des sens et de l'envie de fuir. Il y a, dans le mot “évasion”, le mot “vase” élargi à l'infini. Je ne percevais pas l'imaginé comme inexistant, contrairement aux miens puisque, dans notre langue, le mot “imaginaire” est le même qu'“ombre” – lointain héritage des caravanes et des déserts, peut-être, là où l'ombre n'est que le contraire vaniteux du soleil bien réel. Mes crises ne furent alors plus que souvenirs. Il m'arrivait de passer des heures, l'index levé, à désigner des objets, des nuances, des couleurs et à leur trouver des mots appropriés, des synonymes aussi. J'eus vite fait de consommer la douzaine de romans, parfois à moitié déchirés *(ô le souvenir d'*En un combat douteux*, sans commencement ni nom d'auteur, et celui de* Vol de nuit*, que j'ai d'abord imaginé comme le monologue d'un voyageur s'adressant à une étoile qui lui tournait le dos pour s'éloigner en nageant)*, avant de les relire dans tous les sens, les essorant jusqu'à l'impossible. Chaque phrase était un monde, un déchiffrement mais aussi une appropriation. *Vingt mille lieues sous les mers* était le plus fabuleux, avec des gravures, immobilisant des baleines sombres et des scaphandres dans l'encre, telle une métaphore du lecteur ou du prophète.

Je cherchai alors d'autres romans, n'importe lesquels pour étancher ma soif. Ce fut là une autre aventure et une autre frustration. Qui m'amenèrent à découvrir des mécanismes clandestins, vitaux pour ma vocation et pour la survie du village lui-même. Poll volait. Et ma voix de chèvre, quand j'étais muet, devenait un grand chant de vie. Oui. Je lisais d'un coup tout ce que je pouvais trouver sur les dieux, les notices de machines, les prescriptions de médicaments pour l'oreille attentive de ma famille illettrée, mes tantes et autres cousins, je lisais les journaux rares et décryptais les vieilles plaques en français datant de la période coloniale. Je le raconte aujourd'hui car cela est essentiel : mon apprentissage de la langue fut une bataille gagnée contre la pauvreté du monde.

Je m'étais installé dans une marge à la fois honteuse et fantastique car je commençais à voyager un peu partout hors du village, à le voir comme un oiseau le voit du ciel, à peine distingué par la pâle verdure de ses petites forêts d'eucalyptus et de ses champs de vignes. Ce fut une période de tourbillons, je lisais en découvrant les mots ou en comblant les vides par ma propre imagination. Des mots qui avaient peu de sens, en obtenaient par ma grâce et, plus tard, lorsque le dictionnaire vint en corriger la signification, mon bréviaire à moi résista comme une vieille tribu face à l'arrivée des colons, des murs et des horloges. Je butais sur de terribles difficultés que je résolvais par l'arbitraire : par exemple je ne comprenais pas pourquoi "parfum" était au masculin, quand la majuscule était obligatoire, comme s'il fallait se lever pour prendre la parole, à quoi rimait la cédille, etc. Une langue folle, riche, heureuse, amalgamée avec des racines sauvages, hybride comme un bestiaire de mythologie. J'eus le don de ramollir le fer d'une nouvelle langue barbare, orale et pourtant étroitement liée à l'écrit, feutrée comme morte. Tout baiser se fait dans le silence de la langue.

Je perdis alors du poids, mangeai de moins en moins et tombai, au final, encore plus malade, avec une sorte de transparence qui atteignit ma peau et me détacha du sol. Les choses qui autrefois représentaient une menace à cause du déficit de ma langue maternelle devinrent troubles, frappées par une duplicité alchimique, creusées par la polysémie sans fin. Je me sentais glisser infiniment, comme happé, dès que j'ouvrais un livre pour reprendre une autre histoire. Les mots s'éclairaient les uns les autres, mais aussi les phrases, les titres, et je tombai d'un coup dans le vaste champ des conversations entre livres qui discutaient dans le faux cimetière de leurs reliures, je m'y perdais, comme halluciné. Mais je crois que ce qui précipita cette folie, ce fut le sexe, et ensuite sa jonction avec les mots.

39

(Quatre heures du matin ? Ça me revient avec ce goût de poussière dans la bouche qu'impose la rafale, car le vent est devenu féroce en cette nuit de fin d'été. Je me penche encore plus. Pour me faire plus petit. N'être qu'un mot qui tombe vers la page blanche de mon cahier. Je me recroqueville jusqu'à l'infinitésimal pour donner moins de prise à la tempête qui gronde dehors, ricanant sur ses dents mauvaises.)

Mon grand-père mourut sans dire un mot de plus durant ses dix dernières années de vie ou même davantage, je ne m'en souviens pas. Le vendredi 8 août 1984, il toussa toute la matinée, cracha du sang. Je le tenais dans mes bras, j'étais seul, car ma tante était partie chercher mon père et mes oncles, quand il commença à geindre comme un enfant. Ce fut un moment étrange : je tenais un corps, sa tête sur mes genoux, mais je ne savais que faire de lui ni comment le retenir. J'étais captivé, incapable de sentiments. Je lui dis des mots, mais je savais que j'étais ridicule. Lui réciter l'une des sourates les plus puissantes du Livre sacré ? Je tentai, mais je m'épuisai, car je trouvai risible, là aussi, ma voix nasillarde et ce prélude d'enterrement. Alors j'attendis qu'on vienne m'aider.

Hadj Hbib n'était pas muet depuis sa naissance. Au contraire, je savais par Hadjer qu'il avait été un homme vif, digne et soucieux de sa liberté au point qu'il n'avait jamais gardé aucun travail plus d'une semaine chez les colons. Mon souvenir est vague, mais je me rappelle moi aussi qu'il parlait beaucoup, à une certaine époque. Hadjer m'avait expliqué, peu à peu, au fil d'un récit en mille et un morceaux, que son état s'était dégradé du jour où il avait commencé à interroger ses fils, sa femme et ses proches sur leurs prénoms. Son esprit s'était encore plus abîmé quand, quelques années après, il avait perdu toute mémoire de notre univers de la colline, était devenu étranger, visiteur inconnu puis passant qui parfois interrompait un silence de plusieurs jours pour nous raconter qu'il venait d'arriver de France et qu'il était déçu de n'avoir vu personne d'entre nous au port de la grande ville pour l'attendre et l'aider à porter les bagages des mille cadeaux. Sa façon d'inventer le récit infini de son retour de voyage était un beau moment pour les enfants qui en profitaient pour se moquer en lui demandant ce qu'il avait rapporté dans ses valises, où était sa voiture et comment s'appelaient sa femme française ou la monnaie de là-bas. Il écoutait avec patience son auditoire, prenait alors des airs rusés et décrivait la France comme on décrit un nuage, un animal véloce et brillant, un grand jardin où l'on ne pouvait marcher ou un arbre que défendaient des gardes champêtres intraitables. Il avait aussi pour habitude de désigner, quand on le promenait dans les parages d'Aboukir, des terrains vagues et nus en rappelant des amandiers, des châtaigniers qui se tortillaient dans leurs univers très lents, des vignobles qui avaient été arrachés. Il connaissait les noms des grappes, des cépages et des maladies. Sa conversation était unique en son genre car elle était cohérente, simple, ordonnée sur des émotions sincères. J'aimais, enfant, le regarder mener son monde et meubler celui-ci malgré le trou noir de sa mémoire. Ses yeux étaient verts, contrairement aux miens, avec un visage volontaire, au menton dur, comme s'il faisait face au buste invisible d'un vis-à-vis menaçant et terrible qu'il affrontait avec courage depuis sa jeunesse. Comme Hadj Brahim, Hadj Hbib aimait les couteaux, mais pour les accrocher à sa ceinture. Il possédait un vieux crayon dans son portefeuille, mais pas de carnet, et il préférait coudre lui-même ses effets depuis la mort de ma grand-mère, emportée par le typhus. Il aimait dormir dans la cuisine, boire du lait de chèvre et ne manger que le pain fait chez nous, pas celui que proposait la boulangerie. Je me souviens qu'il fut dédaigneux jusqu'à atteindre la distinction dans la nudité et que son verbe fut longtemps haut, fort comme un fleuve fascinant avec des remous et des houles muettes quand il ne trouvait pas les mots. Dans son trouble ultime, les derniers mois qu'il passa en haut de la colline, avant d'être proscrit par ma belle-mère, le père de mon père se mit à confondre les prénoms, il décrivait des défunts en regardant des nouveau-nés et s'emportait contre sa femme qui ne répondait pas à ses cris et qu'il insultait vertement alors qu'elle était morte bien longtemps auparavant.

Son flot de paroles et sa conversation formèrent le bruit de fond de ma première enfance, le fleuve qui traversa notre maison du haut, puis celle du bas jusqu'à son tarissement définitif. Les dernières années, il perdit la parole par pans entiers, le silence l'habitait alors comme des avalanches de neige sourde, gigantesques, du haut d'une grande montagne. Mon grand-père pouvait parfois reprendre une conversation avec la même verve, comme un roman qu'il feuilletait follement, et puis se taire, tari, sec, fixant de ses beaux yeux un endroit où les mots s'arrêtaient et se déchaussaient. Ce fut une belle enquête que je menai, un moment, pour saisir le fil du sens dans ce qu'il rapportait du fond de sa folie. J'eus ainsi l'occasion de retrouver des noms anciens, des indications de routes à l'époque coloniale, parfois des traces de lucidité qui correspondaient à des événements récents dont il était le témoin oublié, des bouts de dialogues entre Hadjer et moi et des souvenirs de sa propre enfance. Une sorte de flot, de lame où je pouvais distinguer des traces du village antique, de l'une de ses anciennes vies ou d'événements spectaculaires comme cette inondation qu'il évoqua durant des mois et qui avait presque tout emporté sur son passage, une chute de neige au début du siècle ou le vol de ses chaussures par des nomades une saison de fauchaison. Il appelait parfois Brahim, parfois ses fils décédés, donnait des coups imaginaires à mon oncle habitant en France, et c'était souvent fabuleux comme un roman, un flux de mots et de calendriers qu'aujourd'hui je peux comparer à la folie d'un dictionnaire luttant contre l'effacement.

Mon grand-père parla donc pendant dix ans, presque sans s'interrompre, épuisa tous ses proches, veilla les nuits, provoqua des insomnies et mena à la fatigue ses filles qui se relayaient en haut de la colline. C'est du moins la version de Hadjer. À la fin, on le transporta chez nous, dans la maison du bas, pour que ma tante s'en occupe. Là aussi, son flot restait fougueux par moments, mais était déjà perforé par des hébétudes. Il racontait toujours son retour de France, lui qui n'avait jamais quitté le périmètre des vignes de notre région, ou détaillait ses rencontres avec des esprits nocturnes retenus par des chagrins ou des colères. Il désigna dans un ultime effort chaque objet, décrivit des détails jusqu'au vertige, réussit ce prodige de nouer des fils et des liens entre les évènements et les objets en luttant contre l'oubli, et cette lutte me resta en mémoire comme un héroïsme jamais égalé par les miens. C'était prodigieux à écouter et voir, mais son fleuve coulait dans un seul sens, celui de l'épuisement définitif, tous le savaient.

Hbib perdit les mots un à un, les tordit, les pressa, les détourna pour les utiliser dans tous les sens possibles, puis commença à bégayer, à saliver abondamment. Je le voyais, alors que j'étais encore un enfant, suffoquer comme un noyé, s'agiter en colère contre la nouvelle impossibilité, assis dans la cour de notre maison. Et cela dura encore longtemps, donna des cheveux blancs à ma tante qui veillait sur sa jeunesse comme sur un feu menacé, puis s'abandonna. À un moment, sa défaite se révéla évidente : il était devenu lent, immobile, puis se mit à fixer un point dans son univers et ne bougea plus pour le restant de ses jours, la tête entre les genoux, les mains sur la nuque. Ce fut là sa dernière vie, difficile pour nous tous. Hadj Brahim refusa ce sort, il hésita sur l'attitude à prendre puis opta pour des visites courtoises. Hadjer vit dans l'épreuve une sorte de pendant à la prière qu'elle ne pratiquait pas, un moyen de se réconcilier avec son dieu ou de payer un bonheur à venir. Pour moi, ce fut l'apprentissage de la réflexion et du silence. Mon grand-père avait un bout de crayon dans son portefeuille et j'imaginais ainsi le destin : un crayon levé sur le livre du fou, comme disait le Prophète. "Levé" voulait dire "suspendu dans les airs" ? Hésitant sur la nouvelle langue à trouver pour désigner la perte d'esprit ? Sans mots pour désigner cet état ? Combien de stylets étaient ainsi suspendus dans les airs, armée figée de l'écrivant qui restait au-dessus de la tête des fous du monde, des dormeurs et des adolescents avant la première éjaculation ? J'imaginais cette forêt de stylos dans le ciel, inutiles car n'écrivant rien. Et j'imaginais surtout ces pages de vies blanches, celles des dormants, des adolescents et des fous, tournant dans le vent, immaculées, cahiers égarés ou négligés, essaims de cigognes tachées au bout des ailes par l'encre. Un monde nu, sans mot, premier et dernier à la fois, uni.

Et moi j'avais un crayon au-dessus de la tête, me disais-je, inquiet. Qui écrivait sur mon crâne pendant que je dormais. Ma vocation était peut-être de voler ces cahiers blancs pour les remplir. Ou de voler le crayon de mon propre destin pour écrire ce que je voulais moi-même. Ou de prendre, en justicier soucieux des équilibres, les cahiers immaculés aux uns pour les ajouter aux livres épuisés des autres, vieillards ou agonisants menacés par la mort. Sauf qu'à cette époque, la perte d'esprit de mon grand-père m'inquiétait vivement, comme une angoisse en sourdine. J'avais sous les yeux la preuve que la dislocation était possible, malgré la puissance d'une langue ou la richesse d'une vie, et le centre devenait abîme, prouvant que rien n'était inébranlable, encore moins les mots et leur écriture. Cela préfigurait-il la menace de la nudité qui me terrasserait quelques mois plus tard ? Peut-être. La forme que prit l'agonie de mon grand-père était la plus sournoise : elle prouvait que la vie tient au récit que l'on entretient en soi autant qu'à la possibilité de le dire ou de l'écrire, ce qui est encore mieux. Mais le lien était à la fois absolu et fragile, dicté par une nécessité de correspondances mais arbitraire jusqu'à faire perdre espoir. Le livre pouvait être sacré, mais sa reliure était un artifice. Hadj Hbib, mon grand-père, me révéla la possibilité de la folie et l'urgence d'élever en soi une cohérence, une puissance de récit et une discipline qui ne permettraient à aucun blanc de s'y installer ni de s'y étendre. C'était une question de vie et de mort sous les apparences d'une question de mots et de silences. Ma conclusion, même à cet âge, était qu'on pouvait perdre la vie si on s'arrêtait d'entretenir une langue en soi, perdre la raison. Mon grand-père ne revint à nous qu'au dernier moment et je fus le seul à le constater, comme un nageur revenant de sous les eaux pour qui toute chose, autour, serait une terre possible, la ligne du salut se balançant sous la houle, la plage insaisissable, dorée et vierge de toute trace de pas.

Je l'aimais, oui, mais je m'étais habitué à sa mort depuis longtemps. Sauf que ce vendredi 8 août 1984, il me regardait de ses yeux devenus gris-bleu et attendait quelque chose, avec une sollicitude qui me mettait presque en colère car je ne la comprenais pas. Comme s'il tournait la tête vers moi, de derrière la vitre d'un bus, ou voulait me dire quelque chose. Les langues ont ceci d'affreux qu'elles se dérobent aux moments essentiels : face au feu, à l'extase, à la mort ou à la défaite. Je fus pris de panique, convaincu que j'étais en train de négliger un rite précis. Je reposai alors sa tête sur l'oreiller et fis quelque chose d'inattendu, de surprenant même, de futile mais de décisif dans l'ordre du monde : je pris un roman qui était à portée de ma main, je revins vers lui et j'entrepris de lire à voix haute (voix de chevreau face au couteau) un chapitre pour masquer ses râles. Je voulais couvrir de ma voix ses étouffements, les confondre, les effacer ou les ordonner. Il y avait dans mon geste (irrespectueux, mais je m'en explique) la volonté de rendre plus supportable son agonie mais aussi une idée stupide : la rendre acceptable par un dérivatif, garder vive sa si brève attention au monde (à ma personne). Dans les films, au seuil de la mort, on dit des choses importantes et définitives, on demande pardon où on exprime du regret. Là, ce vendredi, seul face à la mort dans la maison du bas, alors que l'imam hurlait son prêche par les haut-parleurs, à l'heure de la prière, j'avais préféré l'usage d'une langue secrète et somptueuse pour exorciser la mort, m'accrocher à la vie, détourner l'attention de mon grand-père ou interpréter son sort. Qu'est-ce qui m'avait pris ? De la prétention, de la vanité, un caprice d'adolescent paniqué ? Ou est-ce la main de l'ange qui me guida ? Mon grand-père, écrasé par une montagne sur sa poitrine, râlant comme un mouton sacrifié, les yeux larmoyants, des caillots de sang dans la bouche, me fixait pendant que je lisais, soudain vivant, étonné et presque éperdu. Je lus donc longtemps, et il revint à la vie un moment *(je le jure, Abdel!)*, scruta chaque objet dans la chambre où il était allongé au sol, avec un bol pour ses crachats, de l'eau et une odeur de pourrissement et d'urine, il tourna la tête vers moi et tenta le sourire, la grimace avec la moitié supérieure de son dentier, puis revint sur les objets, en fit l'inventaire, un par un comme un comptable ou un enfant dans une maison nouvelle. Dehors, la voix de l'imam tentait de concurrencer la mienne, s'essouffla sous l'ovation des prieurs, puis se résorba dans un "amen" unanime. La mienne voix était puissante et calme comme la mer telle que je l'imaginais *(la mer, jamais vue de près, pendule ou horloge horizontale, avec les navires comme chiffres des heures, le soleil qui tente d'y imposer l'aiguille des vents, cadran aux tropiques, et les îles qui sont, dans mon rêve de lecteur, les synonymes du mot "moment")*. Je pressentis alors que cela pouvait l'aider. Un lien entre le livre et sa vie? Une façon de repousser la décapitation. Je l'avais deviné dès les premières pages, quand j'avais lu l'histoire incomplète, trouvée en français, de cette femme qui parlait toutes les nuits. Je lus donc et il me suivait des yeux, comme un homme que l'on sauve des eaux, me demandant une suite à jamais en sursis, avec appréhension (mais aussi surprise, car il ne me reconnaissait pas).

Il est mort dix minutes avant qu'on frappe à la porte, la tête sur mes genoux, écoutant une langue inconnue. Je ne pleurai pas car je n'aime pas la pitié, ni la montrer à la mort. Elle était là (l'animal vous fixe, hargneux, pendant qu'il déchiquette sa proie) et je regardais ailleurs, plein d'un autre ciel au-delà de la grande fenêtre de la pièce. Mes oncles entrèrent, Hadjer poussa un grand cri et perdit son corps qui s'affaissa dans le couloir. Tout s'accéléra et on me refoula pour s'occuper du corps de l'aïeul. Quant à moi, reclus, repoussé du coude par la tribu, je savais que j'avais trébuché sur un lourd secret, et qu'une loi s'était révélée. Le premier article de la loi de la Nécessité. Il y avait un lien. Soit entre ma façon de lire et la mort, soit entre l'écriture et la mort, soit entre le livre et la mort. Les prunelles de mon grand-père étaient devenues immobiles et avaient perdu leur éclat à l'instant où j'avais perdu le souffle au bout d'un long paragraphe décrivant la chute des naufragés, en ballon, au début de *L'Île mystérieuse*.

"Nous tombons ?"

C'est vous dire si le texte n'est qu'un prétexte. Un accident. C'est la possibilité du livre qui est le miracle. La puissance est dans sa cohérence qui tient tête. Son unité qui prévaut sur la mort. Pourquoi ? Parce qu'il propose une fin alternative, décidée. C'est une pierre tombale que l'on peut faire avancer ou reculer sur son chemin de lecteur et d'écrivain.

40

(L'été est beau, en général. Mais, parfois, vers août, saison des galets brûlants et des décès des plus vieux – les Smaïmes, dit-on chez nous –, il y a une guerre au ciel. Une sorte de grand spectacle entre le feu et le vent. Du sud, du Sahara, remonte le sable rouge dans le ciel, il fait briller les nuages d'un roux malsain, un vent s'élève doucement comme une traîtrise puis prend de l'ascendance, devient puissant et salit la terre d'Aboukir. Les murs n'y peuvent rien et, d'un coup, tous – ceux qui savent le dire et ceux qui ne peuvent que le ressentir dans l'obscurité d'une langue faible – se terrent, devinent que l'écart entre leur confort et le désert est très réduit, à un jet d'arc. La saison des Smaïmes dure une dizaine de jours vers la fin du mois. Elle emporte beaucoup de malades, de centenaires, de vieilles femmes, assèche les fruits de saison, surtout les grappes de raisin, réduit l'eau à un murmure et empoussière les ustensiles, les cours des maisons, les feuillages. Le vent de sable brûle tout le ciel pendant des jours puis s'attaque à la terre, parcourt les rues, éteint les lampadaires qui deviennent des braises et maltraite les portes, les fenêtres et les gonds comme s'ils étaient des ossements âgés. Même la nuit y perd : elle devient un long crépuscule.

C'est le cas cette nuit. La maison bouge comme une chaloupe, le monde est sa baleine et je suis le prophète. J'écris vite. Tout tient à moi. Concurrence entre la vitesse de mon écriture et celle du vent. S'il va plus vite, il risque d'emporter tous les murs, d'éparpiller tous mes cahiers, de me pousser à chercher Hadjer ou ma mère sous mes paupières. À geindre. Si je le bats au jeu de la vitesse, il peut reculer comme un loup, gémir à son tour dans les rues désœuvrées, manger les emballages vides, les saletés du village, et s'arracher les cheveux en arrachant des branches d'arbres. Toujours épique, cette bataille cette fois le sera encore plus. La nuit n'est pas une encre mais une sorte de braise dans le ciel, derrière un voile de cendres.

Il est presque cinq heures du matin et l'aube ne va pas venir. Le vent se fait animal, loup. "Ils dirent à leur père : Nous avons fait une compétition de course après avoir laissé Youssef à côté de nos affaires. C'est alors que le loup l'a dévoré", dit, à propos de ce Joseph au destin exceptionnel, le Livre sacré descendu à moitié du ciel, car il faut retrouver l'autre moitié par la méditation. Cela me revient. "Tout est dans le Livre sacré", aime crier Hamza le diable. Le loup marche dans le village, des poteaux se penchent, des toits peuvent être emportés ce soir, des incendies se préparent, j'en suis sûr, dans les champs. Étranges, les Smaïmes de cette année : le vent ne cherche plus son duel habituel qui donne au nuage des formes de brûlure pendant des jours, dénude les os et leur rappelle l'ordre des grandeurs. Non. Il cherche vraiment quelqu'un, au porte-à-porte. Il va retourner les maisons une à une, comme des coquilles ou des boîtes de conserve, pour le trouver. Il veut dévorer. Je m'interroge sur mon père et son agonie, j'écris pour tenir à la fois la mort et le vent à distance, je sonde mes volontés et je tente l'inédit en écrivant à distance de l'agonisant. Et pourtant j'exulte. Dans ma version, le loup est le vent, je sauve le patriarche, je confonds les frères et j'épouse Djemila.

On cogne alors à la porte soudainement et on m'arrache à ma vision. J'hésite, puis je décide que personne ne me fera lever les yeux de mon cahier. Je veux que mon père meure, ainsi je pourrai quitter ce village, ou sauver une femme et l'épouser en lui rendant son corps, mais je veux qu'il s'en sorte pour témoigner de ma force et de mon don et qu'il me reconnaisse. Une vitre a éclaté, j'entends un hurlement et des bruits de freins de voiture. Même les chiens habituels, rois du maraudage, premiers animaux à marcher sur la lune, ne sont plus que gémissements. "N'insultez pas le vent car il vient de Dieu", conseille le Prophète. Le loup me cherche et je me fais tout petit. Jamais les Smaïmes n'ont été aussi virulentes. Beaucoup de vieux vont mourir dans la semaine. Je dois écrire, c'est, chaque fois, la grande bataille de l'année pour mon don, mais là c'est inédit. La porte d'entrée est secouée par d'autres mains. Quelqu'un crie mon nom mais je sais que c'est une ruse. Le vent a mille langues dans sa bouche. Il peut vous parler hindou si vous le décidez. Il a les clefs de presque tous les endroits de la terre et prend des visages dans le ciel quand il se glisse dans le corps des nuages. J'entends crier "Smaïl! Smaïl!" Je ne réponds pas. "La guerre est une ruse", dit le Prophète. Ce prénom devient un bruit de tôles emportées. Le loup enrage, cherche comment entrer et se fait cajoleur.)

L'enterrement de mon grand-père, El Hadj El Hbib, désordonna Aboukir. Je n'en vis rien ou presque, reclus dans la marge, silencieux, ignoré par mes demi-frères. Le Livre sacré fut partout, comme une voix off. Je restai désœuvré tout du long, fasciné par un seul détail : on couvrit d'un drap le miroir de notre chambre. Mon père égorgea des dizaines de moutons qui devaient accompagner le mort dans les plaines de sa tombe. Je l'avais croisé, je m'en souviens : Hadj Brahim avait l'air affligé, mais avec un souci du faste pour accomplir le rite qui faussait son chagrin. Il tenta de me parler un moment, comme si la mort devait nous réconcilier, mais j'évitai son regard. Je mangeai du couscous jusqu'à presque en vomir. Sans viande.

41

(Le sable essaie d'entrer de partout. Je vérifie à nouveau les fenêtres, les portes, les serrures, puis je calfeutre le bas de la porte de ma chambre avec un drap enroulé. Les grains sont pourtant déjà là : sous mes dents et sur les cahiers. Le loup crisse en mille cristaux minuscules. Il m'impose sa grimace quand je referme les dents ou avale une gorgée de café. Le sable incarne la grande lutte entre le désert et le Livre sacré. Le désert essaie de recouvrir le livre et le Livre sacré essaie de repousser le désert vers les constellations et les étoiles. Le même couple, si on regarde de près : le loup et moi, le sable et le livre, le dieu et le buisson, le vide et la prière, le temple et la route, la ville et l'assaut. J'écris aussi cette idée qui ressemble à une allumette dans la nuit. Je me lève juste un moment, rapide et précis dans mes gestes, je balaie un peu, refais mon lit, change mes draps, repasse au chiffon les surfaces. Le sable est devenu un petit tas repoussé dans un coin mais je sais qu'il va revenir. Puis je reprends l'écriture aussi vite. Le temps d'une apnée pour me sentir mieux. Je me souviens, d'un coup, que jamais Hadjer n'est restée aussi longtemps loin de moi. J'écoute un peu le vacarme rageur de la fin du monde dehors. Par la fenêtre, il me semble que le ciel est encore plus rougeâtre et gris, tordu en dunes aériennes. Le

vent surtout, encore. Il ne gémit pas en continu mais imite des susurrations. Parfois cela monte comme une colère, tombe presque puis racle le sol. C'est une bête et elle cherche, narines au sol, griffes au-devant. Des arbres se déforment et j'imagine toute la terre de notre village qui chavire, tangue. Je me sens pourtant en sécurité, mes cahiers sont là ou enterrés au loin, inaccessibles parmi les racines. C'est juste une question de vitesse d'écriture, ou d'effacement, entre moi et le loup. "Le loup l'a mangé", ont dit les frères au patriarche aveugle et éploré. Mon père est mourant et cette fin du monde m'exalte, comme si la mort d'un être pouvait signifier la liberté d'un autre. Et si j'étais en train d'écrire pour le tuer, et pas pour le sauver ? Je m'interromps, inquiet. Le vent revient avec une sauvagerie inattendue, toute la maison semble prête à céder et à me livrer. Des bruits, toujours, de gens rassemblés dehors, mais je sais que ce n'est que le sable, les sons s'abîment dans des sifflements et des stridences, les coups sourds de poids qui tombent ou dégringolent dans l'obscurité. L'électricité est intermittente, s'épuise puis revient. Et j'écris avec une vigueur incroyable des signes, des symboles, des alphabets mêlés, des dessins miniatures, des tatouages. Je sais que c'est toi, le vent, le dieu qui n'a pas où aller et qui n'a jamais su écrire son Livre sacré. J'entends d'un coup des voix et j'ai presque distingué mon prénom puis celui de mon demi-frère – "Je suis Abdel, ouvre !" Mais ce n'étaient pas des mots. Juste une ruse. Je ne vais pas ouvrir. Il faut écrire plus vite car l'un de nous cédera, et tout le village n'a plus que moi comme amarre. Depuis que j'ai appris à écrire, seul, dans ma tête, je suis son centre. Une vaste toile que j'ai tissée qui rattache à moi la description entière – minutieuse comme un inventaire d'avare – de ce village [quatre cahiers intitulés Le Boxeur manchot, *augmentés par mes promenades et les noms nouveaux des arbres anonymes], les vies sauvées, les lenteurs des centenaires devenus roués, les prénoms des enfants, des nuances sur les sueurs des malades et le décompte précis de tous les gens que j'ai rencontrés par accident et qui dépendent de moi. Et les cahiers inachevés où j'ai tenté de décrire les nouveau-nés, mais n'ai jamais réussi avec talent. Je suis un peu le veilleur, le gardien de phare dans la "mer des obscurités" des géographes arabes pour qui la Terre n'était pas ronde mais avait la forme d'une selle de cheval. Je suis responsable d'un ordre mais aussi d'un équilibre, un gérant de la gravité par l'usage de la langue. "Ouvre ! ouvre !", crie le vent avec la voix de Hadjer cette fois, mais je ne suis pas dupe. J'accélère. On cogne la porte avec rage mais sans succès. Assis comme une pierre, j'ai sous la cuisse les clefs de la maison et leur double que Hadjer a oublié en sortant ce matin. Des arbres courent dans les rues pour se protéger tant le vent est devenu odieux. Il n'y a plus d'étoiles, pas de frontières, pas de points cardinaux, le nord est un oiseau sans nid, le haut et le bas sont des vertiges. Il faut écrire plus vite et il cessera peut-être.)*

42

Vers mes seize ans, deux ans après la mort de mon grand-père, alors que ma maîtrise de la langue française était devenue admirable et vigoureuse, je découvris un autre livre. Du moins une partie. Il s'agissait de l'un des rares livres à avoir annoncé la loi de la Nécessité d'une manière claire. C'était *Les Mille et Une Nuits*. Je le lus avec patience (le tome un – les autres je ne les ai possédés que des années plus tard –, avec une belle illustration mais lent à se dérouler, bavard en préambules, guindé comme un feuilleton égyptien), comme des prolégomènes à mon don, une entrée, une explication enfin possible de lois secrètes. À l'époque, j'avais lu des dizaines de romans, livres écrits directement en français ou venus d'autres mondes, mais c'était la première fois que je tombais sur une œuvre majeure, des miens, traduite dans la langue de mon sexe. C'est un enseignant retraité qui m'en avait offert un tome, un peu usé mais volumineux, prometteur. Le conte me laissa un peu sur ma faim au début, j'étais fasciné par sa technique mais aussi par sa ruse. À cet âge déjà j'aimais revenir sur les raisons des livres, leur source. Le Livre sacré cachait la sienne propre, en escamotait l'évidence par la menace ou la promesse, mais je savais que c'était un cri de solitude, un besoin. *("Dieu est un trésor qui aime être cherché et trouvé", disent les soufis. La quête mystique est un roman policier où le mort retrouve la vie à la fin, où le meurtrier est le temps qui deviendra l'éternité et où la femme est le paradis.)*

Dans *Les Mille et Une Nuits* (interrompues faute des deux tomes restants), l'argument était troublant : une femme raconte, tient en haleine un roi idiot et détestable comme Hadj Brahim par la force d'histoires qu'elle invente au fur et à mesure. Peut-être que ce fut l'indice. Je ne sais pas comment je compris ensuite qu'il était possible d'inverser l'équation pour l'étendre au salut du plus grand nombre. Dans son palais, Schéhérazade raconte pour sauver sa vie. Cela n'a pas de sens. Ou en a un autre, plus irréparable : elle n'a pas pu sauver les autres femmes. Même heureuse, mariée à la fin à un monstre, je me disais qu'elle vivrait avec le souvenir des morts dans les murs, des épouses assassinées avant qu'elle ne trouve cette solution. Du coup, ce qu'il fallait imaginer, à mon sens adolescent, c'était une femme qui parviendrait par son long récit à sauver sa vie, mais aussi à ressusciter les décapitées, à préserver celles qui vivraient en même temps qu'elle et celles qui viendraient au monde. Une histoire aussi herculéenne n'avait jamais été écrite. Surtout si l'on se mettait à rêver d'un conte encore plus absolu : une version où la force du récit, écrit ou seulement raconté, pourrait maintenir les êtres en vie, mais aussi souder les pierres du palais, la ville autour, les maisons qui se nourrissaient de ce règne, le pays et ses plis. Le tout soutenu dans la cohésion, dans l'ascension, par une seule main, un seul narrateur qui sauverait sa peau, redonnerait vie aux mourants et assurerait des âges avancés à ceux qui l'écouteraient. Cela était impossible, mais j'aimais envisager pareille histoire, un livre sacré dont le monde apparent ne serait que le dos, la reliure. *(Je sais que je suis le raconteur qui a pu sauver des mourants, des malades, des vieillards dépassés, qui maintient le village en équilibre comme une cigogne, avec le parapet de mon écriture, mais j'ai aussi mes limites.)* Ma vocation a puisé dans cette première méditation sur l'acte de raconter, c'est-à-dire d'écrire avec sa bouche et pas encore avec sa main. Ce lien de nécessité entre le livre et les vies. Des années encore, et je saisis la plus haute sagesse de ce livre : *Les Mille et Une Nuits* n'étaient pas racontées, mais écrites! Il s'agissait d'une écriture escamotée par la diversion orale. Dans le premier polar de ma vie, j'avais lu cette phrase essentielle : "La femme s'avança vers moi, nue." Dans le deuxième, la femme prenait la parole en se dénudant et en dénudant le monstre pour le vaincre.

Je n'étais pas seulement l'enfant de l'émerveillement, j'étais aussi celui de la peur et de l'inquiétude. Ma découverte de la langue française fut un événement majeur car elle signifiait un pouvoir sur les objets et les sujets autour de moi. La possibilité d'un parapet à l'exacte limite de la falaise. Je me mis donc à lire avec rage, peuplant l'île, aboutissant à une langue unique et rare qui, dans mes rêvasseries, pouvait être lue de gauche à droite, de droite à gauche et du bas vers le haut, dans tous les sens, boustrophédon comme disent les anciens, forte et capable de saisir les essences. Des heures à marcher dans les rues, seul sous les regards, en nommant silencieusement dans ma tête les arbres, les nuances de pierres, les angles et traits de visages. Heures d'essayage des nouveaux mots sur les corps d'Aboukir et sa faune. À enrichir par la voix des conjugaisons imparfaites : dire le futur, le passé, mais aussi les gradations du passé, du plus lointain, consommé et clos, à celui encore entrouvert du passé composé et à ce présent qui était une impossibilité (comment mâcher et avoir le verbe mâcher à la bouche ? Comment regarder et ne pas être aveuglé par ce verbe ?). Ce fut folie : Hadjer le devina et essaya de me garder dans son giron, mais déjà je trichais.

Je crois que ma tante me soupçonna d'être amoureux d'une fille. Mais la seule libre dans les parages serait, des années plus tard, une voisine jeune et divorcée que l'on regarderait avec méfiance et inquiétude, comme un fruit tombé d'une corbeille qui tente tout le monde. *(Djemila ne regarde jamais le monde que par sa fenêtre. Tête d'une Schéhérazade posée sur un rebord, il est interdit de voir le reste de son corps.)* Hadjer chercha donc dans nos parages, ne trouva personne et conclut à un symptôme de la puberté finissante ou à l'effet secondaire de ma guérison déjà lointaine. Et pourtant j'étais là, dans l'absolue honte de ma dissidence. Capable de fuir, comme un prisonnier qui partage encore le sort des siens mais qui a déjà creusé son trou dans le mur qui l'enferme. Je pouvais contourner Aboukir sans en avoir l'air. Opérer par digressions dans le récit des miens. Je pouvais, surtout, voir les femmes nues sous leurs tissus, à quinze ans, à l'âge où mes cousins et voisins décrivaient les sexes de femme comme des territoires de folie et de lierre

La nouvelle langue tenait tête à l'indicible, imposait un ordre mais aussi déshabillait les corps. La création s'avançait vers moi, nue. La nudité était à la fois cette langue et son impossibilité. Le sexe me mena à la solitude qui fait qu'à vingt-huit ans, enfant d'un riche boucher du village, héritier possible de milliers de moutons, instruit par la force du don et de l'accident, je ne suis ni circoncis ni marié. Chaste et sensuel à la fois. Je quêtais dans les vieilles maisons d'Aboukir les romans, tous les romans possibles. Les polars surtout, négligeant le cadavre, l'énigme, l'enquêteur ou le lieu du crime pour en venir à l'essentiel : la veuve à la lèvre humide, l'amante à l'épaule chaude sous le manteau, la tentatrice sur le chemin de la révélation, la femme oisive et lascive, la chevelure dont je sentais le poids exact dans ma main, le baiser, surtout, décrit de l'intérieur, du point de vue de la langue, dans le bruit de succion, dans l'obscurité étoilée de la salive. Imaginez cette licence au sein d'un village fermé, sans révélation autre que celle d'un genou de femme ou du récit de la nuit de noces d'un imbécile nouvellement marié. Imaginez l'explosion des sens exacerbés par la langue secrète, l'interrogatoire que je menais contre les mots récalcitrants, le viol des significations par des définitions hasardeuses. Je pouvais écrire des mots simples, accessibles, épars sur une feuille et rester à les regarder s'assembler et décrire l'invisible et le caché. Vus ainsi, ils ne signifiaient rien ou presque, mais dans ma tête, à travers mon dictionnaire fiévreux, il s'agissait parfois de scènes intenses d'orgie, d'étreinte ou d'aventures qui se concluaient par des orgasmes, des territoires neufs ou des retours triomphants.

Lecteur radicalisé par le nu possible, je devins voyeur car c'était la fin dernière de la langue et du livre. Je couchai, intrus, avec des prénoms de femmes venus de géographies presque inconcevables, au lit dans des situations où je mêlais la cape et l'épée au plus profond de la chair, maladroit mais poseur, confondant mon corps avec l'encre en courbes monstrueuses et vénéneuses. J'en acquis une maturité insoupçonnable alors que je sortais de l'adolescence.

Mais, juste après le retour humide au monde (pantalon sali, main fiévreuse), je revenais aux histoires et à leur possibilité de donner de la cohérence. Cela finit par m'accabler d'un grand sentiment de culpabilité. Je ne pouvais m'absoudre qu'en cherchant comment réduire la misère métaphysique des miens. Leur futilité absolue. Je lisais mais déjà se creusait en moi le besoin de faire plus. Le sexe solitaire devait aboutir, tôt ou tard, à un livre ou à une folle paternité. Je regardais mes cousins, mes tantes, mon père lui-même comme à travers un écran, à la fois compatissant jusqu'aux pleurs et indifférent, car ils étaient vides et prisonniers de leur sort, déambulant dans un monde sans langues ni issues. J'offris mes bras et ma nouvelle langue à tous les miens, dehors, dans le douar, et j'essayai même un jour, à la porte de la boucherie, de serrer la main de mon demi-frère qui me regarda, méfiant, puis éclata de rire. La compassion me menait à la mièvrerie et je compris que c'était une fausse solution. Il ne fallait pas rêver d'amour mais d'abnégation secrète.

43

Oh, je jure que j'ai tout lu dans le village. Le moindre mot. Le plus petit paragraphe possible. Tous les livres nouveaux ou déchirés que j'ai pu trouver : les manuels, les vieilles revues, les notices, les lettres d'autrui, les vieilles pancartes ou enseignes, les livres scolaires avec leurs magnifiques "morceaux choisis", les emballages de cacahuètes ou les journaux qui parvenaient au village. Tout ce qui transportait cette langue et que cette langue m'apportait dans son foisonnement. J'ai même relu jusqu'au vertige les quelques romans que je possédais, surveillant du coin de l'œil leur volume, leur épuisement, l'irruption redoutée de la dernière page. Je rêvais d'infini, mais à feuilleter et pas à prier. Relire restait ainsi pour moi un bonheur : voilà que des histoires revenaient sur scène pour mon seul plaisir, se déclinaient autrement, insistant sur une réplique ou un détail qui m'avait échappé la première ou la troisième fois. L'île n'était jamais la même sous mes pas et le perroquet Poll savait que l'infini était une façon de voir ou de lire.

J'ai tout lu, relu, relu encore, et un jour je me suis épuisé, lassé par la redondance. Comme si l'affreux vide, le visage du diable muet, allait me rattraper si je ne lisais pas du neuf, encore plus vite et plus ample. Je me suis retrouvé menacé de solitude, de réclusion si je n'en trouvais pas de nouveaux. Ma langue était devenue plus riche que les livres et les écritures, elle débordait sur les murs, sur mon univers, et réclamait d'autres corps, une incarnation plus immédiate et plus imprévisible que celle des relectures. J'ai tourné en rond pendant des jours, inquiétant à nouveau ma tante, avant de me décider.

44

(Une gorgée de café froid. Cela m'apporte du sucre sur la langue. Mon épaule droite est presque une pierre. Ma nuque, celle d'un homme décapité. Je n'ai ni sommeil ni faim. Comme au premier jour, quand j'ai déchiffré les premiers verbes. J'utilise les astérisques par poignées quand la phrase est obscure, je densifie le trait, la calligraphie. Aucune marge n'est possible sur la page blanche car elle y serait l'interstice du vide, la possibilité d'une interruption. J'aurais voulu relier tous les mots, comme une mer, une suite de vagues attelées les unes aux autres par l'eau et la houle, mais le cahier en deviendrait illisible, un marmonnement, comme l'océan. Non, il faut juste retenir son souffle entre deux mots, ne pas laisser de blanc ou presque, arriver à mener le trait jusqu'à la fin de la page, dans tous les sens, tous les points cardinaux de mon inventaire. L'écriture doit être petite, touffue, serrée en nœuds et stricte dans sa géométrie. Comment espérer à la fois dessiner, murmurer, dire, préciser et traverser la matière des peaux et des objets avec une écriture commune ? La surface voyageuse d'une étendue d'eau, traversée par un seul poisson, est capable d'épuiser un dictionnaire à elle seule. Il me fallait donc plus grand et plus puissant, un amalgame sonore de signes, de lettres, de caractères, de

points et de retraits. La majuscule devait se hausser à la hauteur d'un arbre et les points de suspension résumer à eux seuls un horizon nocturne sous lequel on allume un feu pour raconter une histoire. J'ai espéré le mot absolu, capable de raconter aussi bien qu'un visage, avec une seule surface, mais cela était impossible, lointain, il y aurait fallu plus d'une vie. Alors j'ai inventé une façon d'écrire et d'enrichir la calligraphie de cette langue qui n'appartenait à personne. Je compose du neuf avec la pointe de fer sur l'ostracon. Et quand l'élan ne suffit pas, j'ajoute des dessins, des ébauches, des chiffres ou des codes pour ne rien laisser passer des détails de la vie du mourant. Tout sert à la résurrection, même la rature. Le point est caillou ou étoile, le grain est l'indice de l'éloignement.

Mon père ne va pas mourir et je vais le lui prouver avec douze cahiers, en revenant dans la maison du haut, fier, vainqueur et nimbé. Aux gens de ce village qui m'ont traité comme un fou, avec pitié ou mépris, je vais enfin révéler ma loi, ce miracle inexplicable qui lie leur survie à ma maîtrise. Les libérer et les surprendre dans leur croyance. Leur démontrer qu'il y a une autre "écriture sacrée", la possibilité d'un talisman gigantesque et final suspendu à la colline, au cou de chacun, pour les préserver, même s'ils ne le comprennent pas. Le Zabor *sera plié, couvert d'un tissu cousu, mélangé à l'eau d'Aboukir, offert en libation matinale [face à l'est, un cadenas sous la plante du pied, sept fois de suite, avec de l'huile, du miel et du thym]. Tout doit être mêlé dehors : bétail, versets, étoiles, gens, demi-frères et devantures. Les Smaïmes vont prendre des vies, j'en suis sûr.*

Je sursaute car on frappe encore à la porte, les voix de plusieurs personnes, cette fois. Celle de Hamza, sa félonie. Oh que c'est malin de la part de l'effaceur, l'ennemi de l'écriture, l'adversaire de ma loi, le vent. Il use de tout, même des voix des miens, pour me faire sortir alors que je suis assis dans ma grotte. Je sais le diable malin, mais parfois sa malice prête à sourire. Il tombe dans le prévisible. Du sable entre par quelques interstices, mais sans puissance, retombe en grains. Il y a coupure d'électricité franche, cette fois, et j'allume des bougies qui donnent aux ombres des tailles immenses, font reculer le plafond soudain tordu par les mèches, les murs s'éloignent ou avancent mais sans bruit. Je suis le gardien du troupeau, le frère de mes frères. J'ai sauvé des dizaines de vies.)

Il fut un temps où je marchais, presque le sourire aux lèvres, pour proposer aux voisins, aux maisons lointaines, mes services : Voulez-vous lire une lettre difficile ? Que je parle à un malade vieilli ? Que je lui tienne compagnie ? Pensez-vous que je peux être utile ? Où se trouve la chambre de Hadj Mohammed ? Comment va El Hadja Ghania ? On m'ouvrait car j'étais le fils de Hadj Brahim, on m'offrait du café et on me laissait écrire au chevet du malade parce qu'on se disait que je m'acquittais du devoir (prescrit par le Prophète) de rendre visite à des souffrants. C'était au début de ma vocation, avant que la méfiance ne fasse des ravages sur ma réputation. J'avais certes quitté l'école coranique, mais ma maîtrise du français m'avait restitué une aura, moins brillante, mais passible de respect. Le français était une langue de la mort, pour ceux qui se souvenaient de la guerre, mais pas une langue morte. Pour les autres, les spectateurs de films, les proches de parents immigrés ou les ambitieux rêvant de quitter le village ou de gagner de l'argent sans suer sous le soleil, cette langue témoignait d'un prestige, elle était la preuve qu'on avait fait un grand voyage même si on n'avait jamais quitté Aboukir.

Je visitais aussi les cimetières, déjà soupçonneux quant à leurs vocations, m'asseyais près des tombes et m'essayais à la méditation. De plus en plus clairement m'apparaissait l'évidence que ce lieu était une fausse piste, une sorte de ruse pour égarer la foule et la compassion. Mais j'aimais ces parages faussement déserts, pour leurs arbres, leurs racines, leurs pierres et leurs herbes odorantes. On y retrouvait l'essentiel du décor de l'éternité : le cycle, le minéral interrompu, la terre retournée et le ciel, surtout, débordant la colline. Parfois des femmes y venaient pleurer un défunt, ou des hommes se hâtaient pour enterrer dans la bousculade un des leurs. Les pierres tombales y avaient un intérêt presque mathématique : je calculais les âges, je jouais avec les dates de naissance et de mort et je pensais avec fascination à ce blanc du trait d'union entre les deux indications, à cette ravine du souffle, irréductible car il s'agissait d'une vie, mais absolument vide, car entre la naissance et la mort manquait le récit d'une histoire. Je rêvassais sur la possibilité d'une pierre où serait écrite une vie entière, dans chaque détail, précisant le grain et le grandiose, le souffle et la peau, toutes les rencontres et tous les dialogues menés avec les autres ou avec soi-même dans sa propre tête. Mais cela ne suffisait pas. Il fallait rêver d'une pierre tombale qui serait annotée sur tout son volume, entourée, investie, traversée par l'écriture dans son cœur sec, qui serait l'écriture elle-même, l'image composée de mille images en cellules, ruche, le corps lui-même. De toutes les métaphores du Livre sacré, j'aimais celles contenues dans les titres des sourates, qui donnaient à chaque chapitre l'intitulé d'un bestiaire ou d'un cosmos singulier. L'arche du Livre n'emportait pas tous les animaux, seulement les abeilles, l'éléphant, l'araignée, la vache, le figuier, la table, le butin et la caverne et quelques prénoms de prophètes. J'ai longuement rêvé sur ce sommaire, à lire d'un trait comme un texte caché choisi par un dieu qui, dans sa solitude, affectionnait particulièrement les bergers et les astres.

J'avais sous la main une langue devenue riche, habile, presque obéissante, un peu sauvage aux confins de l'île, excitante car mêlant corps et distances, utilisable. J'avais appris cette langue seul, lui donnant des libertés que lui auraient refusées les écoles et les maîtres, et elle était là, épuisée par le manque de rebonds dans les textes que je connaissais par cœur. La pierre tombale fut ma pierre de Rosette pour imaginer la suite de ma révélation.

Vers dix-huit ans, je savais que le monde était un livre, que la langue s'épuisait dans un genre de feu, que je pouvais définir tous les mots possibles, que l'écriture traversait les corps et les objets, que le temps était une conjugaison, que Hadjer avait raison dans ses rêves à mon propos (un homme porté sur une mer d'épaules), que je pouvais briser la loi de mon père et étendre mon règne au-delà de sa fortune, et qu'il y avait un lien entre la narration, le vent et la souveraineté sur le village. Je savais que j'étais prédestiné à sauver des vies parce que j'avais une langue qui avait su réconcilier la précision, le secret désir et la pureté. Elle pouvait être résurrection car elle était déjà reconstitution. Il me fallait juste être précis et net. Oser.

Je connus alors l'extase.

45

Il y eut encore une nuit particulière vers mes dix-sept ans. J'avais l'habitude de prier, mais j'avais transformé la prière en interrogation. Cette nuit du ramadan, le ciel était vaste et m'absorbait. J'étais comme le prophète Youssef assis au fond du puits où l'avaient poussé ses frères et qui attendait sa gloire. Contrairement à lui cependant, je me réjouissais de mon sort, tournant la tête vers le haut. Là où le loup peut être immobilisé sous forme de constellations *("Le ciel de nuit est un dessin rupestre", explique le chien)*. Les Arabes donnaient de beaux noms aux étoiles. Ils étaient maîtres pour peupler les déserts en général. Ils y creusèrent leurs meilleures routes, je crois.

Dehors, le village nocturne était bruyant, animé comme chaque année pendant ces semaines de jeûne. Les prières du soir y résonnaient de psalmodies presque belles. Toutes les étoiles étaient proches, comme voisines, et la nuit était peuplée par les enfants, les familles insomniaques. Curieusement, cet inversement de l'ordre me plaisait, avec ces gens qui veillaient tard dans le village. Je me sentais moins seul, comme au cœur d'une noce sans miracles, mais agréable. Une journée calme qui allait aboutir à une nuit sacrée, en quelque sorte. Relisant un roman, je tombai sur une métaphore ordinaire, ancienne, impossible dans son essence mais banalisée par l'usage : "La forêt moutonnait jusqu'en haut de la colline." Soudain, par on ne sait quel chemin, parce que j'avais bien dormi, que j'étais alerte et vigilant et que ma langue était mûre, je me heurtai à l'absolu miracle de la métaphore et à son infinie déclinaison. La forêt, règne de la racine et de la cime, empruntait à la toison du mouton sa forme, son sens, amalgamant troupeau et conquête, ascension et bousculade, densité et déversement, pour donner à la fois l'idée de la forêt et celle de l'innombrable. Cette possibilité me traversa comme une onde forte, une électricité. Je perçus les potentialités combinatoires de la langue, mais cette fois sous la possible autorité de mon écriture. La violence des irruptions par la langue, l'occasion offerte de rendre compte de toute chose, de chaque mouvement et condensation, de faire la chronique absolue de tous les cycles. Parce que j'avais lu tous les livres chez nous, il devint impératif d'en écrire, et la révélation de la mécanique de la métaphore représentait une voie de libération.

Le monde était dispersion mais l'écriture était sa messe. Soudain, je comprenais que je pouvais non seulement tout dire, sauver, raconter, mais aussi imaginer sans me perdre, reconquérir le territoire de la peur et du silence, être maître des nudités. *("L'écriture est la température, le temps est le feu", conclut mon animal intime.)* Je pouvais enjamber le village et la malédiction de mes évanouissements, et pas seulement en lisant les livres des autres. Je me sentis capable de sauver ma vie et celle des autres par la métaphore vive et inédite. *La Chair de l'orchidée*, prénom de la première femme, était un accident déclencheur, et je pouvais prolonger la noce en imaginant moi-même des récits.

Dans le village, des enfants jouaient dans la nuit, heureux de cette inversion des horaires. Moi, assis dans la maison, entre un café et des murs, je venais d'aboutir à la troisième et dernière révélation de ma vie. Par un raisonnement simple, imprévu et qui tombait sous le sens : faute de livres, j'allais en écrire, et cette langue ne serait pas seulement l'instrument de ma rêverie mais aussi celui de ma purification, de ma rédemption. Si à l'époque j'avais su écrire et si j'avais écrit sans m'arrêter, j'aurais sauvé mon grand-père. J'aurais repris l'histoire de mon père à partir du moment où il avait bifurqué vers la fabulation et la lâcheté. J'aurais donné un sens plus grand à chaque cousin, chaque personne rencontrée dans notre village au gré de mes promenades. Les mourants à qui j'avais rendu visite auraient pu être sauvés par une histoire, j'en étais désormais sûr. Sauf que je découvris aussi le double impératif de la vitesse et de la densité : il fallait écrire sans cesse, vite, sur tout absolument, sur chaque rencontre, chaque visage, chaque prénom. J'aboutissais à la puissance et à la responsabilité. La langue était devenue mon corps entier, cette fois, et elle y provoquait l'exaltation. J'étais libre !

Dans la nuit, alors que le ciel était descendu sur la terre, je me sentais prêt à basculer par-dessus le parapet et à planer. Tout fut lié d'un coup : mes années d'angoisse face aux calligraphies, l'apprentissage de l'écriture avec le *sansal* et la planche près de la mosquée, la récitation aveugle, et jusqu'à la nudité entrevue du corps et le récit de voyage. Je pouvais m'avancer vers "elle" et sa nudité et plus seulement l'attendre immobile. Je pouvais reprendre parole, continuer d'autres livres, exorciser l'angoisse par les fameux trois points de suspension et continuer un récit très ancien. *(Les points de suspension ne représentent pas le silence mais le vacarme des livres, des dieux et des choses réduit à l'ellipse. Voilà pourquoi j'en use avec précaution et en forme de prologue illisible dans chaque cahier, au début de chaque récit. Le rite de l'écriture dans les cahiers est simple : la première phrase est la moitié d'une autre qui ne sera jamais tracée. Il faut alors la dénouer, chercher le bout de la ficelle et lentement dérouler la pelote de laine.) Zabor* était une possibilité infinie désormais, pas seulement un dictionnaire sauvage. J'incarnais déjà les psaumes. L'appel à la prière s'éleva dans mon dos mais j'étais très haut dans le ciel. Mon père ne pouvait plus m'égorger car son couteau était une épingle minuscule, une écharde. La seule personne qui pouvait me comprendre était Hadjer, mais elle regardait la télévision alors que j'évoluais parmi les étoiles.

46

(Le vent utilise toutes les fourberies et les voix de mes proches. Hadjer supplie et se lamente. J'entends : "Ton père veut te parler pour la dernière fois!" Elle a une intonation gémissante, longue sur le sol comme une main abandonnée. Même la voix d'Abdel s'y met. Il hurle, il hurle. On tente de forcer la porte et je distingue dans le vacarme quelqu'un qui essaie un jeu de clefs, puis renonce. Depuis longtemps nous avons changé les serrures et renforcé notre sécurité, ma tante et moi. Il ne pourra pas entrer. Ce ne sont pas des clefs ni des visages, seulement le vent. Le loup qui cherche, canines visibles, à me mordre, à dévorer notre maison par la poussière, à disperser mes cahiers dans les champs, à me tuer et à tuer mon don. Je tiens tête, tête penchée sur l'écriture qui se resserre sur son sujet, protégé par mon passe-montagne rouge tricoté par ma tante sur le modèle de celui de mon enfance. Je sais comment faire. Chaque fois depuis la première fois, j'ai réussi à ajouter presque mille et un jours à chaque vie sauvée. À prolonger. Le tout est d'écrire, pour redonner une histoire à ceux qui l'ont perdue, et ainsi et ils reviennent achever leur récit, seuls dans leurs vies. J'écris, donc, je ne fais attention à rien et j'ignore la tentation de répondre. Le diable vous prend par le cœur, l'affect, les proches, le sang ou le désir. Il

veut mon corps, le loup veut me manger, je ris et j'écris et je sais que je tiens le bon fil pour sauver mon père, rire de sa surprise et continuer notre vieux duel entre son couteau et ma langue. Passons. Oui, passons. Car tout dépend de moi, depuis la plaque de signalisation qui indique le nom d'Aboukir au nord jusqu'aux eucalyptus du sud. Tout est lié à mon poignet et je tire le cordage vers le haut. Je n'ai pas pris femme, je n'ai pas de famille, je n'ai pas de fils – car c'est horrible comme reflet –, juste pour tenir ma promesse et accomplir mon devoir. J'aurais rêvé une histoire encore plus puissante, césarienne jusqu'à la monstruosité, celle qui aurait pu faire revenir ma mère, mais cette idée était étouffante, impossible. De ma mère, je ne garde plus aucun souvenir. Le vent a effacé sa trace et son visage semble la surface d'une eau agitée. Je me souviens de moi, enfant assis dans la maison pendant qu'autour on se lamentait du déshonneur de la répudiation et que, ma mère recluse, on ôtait son visage pour le remplacer par ses deux mains. J'ai posé des questions à Hadjer sur cette affaire mais elle me répondait avec ruse, inquiétude, mesquinerie presque : j'étais son fils et elle ne voulait pas que je remonte plus loin que son ventre à elle. Ma mère est un creux, une plume, une sorte de poids mort quand je songe aux femmes possibles, un silence. Elle ne m'a jamais manqué car elle n'a jamais existé. J'ai tenté un jour d'écrire son cahier, mais cela est resté sans sujet, des gribouillages, les écritures y retombaient lasses et ensommeillées. Passons, et très vite.

L'essentiel est qu'à cet instant je sais que je dois écrire le plus puissant des talismans, le Zabor *en plusieurs cahiers que j'irai accrocher là où il faut pour sauver Aboukir, ses habitants terrés, ses croyances, arbres, cigognes et cimetières. Jamais je n'ai pensé que tout viendrait en même temps : la possible mort de mon père, l'incendie des sens, le vent devenu meute, mâchoire, le Dajjâl de notre fin du monde annoncé par le Livre sacré, borgne et séducteur, empereur des fins des temps, l'Antéchrist des chrétiens. Dans le ciel brûlé et gris, je devine que le soleil viendra de l'ouest cette fois, qu'il n'y a pas de points cardinaux, de routes collées aux terres, que tout est dans un immense tourbillon et que je suis le centre essentiel de cette confrontation. Dieu est le vent, il ne faut pas l'insulter. Mais je ne l'insulte pas, je lui tiens tête, caché dans mon passe-montagne couleur sang, absorbé par mon trait.)* J'avais absolument tout lu dans le village et j'attendais, adolescent, que cette langue réapparaisse avec d'autres livres apportés par les émigrés qui rentraient l'été, par des enseignants, des bus, des archives. La langue me revenait parfois chargée de nouveautés, parfois elle ne revenait pas, comme les cigognes perdues. C'étaient des moments vides et ennuyeux. Il suffisait de sortir d'un livre pour trébucher sur son propre corps et retomber dans la gravité et les sens étroits. Sans livre ouvert sur mes genoux ou au bout de mes bras quand j'étais allongé, pas de femme, de lèvres luisantes, de flots à séparer avec un bâton, pas de mâts de misaine, de seins et de touffeurs qui faisaient gémir le réfugié du corps. L'île était un rocher et le seul récit disponible était celui de mon père qui insistait sur ses largesses, ses moutons et la misère à l'époque des colons.

Oh, que je détestais ses histoires ! La seule qui échappait à ma grimace était peut-être celle du sac de sable. Selon sa légende, un jour de famine et de typhus, durant sa première jeunesse sous les colons, il hésitait à revenir à la maison sans rien dans sa besace. Alors il la remplit de sable, rentra à la maison du haut et alla se coucher pour éviter la confrontation avec ma grand-mère. Au réveil, il sentit une odeur de pain chaud, en mangea et demanda d'où venait la farine. "Du sac que tu as apporté", lui répondit, surprise, mon aïeule que je n'ai jamais connue. "Miracle de Dieu !", concluait-il chaque fois, quêtant l'approbation pieuse. Une histoire volée surtout, me disais-je, presque en colère. Mais moi aussi je volais des histoires. Des titres surtout. Ah, que j'aimais ces perles sans fil ! j'en avais des centaines, puis des milliers. Je pouvais créer une bibliothèque de dos de livres vides à l'intérieur. À remplir avec le sable. Une sorte de Potemkine du lecteur infatigable. Les noms d'auteurs étaient des détails, des guides de chemins, des gardiens de portes. Ce qu'ils racontaient n'était pas à eux, mais passait par eux. "Trouver n'est pas voler", dit la tradition. J'avais des histoires préférées, au début. Qui menaient à d'autres, et ainsi de suite. Mille et un livres. *Terre des hommes*, *Tropique du Capricorne*, qui était un archipel, *Les Raisins de la colère*, *Le quai aux Fleurs ne répond plus*, *Le vautour attend toujours*, etc. J'errais.

Et j'ai commencé à écrire en volant des titres.

47

La nuit de l'extase est importante à comprendre. J'y écrivis ma première métaphore. Je renversai le sens de l'angoisse et de la nuit. J'allai en éclairant. Hadjer me croisa dans le couloir souriant, exalté, léger, titulaire de la plus importante nouvelle dans la généalogie de ma tribu dont aucune branche ne savait vraiment lire ni écrire. Incapable de dormir durant des jours, tant j'étais heureux. Je venais de résoudre à la fois la question du manque de livres, celle de mon corps épuisé par les relectures des passages érotiques ou des récits d'évasion, le poids de la honte et de la culpabilité et le sentiment d'indignité. Je pouvais réordonner le monde, écrire des histoires, échapper à mon village et à son sort de caillou, rencontrer l'invisible dans sa chair et reprendre la légende de ma vie depuis le début. La métaphore était une sorte de verset qui allait du corps vers le ciel et pas l'inverse. Elle était une variante de l'incantation, un raccourci, un chemin de traverse. Du coup, elle permettait de gagner du temps ou de l'ajouter aux histoires.

La deuxième nuit, titubant encore d'insomnie, je conclus à ma dernière révélation : je pouvais, par l'ordre de l'écriture, parce que respectueux du secret du sacrifice, rallonger des vies, repousser la mort en écrivant des histoires. Je compris que tout était lié, de l'écriture à la respiration, parce que j'étais responsable d'une immense découverte, qui n'était pas un accident mais une révélation. Ma voix de chevreau, mon corps, mon sexe non circoncis, ma situation d'orphelin et mes terreurs nocturnes, tout était noué et lié. L'amulette du récitateur qui avait tenté de me guérir, l'horreur des tatouages, tout cela avait été nécessaire pour aboutir à cette maîtrise de la langue. Je pouvais non seulement prolonger les vies, mais aussi donner du sursis à la mienne, et cette responsabilité était universelle, s'étendait à tout ce que je touchais, tout ce que je pouvais voir. Chaque détail du village, les maisons, les arbres et les prénoms. Il y avait un risque que tout cela disparaisse un jour, lentement ou brutalement, si quelqu'un ne se mettait pas à écrire dans ma tribu, dans ce village, chez nous. Ce sort injuste me tordit le cœur de pitié pour chaque être, son inconscience, sa naïveté face au vide, son innocence. J'étreignis alors Hadjer et elle me serra dans ses bras, sans comprendre mais heureuse comme une mère, proche et solide.

Un livre n'est sacré que parce qu'il est l'inventaire de toute chose, la main qui tient et retient, le rappel nécessaire avant l'oubli qu'est la mort. Les livres sont des socles, des amarres. Qu'un homme cesse de se parler dans sa propre tête, d'écrire en son âme, et le voilà qui trébuche, tombe malade, vieillit vite et agonise. "Nous t'avons raconté les histoires des anciens", dit le Livre sacré. Car elles maintiennent la cohésion, couvrent l'abîme du début et repoussent celui de la fin. J'ai pleuré. *(Et je pleure maintenant car si je m'interromps mon père va mourir, et il ne sait rien de ce sacrifice de ma jeunesse, de mon corps, de mon temps.)*

Il me faut une langue encore plus précise, plus forte, mais au bord de l'extase la langue est impossible et l'écriture n'est que votre frisson. Avez-vous vu comment les soufis rendent compte de l'extase ? Avec des mots faciles et presque ringards. Au plus près de l'étoile brûlante, la poésie est coassement. Je l'ai su ces trois nuits sacrées quand j'ai commencé à écrire le lendemain sur mes nouveaux cahiers achetés le matin même. Et j'ai rempli depuis énormément de carnets que j'ai enterrés partout. J'ai rendu visite à des malades, des agonisants, des candidats au trépas, des enfants en sueur et des femmes déchirées par un accouchement. Ma légende monta et attira l'attention du diable et du vent. Mon père en rigola, jaune, ma tante en tira fierté, mes demi-frères furent jaloux de mon royaume mais les pauvres villageois revenaient encore et toujours vers moi, en dernier recours. J'en ai sauvé des centaines, j'ai ajouté mille et un jours presque chaque fois, rendu l'île habitable, et Poll devint flamboyant dans la nuit, phosphorescent quand il lisait. La moquerie accompagna mon don mais je n'en avais cure. Pourquoi j'écris ? Parce que je témoigne, je suis le gardien, je fais reculer la mort des miens car ils sont essentiels et dignes d'éternité. Dieu écrit, moi aussi. *(Le vent s'indigne et veut me faire fermer ma bouche. Il a lancé contre moi les couteaux de mon père, les demi-frères, Hamza et l'histoire haineuse de son propre prénom, les gendarmes et les calomnies. Le même vent qui éparpille. Mon père est mourant mais il est le seul à sentir, peut-être, que je lui tiens la main et que, sans mon sacrifice d'écrivain perpétuel, assis depuis des heures au même endroit dans cette chambre, il va mourir et devenir un blanc entre deux dates. Dans l'agonie qui le dénude, l'oblige à déposer ses os un à un, à retenir son souffle jusqu'au Jugement dernier, je le vois et lui pardonne. Il n'avait pas d'autre histoire que la sienne à raconter.*

Et la porte vole en éclats car le vent ne pouvait pas permettre que je gagne.)

48

(L'écriture est un tatouage et, derrière le tatouage, il y a un corps à libérer.)

On m'arrêta le septième jour. Je fus conduit à la gendarmerie où on me traita avec bienveillance mais fermeté. La vérité est qu'on m'ignora pendant presque une demi-journée car on ne savait que faire, puis on me mit dans une cellule et on m'y laissa seul pour une nuit. De temps à autre, un gendarme venait me considérer, me poser des questions sur mon père, me présenter des condoléances ou hocher la tête gravement. On interrogea sur mon cas l'imam Senoussi, qui tenta de calmer les ardeurs et expliqua que le chagrin est un vent qui pousse à la folie mais qu'il n'y avait rien de blasphématoire dans mes cahiers répandus et ces écritures serrées que j'avais tracées sur les murs, les plaques, les seuils, les trottoirs et toutes les surfaces possibles pendant des jours. Signes mystérieux pour les profanes, lettrines hautes et étincelantes, extraits invraisemblables et faux titres de romans, avec dates, chiffres, lunes et prénoms. J'en avais semé partout. J'avais accompagné ce débordement par mes carnets que j'avais accrochés dans des sacs à l'entrée du village, au sud, à l'est, à l'ouest. J'en avais mis sous les tapis de prière à la mosquée, sur presque chaque tombe au cimetière de Bounouila et dans le cimetière chrétien où des buveurs discrets m'avaient regardé avec curiosité. J'en avais donné aux enfants à la sortie de l'école, j'en avais déposé dans les salons de coiffure et dans les administrations du village. J'avais même pu les imposer en tas à la sortie des hammams et dans le mausolée de Sidi Bend'hiba, le saint d'Aboukir. On en trouva vraiment partout ensuite, feuilles volantes dans la brise du début de septembre, servant d'emballages aux vendeurs de cacahuètes, pliées en avions par les enfants, emportées dans les champs pour se retrouver collées aux troncs des arbres.

"Dégradation de biens publics" fut la charge qui aurait été retenue contre moi sans l'intervention de l'imam Senoussi. C'est sous son autorité qu'on me libéra, ahuri, souriant indécemment, comme victorieux.

Ce fut une semaine curieuse pour moi, hallucinante, libre mais joyeuse. Une sorte de fin de saison, d'apothéose pour mes écrits alors qu'on célébrait le septième jour de la mort de Hadj Brahim, accompagné de mille moutons dans son trépas. J'avais dispersé mes pages presque une à une pour que chaque chose en soit touchée, atteinte ou amalgamée. Une sorte de déluge feuillu, éparpillé en lignes. On m'avait vu partout, me hâtant avec un sac gris pour semer mes écritures, en silence, grave et pressé, tentant d'unifier l'écorce des choses et d'étendre la vertu de ma loi à toutes et à tous. *"Zabor eddah el babor!"*, hurlaient, rieurs, les enfants qui me harcelaient. Mais je leur souriais, enfin libre et révélé, soulagé.

Mon entreprise humilia encore plus ma tribu, et ma tante en pleura comme le jour où la famille qui devait demander sa main n'était pas venue. Occupé par les condoléances, on m'ignora au début, on me raisonna un peu, des cousins tentèrent de m'enfermer dans la maison du bas. Mais peine perdue, je savais ce que j'avais à faire et je l'accomplissais avec joie, gravité, sérieux et bonheur. Pour libérer Djemila, il me fallait une liberté plus grande à partager avec elle, à lui offrir. La création est un livre, feuille par feuille rendue. Mes psaumes devaient être lus partout, révélés. Mon père n'étant plus qu'une pierre, j'étais le fleuve transparent où celle-ci reposait et qu'elle lestait discrètement.

49

Le vent de la nuit où on m'a arraché à mon écriture a causé des dégâts terribles : des vignes brûlées, des maisons détruites, des lampadaires arrachés. Il y a eu trois morts, enterrés sous des murs qui se sont écroulés, et deux électrocutions. Aboukir en est sorti avec un visage lacéré, comme ridé et gris. Tout est à la fois familier mais comme revenu d'une grande sécheresse. Les gens éprouvent encore cette sorte de solidarité de l'espèce face aux cataclysmes, mais reviennent peu à peu à leurs habitudes. Ce furent les Smaïmes les plus violentes et les plus acharnées à emporter leur lot de vieillards et de fruits depuis des décennies. Je ne vis pourtant pas dans un lieu mort, mais désormais allégé. J'ai des déséquilibres comme si j'étais au bord d'une naissance. Le ciel est redevenu lumineux comme une joie, haut et bleu jusqu'à remplir les poumons, nouveau. Mais cela contraste avec les traces de tout le reste. Le sable rouge ternit encore un peu les couleurs mais commence à céder comme une braise qui s'éteint. On en a amoncelé partout, en balayant, mais on sait qu'il va être emporté ailleurs, dans quelques jours, petit à petit. Il reviendra par le sud, par-dessus les nuages. Je ne sais s'il faut ou non raconter ce qui s'est passé dans le détail. Cela n'a plus d'importance que j'écrive, maintenant, justement. Je ne suis plus responsable, ni témoin ni dépositaire d'un quelconque secret. J'ai été délivré nonchalamment de mon sort, comme avec négligence. Mon père est mort. Je ne suis responsable de personne. La langue a gagné, elle est partout, écorce et lierre, nuance et condensation. Elle n'a plus besoin de moi. Je voulais que l'écriture vienne incarner une parole, c'est-à-dire un visage, des visages, des vivants se faisant face autour d'un feu.

Quand on a fracassé ma porte, le vent s'est engouffré, rageur, et a tout dispersé avec ses dents. Avec lui est entrée Hadjer, le visage détruit, ainsi que quelques-uns de mes demi-frères et des voisins. On m'a trouvé avec de nombreux cahiers que le vent commençait à mêler dans son tourbillon. On m'a alors arraché à ma tâche et je me suis retrouvé perdu dans une sorte de brume rouge faite de sable et de froid, poussé dans le dos vers la colline, la maison du haut. On criait, Hadjer pleurait. Je ne sais comment, comme dans un mauvais rêve, je me suis retrouvé à heurter des chiens malades de peur, des troncs d'arbres puis, soudain, dans la chambre de mon propre père. J'ai compris qu'il avait longuement réclamé à me voir avant de partir. On avait envoyé des proches me chercher, des cousins, puis Abdel et ma tante, mais j'avais refusé d'ouvrir. Ils avaient crié, essayé des clefs puis avaient décidé d'enfoncer la porte.

La maison du haut était remplie de cris et d'assiettes et d'odeurs de cuisson de viande. On m'a agrippé pour chercher mon visage et me hurler des insultes, des femmes pleuraient comme pour avertir toute la création. Adbel était là, debout, en retrait, avec ses yeux haineux, comme le jour où je l'ai poussé dans le dos sur le rebord du puits *(non je ne l'ai jamais poussé, il est tombé en glissant)*. Il y avait une lumière jaunâtre, le corps était devenu plus petit, un tas sous les draps. Tous me poussaient pour que j'aille l'embrasser. Il m'avait réclamé toute la nuit de son agonie, avait voulu me dire quelque chose jusqu'au dernier moment. Tout le monde me criait la même chose, le même reproche. Je me suis enfui en piétinant des corps et des chaussures. Le vent était encore là et gondolait la tente funéraire qu'on avait dressée malgré le temps inclément dans la petite clairière entre les eucalyptus. On tentait de limiter les intrusions de sable mais il était partout. Dans ma bouche, mes poumons, mes poches et sous ma peau. Quand on m'avait fait sortir de notre maison pour y laisser le vent, j'avais réussi à emporter mon dernier cahier, celui qui m'avait retardé, qui m'avait fait oublier le temps et m'avait induit en erreur, peut-être.

J'ai décidé de tout disperser en descendant de la colline, de repeupler l'île avec mes pages, d'en faire la révélation finale et de transformer la chair même d'Aboukir en manuscrit. La création est un livre ? Mon village et les siens sont des cahiers, des talismans, des prescriptions contre le néant. Ma décision était prise en sortant de la maison des funérailles. Tranchée, libérant un torrent en moi. J'ai senti mes épaules se redresser et se dénouer. J'ai donc couru dans les rues, dans les champs pour rendre mes écrits publics, les faire lire par tous les vents possibles. Je suis revenu chez nous, en bas, j'ai réfléchi puis, au bout du troisième jour, alors qu'on célébrait la mort, j'ai pris le premier sac et j'ai marché vers les entrées du village et j'y ai accroché les quelques pages qui me restaient, mes talismans. Puis vers le sud. L'ouest, la mosquée, les écoles. Partout, j'ai essaimé le secret. Dévoilant mon don dans la nudité du jour, révélant toute mon histoire. Parfois, des enfants me poursuivaient en criant mon nom, *"Zabor eddah el babor!"*, d'autres fois des curieux se penchaient pour ramasser ces feuillets et tentaient de lire cet idiome à la fois si familier et si étranger, libre et en lierre, présent mais en sourdine. On y trouve des dessins, des alphabets difformes entre deux tentations de langue, des tentatives de créer des écritures en volume, des tournoiements de vent sculpté en lettrines. Des souvenirs du Livre sacré, tordus par l'interrogatoire de la médiation et des variations possibles. Des prénoms de morts, des dates et des chiffres revenus à leur essence de gestes, de doigts et de mains.

On m'avait donné un livre – "Nous fîmes des montagnes et des oiseaux ses complices, qui chantent des cantiques avec lui", dit le Livre sacré – et je le rends. Je me sens peu à peu délivré, acquitté, libre de me taire et d'alléger le poids de ma responsabilité. Peut-être à tort. Comme Younès sous l'arbre, le corps nu et tremblant, je comprends que Ninive est sauvée sans moi, loin de moi. Je ne sais pas. Le diable a tenté un dernier assaut, mou : Hamza (ou Abdel ?) a alerté la gendarmerie sur mes écrits blasphématoires et mes écritures folles et on m'a arrêté pour m'interroger. On m'a laissé partir le lendemain, à l'heure de la prière du vendredi, tandis qu'officiait l'imam Senoussi qui avait veillé sur mon sort.

Aucune accusation n'a été retenue contre moi, mais cela suffira, je pense, à mes demi-frères qui ont de quoi plaider ma folie pour me déshériter. Je l'avais deviné dès le début. On m'a interdit d'assister aux palabres sur les successions. Hadjer est bien seule, cette fois, comme face à ses rides. Je suis rentré et, sous mes pas, des feuilles traînaient encore après des jours dans notre quartier.

Je ne suis pas responsable du village. Mais peut-être de quelque chose de plus vaste. Vais-je encore lire et écrire ? Je ne sais pas. Je suis sûr que j'avais découvert la meilleure ruse contre la mort. La plus efficace. Mais je n'ai plus envie de sauver les autres, du moins pas tous. Je me sens léger, délivré d'une immense responsabilité. Cette langue m'a libéré, mais la liberté ne sert à rien dans la solitude.

Des enfants m'ont encore poursuivi jusqu'à l'entrée de notre maison à la porte fracassée. Dans la rue, alertées ou compatissantes, de nombreuses femmes se sont penchées aux fenêtres pour me suivre des yeux. Les unes en foulard, les autres, plus jeunes, cheveux au vent et yeux plissés à cause de la vive lumière, inhabituelle pour leurs prunelles. J'ai cru distinguer des parfums. La plupart ne savaient que faire, ni comment m'exprimer leurs condoléances, elles sont restées interdites et muettes. D'autres étaient là, curieuses de voir le jeune homme qui avait provoqué le scandale par ses gribouillages et que les gendarmes venaient de relâcher. Têtes belles et décapitées, corps désarticulés par les lois qui leur imposent d'être invisibles, territoires où la langue est encore un murmure. C'est là que je dois trouver de nouvelles histoires. J'ai hâté le pas, je sentais un autre regard. Djemila était là, elle aussi, derrière les murs, me suivant des yeux par sa fenêtre. Elle m'a fait signe et sa fille Nebbia est sortie me retrouver, un panier à la main. On savait que je n'avais rien à manger en l'absence de ma tante. Le visage de Djemila était beau, calme, et c'était comme si je reconnaissais un absent. La fillette m'a tendu le panier et elle est restée là à me regarder longtemps avant de partir en courant. J'ai remercié sa mère d'un sourire : son geste n'échappera pas aux rumeurs car il a été osé sous les yeux des autres femmes. Comme un signe. Soudain une idée idiote m'a traversé l'esprit : je n'aurais plus peur de dormir, la nuit, si je dormais à côté d'elle tout simplement ! Son corps que je n'ai presque jamais vu serait mon parapet au-dessus du vide.

La porte de notre maison du bas était branlante, brisée. Le sable était partout, comme le cadavre d'un monstre mort, vaincu. J'ai erré dans les pièces sales et dans ma chambre désormais débarrassée des cahiers. Dans la cour, tout semblait enseveli et asséché, sauf le citronnier. Gerbe verte et jaune qui offrait les apparences d'un bourgeon. Je suis sorti m'asseoir au seuil, le corps courbaturé.

50

Je voulais montrer à mon père mon cahier parfait, le dernier, celui où j'ai atteint l'équilibre du sang et des sens, le lieu de ma révélation, mon corps enfin réparé par une langue précise et souveraine. Je voulais lui dire que j'étais près de guérir la mort elle-même. Je voulais lui jurer que j'avais rencontré presque tout le monde en écrivant, cette nuit maudite : son père, sa mère, son arrière-grand-mère, mais aussi la première aïeule qui était sage-femme et tisserande de tapis, tous ceux qui nous ont précédés. Que j'ai reconstitué l'histoire de notre tribu, que le mal a été vaincu, la famine, que j'ai pu réparer les creux, les blancs, les absences dans notre récit et que tout est lié, dépendant de moi, de chacun, de chaque mot dans ma langue, de mon écriture. J'avais prévu de courir jusqu'en haut de la colline, mais il était trop tard quand on m'y a emmené, poussé dans le dos.

On m'a dit qu'il est mort en réclamant ma présence pendant que je m'enfonçais dans l'abîme de son salut, que j'essayais d'accrocher sa main dans l'enfer nocturne, alors que le vent nous séparait, effaçait ses traces et mes mots. On m'a regardé entrer, des insultes fusaient déjà, des lamentations. Hadjer elle-même était froide comme une pierre de lapidation, les yeux rouges. Les demi-frères étaient là, alignés comme des pierres tombales, et j'ai regardé son cadavre. J'ai noté l'affaissement de la mâchoire, les traces du vide froid du ciel dans sa peau. On avait fermé ses yeux, il semblait dormir mais comme le font les objets, dans le refus de toute conversation. J'ai embrassé son front et j'ai été surpris par le froid de la peau. J'ai pleuré, plus tard. De colère. Car il y a quelque chose d'injuste, quelqu'un a triché dans mon dos en faisant avancer les aiguilles de l'horloge. Cela aurait dû finir autrement. Ne jamais finir. Il aurait au moins dû lire ce cahier, ou en éprouver la possibilité. C'est mon meilleur cahier, élégant, court, sobre dans son style, épuré jusqu'à ressembler à une dune. J'y reprends un peu l'histoire de ma mère, et une histoire plus ancienne encore et qui est mal écrite, incomplète autrefois. J'y ai mis l'essentiel de ce que je sais et de cet art que m'a donné cette langue : cet équilibre nécessaire entre l'évocation et la vie, ce lien difficile à couper entre mon écriture et la réparation. Je ne comprends pas comment mon apothéose a manqué l'heure du rendez-vous.

Quelle erreur ai-je commise ? Je n'ai pas été capable d'écrire plus vite au moment crucial ? Il aurait fallu qu'il tienne deux ou trois jours seulement, quelques heures encore sous le vent jaune et persifleur, et j'aurais vaincu la mort, je le jure. Le vent aurait cessé de hurler, repoussé comme un vieux loup boitant dans le creux de l'Ouest, j'aurais réussi et mon père aurait pu lire une belle histoire, bien écrite, équilibrée et dense comme des versets. J'aurais dû écrire plus vite. Il aurait dû me croire, croire en mon don.

C'est une histoire presque parfaite, tant le dessin de la quête et l'assouvissement final y sont précis et glorieux. Une histoire dans laquelle mon frère est mon frère, ma mère encore vivante, mon père de retour après une très longue absence et il m'accueille avec un rare sourire qui n'est pas un couteau. C'est écrit sur la première page du cahier.

"Bon Dieu, mon frère! dit alors mon demi-frère, que votre conte est merveilleux!" "La suite est encore plus surprenante, réponds-je, et vous en tomberiez d'accord si la mort voulait me laisser vivre encore aujourd'hui et me donner la permission de vous la raconter la nuit prochaine." La mort, qui avait écouté Zabor avec plaisir, se dit en elle-même : "J'attendrai jusqu'à demain ; je le ferai toujours bien mourir quand j'aurai entendu la fin de son conte."

Oran – Perugia – Tunis

Mes remerciements à Nedra et Karim Ben Smail, qui ont prouvé que la Tunisie est le pays le plus vaste d'Afrique et que leur maison est la plus vaste de Tunisie.

Aux gens de la Civitella Ranieri Foundation pour leur intermède au paradis.

L'exergue est extrait de l'ouvrage d'Angèle Maraval-Berthoin *Les Voix du Hoggar* (édition d'art H. Piazza, Paris, 1954, p. 37-38).

Toutes les citations du Coran sont tirées de la traduction de Malek Chebel, Fayard, Paris, 2009.

TABLE

OUVRAGE RÉALISÉ
PAR L'ATELIER GRAPHIQUE ACTES SUD
ACHEVÉ D'IMPRIMER
EN JUILLET 2019
PAR NORMANDIE ROTO IMPRESSION S.A.S.
À LONRAI
POUR LE COMPTE DES ÉDITIONS
ACTES SUD
LE MÉJAN
PLACE NINA-BERBEROVA
13200 ARLES

DÉPÔT LÉGAL
1re ÉDITION : AOÛT 2019
N° impr. : 1902152
(Imprimé en France)